D1409993

ZAC y MiA

A. J. Betts

ZAC y MiA

ROUND LAKE AREA
LIBRARY
906 HART ROAD
ROUND LAKE, IL 60073
(847) 546-7060

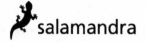 salamandra

Traducción del inglés de
Antonio Lozano

Título original: *Zac & Mia*

Ilustración de la cubierta: © Júlia Gaspar

Copyright © A.J. Betts, 2013
Publicado por primera vez por The Text Publishing Co. Australia, 2013
Copyright de la edición en castellano © Ediciones Salamandra, 2015

Publicaciones y Ediciones Salamandra, S.A.
Almogàvers, 56, 7º 2ª - 08018 Barcelona - Tel. 93 215 11 99
www.salamandra.info

Reservados todos los derechos. Queda rigurosamente prohibida, sin la
autorización escrita de los titulares del «Copyright», bajo las sanciones
establecidas en las leyes, la reproducción parcial o total de esta obra por
cualquier medio o procedimiento, incluidos la reprografía y el tratamiento
informático, así como la distribución de ejemplares mediante alquiler
o préstamo públicos.

ISBN: 978-84-9838-650-9
Depósito legal: B-10.022-2015

1ª edición, mayo de 2015
Printed in Spain

Impresión: Liberdúplex, S.L. Sant Llorenç d'Hortons

Para los Zacs y las Mías de verdad

PRIMERA PARTE

ZAC

1

ZAC

Ha llegado un novato a la habitación contigua. Desde este lado de la pared puedo oír cómo arrastra los pies, inseguro acerca de dónde detenerse. Oigo a Nina repasar las normas de ingreso con su tono alegre de azafata, como si este «vuelo» fuera a ir como la seda, como si no fuéramos a tener necesidad alguna de tirar de la palanca de la salida de emergencia. Relájese y disfrute de nuestro servicio. Nina tiene ese tipo de voz que inspira confianza.

Estará diciendo:

—Este mando es para la cama. ¿Lo ves? Puedes inclinarla por aquí o bien reclinarla con este botón. ¿Lo ves? Pruébalo tú.

Diez meses atrás, fue a mí a quien Nina le explicó estas cosas. Era un martes. Me arrancaron de una clase de matemáticas a segunda hora, y me metieron a toda prisa en un coche con mamá y una pequeña bolsa de viaje. En el trayecto de cinco horas en dirección norte, a Perth, mamá utilizó palabras como «precauciones» y «pruebas rutinarias». Pero por entonces yo ya lo sabía, claro. Llevaba muchísimo tiempo sintiéndome cansado y enfermo. Sabía qué estaba ocurriendo.

Aún iba vestido con el uniforme cuando Nina me condujo a la habitación número 6, donde me enseñó a utilizar el teléfono interno, el mando de la cama y el del televisor. Con un movimiento rápido de muñeca, me mostró cómo marcar las casillas de la cartulina azul del menú: desayuno, té de media mañana, almuerzo, merienda, cena. Agradecí que mamá prestara atención, porque yo sólo podía pensar en lo mucho que pesaba mi mochila del colegio y en la redacción de inglés que debía entregar al día siguiente, para la que ya me habían concedido un día más. Sí que recuerdo, sin embargo, la horquilla que Nina llevaba en el pelo. Era una mariquita moteada con seis topos. Qué cosas tan extrañas hace nuestro cerebro. Todo tu mundo se está derrumbando, y lo único que haces es fijarte en algo inesperado y sin importancia. La mariquita parecía fuera de lugar, pero al menos era algo a lo que agarrarse. Como un trozo de chatarra flotante en medio del océano.

A estas alturas, podría recitar de memoria el discurso de bienvenida de la enfermera.

—Si tienes frío, aquí encontrarás mantas —estará diciendo Nina.

Me pregunto qué horquilla llevará hoy en el pelo.

Mamá reacciona con toda la indiferencia de que es capaz:

—Bueno, parece que ha llegado uno nuevo...

Sé que le encanta tanto como lo odia. Le encanta porque ha llegado alguien a quien saludar y conocer. Lo odia porque uno no debería desearle algo así a nadie.

—¿Cuándo fue la última vez que llegó uno nuevo? —Mamá empieza a repasar nombres—: Mario, próstata; Sarah, intestino; Prav, vesícula; Carl, colon; Annabelle... ¿Qué era lo que tenía Annabelle?

Todos ellos eran viejecitos de más de sesenta años, completamente inmersos en sus tratamientos. Ninguno aportó nada nuevo o emocionante.

Una enfermera pasa como una exhalación por delante de la ventana circular de mi puerta. Es Nina. En su pelo me ha parecido ver algo de color amarillo. Tal vez un pollito. Me pregunto si lo habrá comprado en la sección infantil de unos grandes almacenes. En el mundo real, sería un poco raro que una chica de veintiocho años llevara esos animalitos de plástico en el pelo, ¿verdad? Aquí, no obstante, parece que tiene algún sentido.

Mi visión parcial del pasillo de nuestra planta regresa a la normalidad: una pared blanca y dos tercios del cartel «VISITAS, SI TOSEN O ESTÁN RESFRIADOS, POR FAVOR, MANTÉNGANSE ALEJADOS».

Mamá quita el sonido de la televisión con el mando a distancia y se revuelve en la silla. Con la esperanza de captar pistas auditivas cruciales, mueve la cabeza de modo que su oído bueno quede más cerca de la pared. Al colocarse el cabello detrás de la oreja, veo más canas de las que tenía.

—Mamá...

—Chis. —Se inclina todavía más.

Llegados a este punto, la secuencia habitual es la que sigue: el acompañante del nuevo paciente hace comentarios sobre las vistas, la cama y el tamaño del cuarto de baño. El paciente se muestra de acuerdo. Luego encienden el televisor, hacen *zapping* por los únicos seis canales y, finalmente, apagan el aparato. Con frecuencia se producen risitas nerviosas cuando encuentran la pila de orinales y bacinillas desechables de color gris: la mayoría se mantiene en la ingenua creencia de que el paciente nunca estará tan débil o desesperado como para tener que utilizarlos.

A continuación, se instala un prolongado silencio, cuando sus miradas ya han recorrido las paredes blancas de la habitación, con sus enchufes, etiquetas rotuladas y agujeros para cosas que ni siquiera pueden imaginar que existen. Escudriñan las paredes de norte a sur, de este a oeste, antes de que la certeza de que todo esto es real caiga sobre ellos como una losa; que el tratamiento empieza mañana, que esa cama será su hogar durante varios días, con sus idas y venidas formando ciclos bien planeados a lo largo de los meses o los años que necesiten para combatir lo que sea; sólo entonces se dan cuenta de que no existe una palanca en la salida de emergencia.

En ese momento, el acompañante suele decir: «Ah, bueno, no está tan mal. Mira, fíjate, desde aquí puedes ver la ciudad.»

Algo más tarde, después de haber guardado la ropa en el armario y probado por primera vez el café de la cafetería, el nuevo paciente se mete en la cama a hojear un par de revistas, sabiendo que, en el fondo, esto no es exactamente un vuelo, sino más bien un crucero, y que su habitación es un camarote bajo el agua donde la tierra firme sólo es algo con lo que soñar.

Sin embargo, sea quien sea el nuevo ocupante de la habitación número 2, no está siguiendo la secuencia habitual. Sólo se ha oído el sonido de una bolsa de equipaje al caer al suelo, y ya está. Nada de cremalleras abriéndose. Ningún clic-clac de perchas moviéndose en el armario, ni el tintineo de enseres de baño sobre el estante superior. Y lo que es aún peor, ni siquiera se ha producido el reconfortante intercambio verbal.

Mamá se vuelve hacia mí.

—Debería ir a saludar.

—Sólo lo haces porque estás perdiendo —le digo en un intento por ganar algo de tiempo para el nuevo paciente.

Mamá apenas pierde por cinco puntos, pero la verdad es que ambos estamos jugando de pena. Mi mejor palabra hasta el momento ha sido «garrulo», aunque me ha costado que ella la aceptara. La suya ha sido «abatido», lo que resulta bastante triste.

Mamá forma la palabra «bota» y añade seis puntos a su cuenta.

—Nina no mencionó que llegaba uno nuevo.

Esto lo dice sin ironía, como si de verdad esperara que la informaran de todas las entradas y salidas de los pacientes del Pabellón 7G. Creo que lleva tanto tiempo aquí que ha olvidado que pertenece a otro lugar.

—Es demasiado pronto para ir a saludar.

—Tal vez debería ofrecerles un té...

Mi madre: el Comité de Bienvenida No Oficial de la Planta de Oncología. La que prepara tés relajantes, la que trae de la cafetería bollitos con raciones individuales de mermelada de ciruela. La autoproclamada portavoz de las familias de los pacientes.

—Acaba la partida, mamá.

—Pero ¿y si están solos? Como le ocurrió a... ¿Cómo se llamaba? ¿Te acuerdas de él?

14

—Quizá sea eso precisamente lo que quieran, estar solos. Es normal, ¿no? Desear estar solo a veces.

—¡Chis!

Entonces también yo lo oigo. Al principio no entiendo las palabras —nos separa una pared de yeso, diría que de unos seis centímetros—, pero el sonido va en aumento.

—Dos mujeres... —confirma mamá con sus ojos castaños dilatándose. Su boca se tuerce a medida que oye «eses» y «tes» lanzadas entre siseos—. Y parece que una es mayor que la otra.

—Deja de cotillear —le digo, aunque no es algo que podamos evitar. Las voces suben de volumen y las palabras salen como proyectiles.

«¡No deberías! ¡Para! ¡No lo hagas! ¡Yo que tú no lo haría!»

—¿Qué está ocurriendo ahí? —pregunta mamá.

Yo le ofrezco mi vaso vacío para que lo pegue a la pared, como hacen los espías.

—No te hagas el listillo —me dice, y añade—: No funciona, ¿verdad?

No es que en mi familia no haya habido discusiones de ese tipo. Años atrás, Bec y mamá se enzarzaban a la mínima. En posición de ataque y fieras como dos rottweiler. En esas ocasiones, papá y Evan abandonaban la casa y huían a los campos de olivos, donde no pudieran llegarles las voces. Yo, en cambio, solía quedarme en el porche, no me fiaba de dejarlas solas.

Las peleas perdieron intensidad cuando Bec cumplió los dieciocho. Sin duda, ayudó bastante que se mudara a la vieja casa contigua que antes ocupaban los trabajadores. Ahora tiene veintidós años y está embarazada. Mamá y ella se llevan bien. Siguen siendo tozudas como mulas, pero han aprendido a reírse la una de la otra.

Nadie se ríe en la habitación número 2. Las voces suenan amedrentadoras. Se oyen palabrotas, y luego una puerta que se cierra. No da un portazo, porque todas las puertas disponen de un dispositivo con un muelle que las cierra con un controlado e insatisfactorio silbido. A continuación, pasos rápidos

15

por el pasillo. La cabeza de una mujer pasa veloz por delante de la ventana de mi puerta. Al ser una mujer baja, apenas aparece por encima del marco. Lleva unas gafas de montura marrón y una pinza de carey que recoge la mayor parte de su cabello rubio. Con la mano derecha se aprieta la nuca.

Sentada a mi lado, mamá parece una suricata. Su atención va de la puerta a la pared, y luego a mí. Después de veinte días en la habitación número 1, parece haber olvidado que allá fuera, en el mundo real, la gente se cabrea y la tranquilidad no dura, como ocurre en el colegio, donde los chicos plantan cara si alguien los empuja en la cola del comedor. Ha olvidado que existen los egos y la rabia.

Mamá se prepara para pasar a la acción: quiere seguir a esa mujer, ofrecerle té, bollitos con dátiles y un hombro sobre el que reclinarse.

—Mamá.

—¿Sí?

—Guárdate el discurso de ánimo para mañana.

—¿Tú crees?

Lo que creo es que ambas necesitarán algo más que los consejos de mamá. Probablemente alcohol. Quizá cinco miligramos de diazepam.

Formo la palabra «cotilla» golpeando las fichas contra el tablero, pero mamá no se da por enterada.

—¿Cómo es posible que alguien discuta de esa forma? En la planta de enfermos de cáncer... Seguramente acabarán de...

Como si saliera de un megáfono, una voz retumba al otro lado de la pared.

—¿Qué... demonios...?

Acto seguido, un ritmo trepidante nos hace dar un respingo. Las fichas de mamá caen al suelo.

La música, por llamarla de alguna manera, invade mi habitación a un nivel acústico jamás oído en el Pabellón 7G. La chica nueva debe de haberse traído sus propios altavoces, sin duda los ha colocado en la repisa que hay sobre la cama, de cara a la pared que separa ambas habitaciones, y ha subido el volumen al máximo. Una cantante se desgañita a través del yeso. ¿Acaso no sabe que es «nuestra» pared?

Mamá está a cuatro patas y se arrastra bajo mi cama en busca de sus siete letras, mientras la habitación late con electropop al son de «menea tu culo», y «lo deseas a muerte». Ya había oído esa canción, puede que uno o dos años atrás.

Cuando mamá se levanta del suelo, lleva en la mano una «T» de más y una «X», una barra de labios con sabor a fresa y un caramelo mentolado.

—¿Quién canta? —me pregunta.

—¿Cómo voy a saberlo?

El sonido es estridente, un ataque a mis oídos.

—Pero... ¡esto parece una discoteca!

—¿Y cuándo has estado tú en una discoteca?

Mamá levanta una ceja mientras desenvuelve el caramelo. Para ser sincero, yo tampoco he estado nunca en una discoteca, de modo que ninguno de los dos está cualificado para hacer comparaciones. En realidad, el volumen debe de ser el propio de una discoteca de tarde para adolescentes, pero supone un verdadero *shock* para dos personas que llevan tanto tiempo en una habitación silenciosa y bajo control, rodeadas de vecinos de lo más conservadores.

—¿Es Cher? Antes me gustaba...

No estoy al día en cantantes femeninas con nombres simples. ¿Rihanna? ¿Beyoncé? ¿Pink? Letras llenas de dolor se cuelan a través de la pared.

Entonces caigo por fin. Lady Gaga. La novata está chiflada. ¿La chica de la número 2 tiene cáncer y además mal gusto?

—¿O es Madonna?

—¿Juegas o no? —pregunto, al tiempo que cruzo «bota» con «pomo».

La canción sigue dale que te pego con cabalgar sobre el *disco stick* de un tío. ¿En serio?

Mamá finalmente se mete el caramelo en la boca.

—Debe de ser joven —comenta en voz baja. Los jóvenes la trastornan más que los viejos—. Qué pena.

Luego se vuelve hacia mí y cae en la cuenta de que yo también soy joven. Baja la mirada hacia las letras desordenadas que tiene en la mano, como si intentara formar una palabra que explicara lo que está sintiendo.

Sé lo que está pensando. Maldita sea, he acabado por conocerla demasiado.

—Deben de ser unos buenos altavoces, ¿no crees? —me dice.

—¿Qué?

—Tal vez deberíamos haber traído de casa los tuyos. O haber comprado unos. Mañana podría ir a mirar...

—También puedes robárselos.

—Está enfadada.

—Esa canción está destruyendo mi reserva de glóbulos blancos.

Sólo bromeo a medias.

Acaba la canción, pero no hay justicia en este mundo porque, de inmediato, vuelve a comenzar. La misma. Venga ya, ¿la friki de Lady Gaga otra vez? ¿Y a este volumen?

—Te toca.

Mamá coloca con delicadeza «tablero» en el... tablero. Luego saca otras cuatro letras de la bolsa, como si todo fuera normal, como si no estuvieran abusando de nuestra capacidad auditiva.

—La canción está en modo repetición —señalo innecesariamente—. ¿Puedes pedirle que pare?

—Es nueva, Zac.

—Todos hemos sido nuevos. No hay excusa para... algo así. Seguro que existen unas normas. Un código ético para los pacientes.

—De hecho, a mí no me molesta. —Mamá menea la cabeza como prueba, al estilo *bebop*, creo que se llama.

Echo un vistazo a mi tablero. «T, F, J, P, Q, R, S.» Ni siquiera tengo una vocal.

Me rindo. No puedo pensar. No quiero. Ya he tenido bastante de esta canción, que ahora suena por tercera vez consecutiva. Intento asfixiarme a mí mismo con una almohada.

—¿Quieres un té? —me pregunta mamá.

No quiero un té, nunca quiero té, pero le digo que sí para poder estar a solas unos minutos, quizá una hora si encuentra a la acompañante de la novata y la somete a la Terapia de Emergencia con Bollito en la cafetería para pacientes.

Oigo correr el agua. Mamá sigue a conciencia las instrucciones sobre el lavado de las manos.

—No tardaré.

—¡Vete tranquila! —le digo—. Sálvate tú al menos.

Tras cerrarse la puerta, me quito la almohada de la cara. Deslizo las fichas del Scrabble dentro de la caja y coloco la cama en posición horizontal. ¡Cuando por fin se me concede el preciado tiempo sin madre me lo arruinan con esto! La canción arranca por cuarta vez.

¿Cómo es posible que la habitación número 1 sea un santuario tan eficaz contra los gérmenes del mundo exterior y, en cambio, no pueda protegerme de los peligros de esta mierda de música?

No puedo oír a la chica. De hecho, no puedo oír nada que no sea esa canción, pero me imagino que estará tendida en la cama, moviendo los labios mientras sigue la letra que yo me esfuerzo al máximo en ignorar.

La habitación número 2 es casi idéntica a la mía. Lo sé porque he estado en ella. Tienen el mismo armario, el mismo cuarto de baño, las mismas cortinas... Incluso están pintadas del mismo color. Todo está duplicado, aunque a la manera de una imagen invertida. Si las observáramos desde arriba, las cabeceras de las camas aparecerían espalda con espalda, separadas tan sólo por los seis centímetros de grosor de la pared.

Si en este instante está tumbada en la cama, prácticamente estamos cabeza con cabeza.

Pasillo abajo hay otras seis habitaciones individuales más y ocho dobles. He estado en todas. Cuando en febrero me diagnosticaron esto por primera vez, me convertí en un viajero frecuente durante seis meses, moviéndome en ciclos de inducción, consolidación, intensificación y mantenimiento.

Al final de cada ciclo de quimio, mamá conducía de vuelta los quinientos kilómetros que nos separaban de casa. Allí yo podía descansar. Reponía fuerzas y acudía uno o dos días al colegio, aunque el resto de mis compañeros de curso preparaban exámenes que yo no podría hacer. Luego mamá y yo regresábamos a Perth, nos metíamos en la habitación que quedara libre y nos preparábamos para el siguiente impacto.

Ambos esperábamos que la quimio funcionara. Pero no lo hizo.

«Si no puedes atacarlo, intenta cambiarlo», me había dicho la doctora Aneta para darme ánimos cuando recaí. En una agenda marcó en amarillo fluorescente un bloque que iba del 18 de noviembre al 22 de diciembre. Escribió: «Zac Meier. Trasplante de médula espinal. Habitación 1.» Me explicó que los primeros ocho o nueve días iban a dedicarse de nuevo a atacar, para preparar el trasplante del «Día 0». El resto de la estancia sería en aislamiento estricto. Sólo así podían garantizar el éxito del injerto y la cura.

—¿Cinco semanas en la misma habitación?

Mierda, si incluso los presos de alta seguridad cuentan con más libertad.

Volvió a ponerle el capuchón al rotulador.

—Al menos estarás en casa por Navidad.

Antes de la leucemia ya me costaba lo mío aguantar dos horas quieto en una misma habitación, no digamos un día entero. Todo lo interesante ocurría fuera: el fútbol, el críquet, la playa, la granja... Incluso en el colegio me sentaba siempre junto a la ventana para ver lo que estaba perdiéndome.

—La habitación número uno tiene las mejores vistas —dijo la doctora Aneta, como si eso pudiera endulzar las cosas. Como si tuviera alguna posibilidad de elegir.

Acaba la canción y respiro aliviado. Por un momento, sólo oigo los sonidos previsibles; la caída del gota a gota, el zumbido de mi neverita...

Me pregunto si la novata estará contando por primera vez el número de placas del techo. Yo podría decírselo: ochenta y cuatro. Las mismas que en el mío. Quizá está volviendo a contarlas en la otra dirección, sólo para asegurarse.

¿Dieciocho malditas veces? El metotrexato no es nada en comparación: esto sí que está matándome.

Las enfermeras siguen en su reunión semanal, por lo que no hay nadie que pueda salvarme de este ciclo infernal interminable. ¿Quién es capaz de escuchar una misma canción dieciocho veces? ¡O diecinueve! ¿Es que esta chica está mal de la cabeza? ¿Acaso está experimentando con un nuevo tipo de terapia para intentar que sus células cancerígenas se autodestruyan de forma espontánea? ¿Existe una Cura Milagrosa Lady Gaga del Cáncer de la que no he oído hablar?

Los pacientes viejos nunca hacen cosas así. Muestran respeto. Es cierto que Bill pone el volumen de la radio bastante alto para seguir las carreras de galgos, pero la agresión acústica sólo alcanza un nivel de molestia medio, no absoluto. Y luego está Martha, cuyas carcajadas agudas resultan un poco estridentes, pero sólo después de que haya bebido mucho rooibos.

Sea como sea, no puedo precisamente saltar de la cama, salir por la puerta y buscar la tranquilidad de un cuarto para trastos en el que esconderme. Gracias al Protocolo de Trasplante de Médula estoy atrapado en esta celda de cuatro metros por cinco. Veinte días cumplidos, quince por delante... Demasiado tiempo para permanecer prisionero de la obsesión compulsiva de la chica de la habitación de al lado. No me queda otra que colocarme la almohada sobre la cabeza y esperar que tenga linfoma de Hodgkin, para cuyo tratamiento sólo deberá venir un día al mes. No contemplo la posibilidad de que sea un caso de LMA o LLA. Y, si hablamos de un TMO, huiré despavorido.

La canción vuelve a comenzar, con lo que llega a las veinte repeticiones: el número que me he marcado como límite. Debo hacer algo ya, antes de que mis oídos empiecen a sangrar.

Un grito no derribará los muros de sonido que levanta Lady Gaga. ¿De qué otra manera puedo comunicarme a través de una pared de seis centímetros de grosor?

Me levanto de la cama y me doy cuenta de que mis manos están cerradas en puños. Decido utilizar uno.

Golpeo. Suave la primera vez, como si llegara a casa de alguien a quien voy a visitar. Nada. Golpeo de nuevo con la esperanza de que me oigan al otro lado.

Tampoco. Parece que no funciona.

Vuelvo a golpear, tres toques consecutivos, esta vez con la insistencia de un mensajero. «Toc, toc, toc.» Pausa. «Toc, toc, toc.»

La canción llega al estribillo que he acabado por odiar. Aún peor, ¡me sé toda la letra de memoria!

Golpeo con más fuerza, como un niño al que han dejado encerrado sus hermanos. Mi puño impacta siguiendo el ritmo de la música, con tanta energía que debe de estar oyéndolo en estéreo. Su lado de la pared tiene que estar doblándose con cada golpe.

La música se para: ¡victoria!

Yo hago lo mismo. Sólo entonces me fijo en la facilidad con que la piel enrojecida de los nudillos se me ha pelado. Me la retiro frotando y descubro que estoy sonriendo.

Tal vez sea porque es el primer contacto que he tenido con alguien desde que estoy en esta habitación. Las enfermeras, los médicos y mi madre no cuentan. La chica nueva es joven, de mi edad. Mi corazón late acelerado por el esfuerzo. Me siento mareado. La habitación me da vueltas. Silbido. Goteo. Zumbido.

Entonces, «tac, tac», la pared me responde. «Tac.»

El golpeo parece más suave que la música o las palabras llenas de rabia que ha gritado antes. Suena muy próximo. Como si hubiera acercado la oreja a la pared, intrigada y llena de curiosidad, a la espera de un contacto alienígena.

Me agacho.

«Toc», le respondo a la pared, ahora más bajito.

«Tac.»

La pared suena hueca, ¿lo estará?

«Toc.»

«Tac.»

«Toc.»

¿«Tac, tac»? Entre tanto silencio, el «tac» suena seco. Creo que está haciéndome una pregunta.

«Toc.»

En las pausas, sólo se oye el sonido de la máquina a la que estoy conectado y mi propia respiración, que se detiene unos instantes para esperar la siguiente señal. Siento la debilidad de mis cuádriceps mientras espero, y el suelo de linóleo está frío y me hiela los pies.

«¿Tac?»

«Toc.»

Está claro que ninguno de los dos conoce el código morse, y, sin embargo, algo estamos diciéndonos. ¿Qué estará intentando preguntarme?

«Toc.» Silencio. «Toc.»

¿Qué estaré intentando decir yo?

Entonces se acaba.

Silbido. Zumbido. Pitido. Goteo. Silbido.

De rodillas, junto a la pared, me siento avergonzado. Al ser su primer día aquí, tal vez no debería haberme quejado de la música. Hay demasiadas cosas que desconozco de ella.

La novata no vuelve a decir «tac», y yo no vuelvo a contestar «toc».

Me quedo allí, de rodillas, imaginándome que estará haciendo lo mismo al otro lado, separada por apenas seis centímetros.

2

ZAC

Sé que las cisternas de baño con dos botones son buenas, porque respetan el medio ambiente y todo eso, pero en ocasiones me resultan confusas. ¿Debo apretar el botón de medio depósito o de depósito entero? Hay días en que necesitaría un botón que estuviera a medio camino entre uno y otro.

Una vez más, me quedo de pie delante del inodoro, dándole vueltas a esto durante demasiado rato.

Me lavo las manos y me divierto con la imagen que me devuelve el espejo. Mi cabeza está calva, tiene bultos y es asimétrica, pero mis cejas son más gruesas que antes. Parezco estar transformándome en uno de esos inquietantes rostros del ¿Quién es quién?

Salgo del cuarto de baño y, ya en la habitación, veo que mamá ha descorrido las cortinas y devuelto la butaca reclinable de color rosa a su posición vertical. A la luz de la mañana, recién levantada, su pelo me recuerda el nido de un pájaro hecho de ramitas grises nudosas.

—Bueno, ¿cómo ha ido? —me pregunta.

—¿El qué?

—Ya sabes...

¿Cuántas veces puede soportar hablar de sus zurullos un chico de diecisiete años? ¿Y con su madre? Alcancé mi tope hace dieciocho días. Por lo menos no me dice «¿Has vaciado tus intestinos?», como hacen algunas enfermeras.

—¿Cómo te ha ido a ti, mamá?

—Sólo preguntaba.

—¿Quieres que la próxima vez le haga una fotografía? —Me abro camino por delante de ella con el gota a gota. Me pega suavemente con una almohada—. Si lo prefieres, incluso podría llevar un cuaderno de notas.

—Un cuaderno de cacotas... —Ella misma se queda impresionada con su juego de palabras.

Llevar un registro de mis movimientos intestinales... Ése sí sería un excelente uso para el supuesto «diario» que me ha regalado Patrick. Probablemente pensó que me vendría bien «expresar mi viaje emocional» o algo así. En vez de para eso, podría utilizarlo como un diario de defecaciones, con columnas para la frecuencia y la consistencia. Incluso podría usar un código de colores para cada tabla, rellenando grandes gráficas marrones con notas a pie de página.

—Qué te parece: «Nueve de diciembre. Doce días desde el trasplante. Diarrea de consistencia media. He seleccionado el botón de medio depósito.»

—No creo que el diario sea para eso.

—¿Nada de cacas ni vómitos?

—Es para que expreses tus sentimientos.

Al haber criado a dos chicos y a Bec, mamá ha aprendido a no usar en serio esa palabra que empieza por «s».

—Vale. «Nueve de diciembre. Me siento... más ligero.» Sonríe.

—¿Lo ves? Eso ha estado mejor.

No necesito escribir sobre mierda. Sobre ningún tipo de mierda.

Dominé el funcionamiento del cuarto de baño al cumplir los tres años. Por descontado que no fui un prodigio, pero sí un estudiante aplicado. Desde entonces, se suponía que ir al cuarto de baño debía ser una cuestión privada que se hacía a puerta cerrada, bien lejos de la mirada materna. La responsabilidad de mamá consistía en controlar otras cosas, como, para empezar, el tipo de comida que me llevaba a la boca. Y así fue. Había hecho un buen trabajo.

Luego vino todo esto. En el peor de los casos, mamá no sólo preguntaba por mis deposiciones, sino que las vigilaba. Le pedí que dejara en paz las bacinillas, cosa que hizo, pero con frecuencia se quedaba en la habitación mientras las enfermeras me limpiaban o lavaban, aunque fingiera estar ocupada con el crucigrama. De pronto, había vuelto a ser un bebé, aunque uno con testosterona y vello púbico al que las enfermeras se turnaban para pasarle la esponja. En ocasiones estaba tan ausente que ni siquiera sentía vergüenza.

Antes de darme una nueva médula ósea el «Día 0», al parecer debían conducirme hasta las puertas de la muerte. Tuve que estar cinco días tomando cuatro pastillas de quimio, seguidos de tres días de radioterapia completa. Me sentía como si un camión me hubiera pasado por encima y, a continuación, hubiese dado marcha atrás para colocarse en paralelo a mi cuerpo y volcar sobre mí. No podía hacer otra cosa que permanecer aplastado bajo su peso. Respirar me costaba mucho. Controlar mis esfínteres estaba más allá de mis posibilidades.

Ahora ya soy capaz de manejar la situación. Después del trasplante, mis síntomas se limitan a vómitos ocasionales, úlceras de boca y zurullos sospechosos. Para ser sincero, pasar tiempo en el cuarto de baño se ha convertido en una de mis aficiones favoritas. Durante unos diez minutos, nadie mira, ni husmea, ni indaga. Me siento y pienso en mis cosas. No es comparable a acabar con la pobreza en el mundo, pero es un logro. Un pequeño progreso.

Mamá cierra su ejemplar de *Woman's Day* y se queda mirándome con la boca abierta.

—¿Has estado apretándote ese grano?

—Ni me lo he tocado.

Ese grano es su última paranoia. Cree que, si me lo reviento, podría provocar una explosión masiva de pus y sangre, demasiado fuerte para ser detenida por mis escasas plaquetas, lo que obligaría a que me realizaran una transfusión sanguínea de emergencia de la que podría no salir con vida. ¿Muerte causada por un simple grano? Eso sí que sería una manera estúpida de morir. Prefiero no correr ese riesgo.

¿Acaso es justo tener leucemia y granos? Si el pelo me vuelve a crecer de color rojizo, cogeré un buen rebote. Mi hermano Evan lo tiene igual que el de los orangutanes, pero se lo tiñe a escondidas. Se cree que nadie se da cuenta.

—¿Qué quieres hacer hoy? —me pregunta mamá.

—¿Tirarme en paracaídas?

—Podemos jugar al CUD.

Mamá consigue que me parta de risa, ya sea queriéndolo o no.

—COD —la corrijo—. Son las siglas de «Call of Duty». Y no, la verdad es que no me apetece.

Mamá acostumbra a no moverse del campamento y a gritar cuando la matan, maldiciendo con palabras inventadas como «jodee...lines» y «mier...cachis». No está hecha para entrar en combate.

—Bueno, ¿pues qué quieres hacer hoy?

—Respirar. Comer. Dormir. Y volver a empezar.

Me da un pequeño empujón:

—Vamos, Zac, no querrás aburrirte...

Mi madre: Coordinadora de Actividades, Comité de Bienvenida No Oficial, Detective de Diarreas y Policía de la Felicidad. Va saltando de un papel a otro, tapando grietas, cambiando los decorados, animando, comprobando, haciendo cosas sin parar.

Noto perfectamente cómo activa las antenas en busca de señales de melancolía. Ambos sabemos que existe una brigada completa de refuerzos de guardia: el psicólogo, Patrick, los terapeutas artísticos, los consejeros para adolescentes, el Prozac y, para casos desesperados, incluso médicos disfrazados de payasos a los que se puede traer del hospital infantil.

—¿Quieres obligarme a hablar de eso que comienza por «s»?

—¿«Sexo»?

Mi madre no puede evitar reír:

—Entonces, ayúdame al menos a hacer el crucigrama de hoy. Mira, fíjate, necesitamos completar treinta palabras para alcanzar el nivel de genios.

Tengo problemas con la palabra que empieza por «s», pero no son mis sentimientos, sino los de mi madre, los que me preocupan.

—Mamá, deberías irte a casa.

—Zac...

—Ya no hay razón para que sigas quedándote. Estoy mucho mejor.

Es cierto. Del Día -9 al Día -1 pasé un infierno. El Día 0 fue como un anticlímax. Del Día 1 al Día 3, no recuerdo nada; del 4 al 8, fue espantoso; del 9 al 11, incómodo, y, hoy, doce días después del trasplante, vuelvo a ser persona. Soy capaz de manejar la situación.

—Lo sé... —Contesta lo que era de esperar, mientras pasa una página de la revista—. Pero me gusta estar aquí.

Los dos sabemos que eso no es cierto: es una mierda quedarse aquí encerrado. Y más para ella, que es una mujer incapaz de permanecer entre cuatro paredes. Desde que puedo recordar, siempre la he visto con un sombrero de paja y un brillo de sudor en el rostro. En sus ojos castaños hay destellos del sol, reflejos de color verde, marrón y naranja. Lo suyo es llevar unas tijeras de podar en la mano y rodearse de tierra y calabazas. Preferiría recoger peras o fertilizar olivos que esperar día tras día en esta habitación en una butaca reclinable de color rosa. Por encima de todo, es el alma gemela de mi padre, aunque no quiera irse a casa cuando se lo pido, ni siquiera cuando se lo suplico.

En mi habitación hay dos ventanas. La pequeña y redonda de la puerta que da al pasillo, y la grande y rectangular que da a la fachada del hospital, al aparcamiento de coches y a los barrios cercanos. Es junto a esta ventana donde mi madre se sienta la mayoría de los días, como una flor en busca del sol.

—Dime tres cosas que te gusten del hospital. Sin contar los puzles y los cotilleos.

—Me gustaba la compañía de mi hijo... tiempo atrás.

—Márchate a casa, mamá.

Después de mi primer diagnóstico, la familia al completo vino a Perth para asistir a cada una de las sesiones de quimio.

Mamá, papá, Bec y Evan se alojaban en un motel a tres calles de aquí, y me visitaban todas las mañanas cargados de juegos, revistas y más conversación de la que era capaz de seguir. Papá se comportaba de forma más expansiva y ruidosa que de costumbre. Solía bromear con Bec, como si de pronto ambos formaran un dúo cómico en una película. Mamá movía la cabeza en señal de divertida desaprobación, y Evan se mantenía al margen, mirando con suspicacia a las enfermeras y observando de un modo extraño el gota a gota. «Los hospitales me ponen enfermo —le oí decir en una ocasión—. Ese olor...» No lo culpo, él tampoco pertenece a un sitio como éste. Y al menos era honesto al respecto.

Cuando llegaba la hora de que se marchasen, permanecía de pie frente a la ventana rectangular, viendo a mi pequeña familia caminar fatigosamente de regreso al motel. Papá cogía de la mano a mamá. Siete pisos por debajo de mí, todos parecían más tristes de lo que deberían estar, en especial mi padre. Para ser francos, sus visitas me hacían sentir peor, y en esta última ocasión le hice prometer a mamá que los mantendría bien lejos. Por fortuna, el Protocolo de Trasplante de Médula Ósea prohíbe que haya más de un visitante al mismo tiempo, de modo que mamá se escogió a sí misma. La única pega es que no se aparta de mi lado.

—En casa no me necesitan, Zac. Tu hermana tiene el almacén bajo control. Ya han acabado de podar, así que ahora a los hombres les queda lo fácil.

—Pero papá...

—Tu padre sabe cuidar de sí mismo.

—Ya sabes a lo que me refiero...

—Soy tu madre —me recuerda una vez más, como si hubiera hecho el juramento de amar y cuidar, proteger e irritar, en la salud y en la enfermedad (aunque sobre todo en la enfermedad), hasta que la muerte nos separe.

Empieza el crucigrama del periódico del día con determinación militar. Mamá lo aborda como si hubiera algo mucho más gordo en juego, como si completarlo con éxito garantizara también el éxito de mi tratamiento. A lo largo de la jornada, mientras Nina, Patrick, Simone, Suzanne y Linda entran y salen de mi habitación para traer o llevarse cosas, vamos añadiendo palabras complejas hasta alcanzar las treinta. Mamá se muestra exultante y, bajo la fecha del 9 de diciembre, anota en el calendario: «¡Genios!»

Precisamente por esta razón me presto a hacer el crucigrama y a jugar al Scrabble, al «CUD» y a aceptar cualquier otra actividad que sugiera. Lo hago para ver la confianza en la letra de mamá. «Genios.» Un nuevo éxito: otro día que pasa.

Durante el noticiario de las seis, me doy cuenta de que me están observando.

Hay alguien en el pasillo, pegado a la ventana circular de mi puerta. Es joven, de unos dieciséis o diecisiete años, ojos grandes, lápiz negro de ojos y pelo abundante y castaño que probablemente le llega por debajo de los hombros, más allá de donde alcanzo a ver.

Sin embargo, no se trata de una enfermera. Es alguien como yo, y noto sus ojos agarrándose con ferocidad a los míos.

No puedo liberarme de ellos. Es preciosa.

Parpadeo un instante, y desaparece.

Qué raro. No tenía el aspecto de ser una chica a la que le guste la música pop. También es cierto que Lady Gaga no ha vuelto a sonar. Desde que apagó la música hace dos días, todo cuanto he oído de la habitación número 2 han sido discusiones ocasionales —la madre, supongo, y la chica— seguidas del previsible silbido del muelle de la puerta. Ni rastro de música ni de televisión ni de nada.

¿Será culpa mía? ¿De mis golpes?

Mamá y yo seguimos viendo las noticias, pero, en este preciso momento, no es el mundo exterior lo que me interesa.

3
ZAC

Estado: por aquí se necesitan canciones nuevas. ¿Sugerencias?

—Necesito canciones nuevas —le digo a mamá, después de cuatro rondas de Mario Kart y media hora de tortura aguantando el programa «*Ready, Steady, Cook*». Con mis papilas gustativas fastidiadas por la quimio, he perdido todo interés por la comida. De ahí que ver a unos chefs presuntamente célebres pavoneándose de unos corazones de alcachofa no pueda interesarme menos. Mamá, sin embargo, lo considera de visión obligatoria—. Me sé la lista de reproducción del iPod de memoria.

—¿Quieres que me acerque a la tienda de música?

Sería perfecto: enviar a mamá a cumplir la misión de comprar unos CD me concedería por lo menos una hora de soledad.

—Sólo si tienes tiempo.

Mamá busca dentro de su bolso y se aplica brillo de labios. Vuelve a lavarse las manos y comprueba su aspecto en el espejo.

—¿Qué te compro?

—Pregunta en la tienda. Diles que es para alguien de diecisiete años, varón.

Niega con la cabeza.

—Ni hablar. Apúntame algunos nombres.

Gracias a Facebook, de repente tengo una lista de sesenta y siete álbumes recomendados. Esta única actualización de mi estado ha provocado un aluvión de sugerencias, muchas de ellas un tanto azucaradas.

Skrillex! Ke te mejores, Zac

Te enviaré lo último de Rubens y de Of Monsters and Men. Estoy orgullosa de ti, hermano. Te quiero. Bec

---

Como dicen Macklemore & Ryan Lewis en su canción Can't hold us, no podrán con nosotros ;-) tómatelo con calma, Helga

---

El cáncer es un imán para hacer amigos en Facebook. Según mi página de inicio, soy más popular que nunca. En los viejos tiempos, cuando alguien enfermaba, la gente rezaba por él, ahora clican en «Me gusta» o escriben un comentario a toda prisa, como si intentaran batir un récord mundial. No es que lo critique, pero ¿cómo iba a escoger un par de álbumes entre sesenta y siete sugerencias?

—Sorpréndeme —le digo a mi madre—. Si resulta que son un asco, siempre puedes cambiarlos mañana.

Eso sí que era una idea propia de un genio. Podría tener a mamá yendo y viniendo de la tienda de música durante todo el tiempo que deba permanecer ingresado, lo que me concedería valiosas horas de libertad, y a ella el ejercicio que tanto necesita. Por fin mi cerebro saturado de quimio comienza a funcionar. Sólo espero que jamás descubra iTunes.

Mi madre se seca las manos con toallitas de papel.

—Tampoco nos vendría mal un poco más de helado...

Se despide con la mano y desaparece.

Mega-súper-hiper-guay.

Silbido. Pitido. Zumbido. Goteo.

Aparto la sábana y pongo los pies en el suelo de linóleo.

Es el cuarto día de la chica nueva. Por lo que oigo, y por lo que dejo de oír, sigue sola. Su madre viene a verla por las mañanas, pero no se queda mucho rato. A diferencia de la mía, ni siquiera duerme en el hospital.

Esta mañana he oído el clic-clac de las perchas en el armario. Después de cuatro días, al fin se ha decidido a deshacer la maleta. Me ha sonado a derrota.

Seguro que ya lleva la cánula insertada por debajo de la clavícula. La tendrá un tanto elevada e insensible tras la cirugía. Las enfermeras ya se la habrán cosido, y no habrá sentido nada. Aún no tendrá náuseas por culpa de la quimio, aunque, dependiendo de los fármacos que le den, quizá nunca las sufra. Se quedará aquí tres días más y luego pasará cinco en casa antes de regresar para un nuevo ciclo. O al menos eso es lo que Nina le dijo a mamá. La chica tiene osteosarcoma.

Género: femenino
Edad: 17
Localización: parte inferior de la pierna
Estado: no metastásico

Joder, si yo estuviera en su lugar, no estaría de morros. Sus datos son fantásticos. ¿No los ha buscado en Google? ¿No es consciente de lo afortunada que es?

«Aguanta el tipo —me gustaría decirle—, pronto estarás en casa. Ponte tu música cutre y haz la cuenta atrás.»

Sin embargo, la canción que ahora está escuchando es más hip-hop que pop para chicas. Arrastrando el gota a gota, me acerco a la pared con la esperanza de entender la letra. Pego una oreja en la superficie, pero sin dejar de mirar en dirección a la ventana circular, porque no quiero que nadie se imagine lo que no es. Las enfermeras pasan por delante con indiferencia, y también un tipo con sombrero. Una visita. Es más joven de lo habitual. Lleva un globo y un osito blanco de peluche.

Lo oigo entrar en la habitación número 2 y caminar hacia el lado de la cama que queda junto a la ventana, o eso creo. No entiendo todo lo que dice. Sus palabras me llegan con menor frecuencia que las de la chica, cuya voz suena más suave que nunca, tan burbujeante como un refresco. Me pregunto qué le estará diciendo ese tipo para conseguirlo.

—Qué asco, sácatelo —dice ella, riendo.

Supongo que ha hecho lo mismo que todos los imbéciles antes que él: ponerse una de esas bacinillas de cartón gris por sombrero. Es tan previsible que apenas puedo creer que a ella le haga gracia.

Entonces empieza a recitar las opciones del menú de mañana que hay escritas en la cartulina azul y la ayuda a marcar las casillas. También me parece entender que le cuenta algo de una fiesta que se ha perdido, y que Shay y Chloe han preguntado por ella.

—No se lo habrás contado...

—No.

—Bien, porque pronto estaré fuera.

—¿Qué es eso? —Su voz suena más cerca de la pared.

Me lo imagino tocándole el bulto de debajo de la clavícula.

—Una cánula.

—Qué mal rollo. ¿Te duele?

—No. Sí.

—¿Te dejará cicatriz?

Pasa un siglo antes de que ella se ponga a llorar. Puedo oír cada uno de sus sollozos y las largas pausas entre uno y otro.

—Eh... eh... vamos, dijiste que no tardarían en curarte, ¿verdad?

—Sí.

—Entonces no hay motivo para llorar.

Se marcha poco después. Cuando pasa veloz por delante de mi puerta, veo que arruga el ceño de un modo que me recuerda a mi hermano Evan: también está impaciente por encontrarse en otro sitio.

Silbido, goteo, zumbido. Los sonidos de mi habitación.

De la número 2 no sale sonido alguno. Su silencio resulta más triste que nunca, y me arrastra hacia él.

Me agacho y doy unos golpecitos en nuestra pared. ¿De qué otro modo podría comunicarme con ella?

Golpeo tres veces. Mis nudillos dicen: «Vamos, pon algo de música. Ponla en modo repetición, si quieres. Podré soportarlo.»

No obtengo respuesta.

—¿Qué haces, Zac? —Nina está a mi lado.

—Se me ha caído una... «Q».

—¿Y cómo suena una «Q»?

Hoy la horquilla de Nina es una zarigüeya. O quizá un koala. Sea lo que sea, también parece estar riéndose burlonamente de mí.

Al levantarme, golpeo el gota a gota con la cabeza.

—Te traigo tus medicinas. —Agita el frasco—. Aunque tal vez necesites algo más... ¿fuerte?

Estoy algo mareado cuando le digo:

—Ve a decirle a la novata que ponga a Lady Gaga.

—¿Por qué?

—Porque no conozco el código morse, y mi mensaje se ha perdido por el camino.

Nina me ayuda a incorporarme.

—Jamás habría dicho que a ti te fuera Lady Gaga.

—Sé que es una petición un poco extraña —reconozco, dedicándole una sonrisa luminosa que, por algún motivo inexplicable, siempre me funciona con ella—. Sólo una vez. ¿Lo harás por mí?

Cojo el diario que hay en mi mesita de noche, lo abro a toda prisa y arranco una hoja. Escribo:

Pon a Gaga.
¡INSISTO!
(¡De verdad!)

Me pregunto si las mayúsculas no serán excesivas. O los signos de exclamación. Incluso me planteo si debería dibujar un emoticono para eliminar cualquier sospecha de sarcasmo.

—¿Por qué no te descargas algo de Lady Gaga de iTunes?

—Yo no quiero escuchar a Gaga —susurro, señalando a la pared—. Quiero que la escuche ella.

Nina dobla la hoja con cuidado.

—Como quieras, Zac. Tómate las pastillas, ¿vale?

Se mete la nota en el bolsillo y se lava las manos durante los treinta segundos reglamentarios. A mí me parecen sesenta.

—¿Adónde ha ido tu madre?

—A la tienda, a comprarme algo de música.

—¿Lady Gaga?

Resoplo.

—Anda ya.

—De acuerdo... Entonces, ¿estás bien? ¿Aquí solo?

—Sin duda.

Asiento con la cabeza y ambos sonreímos. Ella se marcha.

Mamá está roncando a tope, lo que en ella es habitual a las tres de la madrugada. Una de estas noches debería grabarla para obtener una prueba irrefutable. Ella asegura que no ronca —y que prácticamente no duerme—, pero yo sé la verdad. Cuanto más ruido hace, más despierto estoy yo.

No es culpa de mamá: es la maldición de las tres de la madrugada. Me despierto con la vejiga a reventar, hago la tercera meada de la noche y luego no hay manera de que vuelva a dormirme.

Las tres de la madrugada es la peor hora. Hay demasiada oscuridad, hay demasiada claridad, es demasiado tarde, es demasiado pronto. Es cuando las preguntas me visitan, zumbando como moscas, incordiándome hasta ocupar por entero mi cabeza.

¿Seré minero? ¿Adicto a los programas de teletienda que emiten a altas horas de la noche? ¿Esquiador de fondo? ¿Músico? ¿Malabarista?

Son las 03.04 h, y estoy preguntándome quién soy.

La médula que me trasplantaron es alemana. Los médicos sólo estaban autorizados a contarme eso. Hace catorce días que llevo una médula espinal alemana, y, si bien aún no siento antojo de zamparme unos *pretzels* regados con cerveza o de vestir unos *lederhosen*, eso no significa que no haya experimentado otro tipo de cambios. Alex y Matt me han apodado Helga, y ha hecho furor. Ahora resulta que a todo el equipo de fútbol le parece desternillante que pueda estar hecho para hornear *pretzels* o beber cerveza a chorros, o bien que acabe transformándome en una *fraülein* de Baviera con juguetonas trenzas y un imponente par de... *Brust*.

Sin embargo, no dejo de preguntarme si podría ocurrir algo así. ¿Podría llegar a transformarme en alguien distinto?

Intento imaginarme siendo otro.

Soy consciente de que suena a película de serie B —*¡El ataque de la médula espinal!*—, pero, si mi propia médula ha sido eliminada de mis huesos para verse reemplazada por la de un extraño, ¿no debería esto cambiarme un poco? ¿No es acaso la médula espinal el lugar donde nacen mis células para luego fluir por el torrente sanguíneo hasta todos los rincones de mi ser? Por tanto, si el lugar de nacimiento de mis células pertenece a otra persona, ¿no debería esto cambiarlo todo?

Me dicen que ahora soy otra persona en un noventa y nueve por ciento. Me dicen que es algo bueno, pero ¿cómo pueden saberlo a ciencia cierta? No hay nada en esta habitación con lo que ponerme a prueba. ¿Qué pasa si, a partir de ahora, chuto la pelota como una alemana aficionada a la cerveza? ¿Y si he olvidado cómo se conduce una furgoneta o un quad? ¿Y si mi cuerpo no recuerda cómo lanzarse a la carrera? ¿Y si este tipo de cosas no se encuentran almacenadas en el cerebro o en los músculos, sino en un lugar más profundo como la médula espinal? ¿Y si... y si todo esto no es más que una absoluta pérdida de tiempo, y la leucemia acaba volviendo a pesar de todo?

A las 03.07 h enciendo el iPad, atenúo el brillo de la pantalla y me muevo por el laberinto de blogs y foros, a salvo de la mirada escrutadora de mamá. Roncando junto a mí en la butaca reclinable, no es consciente de mi feo secreto.

En 0,23 segundos Google me informa de que existen más de setecientos cuarenta y dos millones de webs sobre el cáncer. Casi ocho millones están dedicados a la leucemia; seis millones a la de médula espinal. Si busco «tasa de supervivencia al cáncer», hay más de dieciocho millones de webs que me ofrecen cifras, probabilidades y porcentajes. No necesito leerlas: me conozco de memoria la mayoría de las estadísticas.

En YouTube, la palabra «cáncer» arroja 4,6 millones de vídeos. De éstos, veinte mil tratan de pacientes a los que, como yo, se les ha trasplantado la médula espinal y permanecen atrapados en régimen de aislamiento. Algunos están conectados en este momento. Puede que en Perth sean las 03.10 h, pero en Auckland son las 07.10 h, en Washington las 15.30 h y en Dublín las 20.10 h. El mundo está en movimiento, y hay miles de personas despiertas, actualizando sus estados en las webs que voy recorriendo y que ya tengo en Favoritos. He llegado a conocer a esta gente mejor que a mis colegas. Soy capaz de entender sus sentimientos mejor que los míos. De algún modo, me siento como si estuviera invadiendo su intimidad. Sea como sea, miro los vídeos que van colgando con los auriculares puestos, rastreo sus tratamientos, sus efectos secundarios, sus éxitos... Y, por supuesto, también llevo un registro de las bajas.

Es entonces cuando oigo la cisterna del baño de la habitación contigua.

La chica nueva y yo por lo menos tenemos una cosa en común.

4

ZAC

Han pasado catorce días desde el trasplante, y ya es oficial: doy pena.

Sabía que la cara se me había hinchado —por culpa de los corticoesteroides—, pero no era consciente de hasta qué punto. O bien Nina ha cambiado el espejo del cuarto de baño por uno de la Casa de los Horrores, o me han cambiado la cabeza por un cereal de arroz hinchado gigantesco.

¿Por qué nadie me avisó? ¿Por qué han evitado hablarme de lo deforme que tengo ahora la cabeza? Hace sólo dos días que la doctora Aneta dijo que estaba «bueno», y entendí que no se refería precisamente a mi salud. Nina también me había piropeado e incluso me hizo una foto con el teléfono de mamá. Mi madre le envió la foto a mi hermana, Bec, quien la colgó en mi muro de Facebook, donde fui bombardeado de inmediato con doscientos cumplidos, incluidos mensajes privados de Clare Hill y Sienna Chapman. Sienna me escribió que quería «recuperar el tiempo perdido» cuando regresase a casa, y ella no es de las que utilizan esas palabras a la ligera. ¿De verdad estaba impresionada? ¿O tal vez la cegaba la pena? Algo así ocurría en *La Bella y la Bestia*, ¿no?

En mi opinión, el único mensaje acertado fue el de Evan. «Bonita foto, cara de escroto. Te queda bien.» Menudo capullo.

Según el espejo del cuarto de baño, no tengo cuello. ¿Es posible que mi donante alemán haya sido Augustus Gloop, el glotón de *Charlie y la fábrica de chocolate*? ¿O es que todo el helado que he estado comiendo ha ido a parar directamente a la barbilla?

Los médicos no dejan de decirme que es bueno engordar después de un trasplante, que ayuda en la lucha o algo así. Lo que está claro es que no ayuda en nada a mi ego, sobre todo cuando la chica nueva no deja de asomarse a la ventana de mi puerta.

¿Acaso es justo que ella pueda pasear por la planta con libertad, presumiendo de su pelo brillante, sus pómulos perfectos y su barbilla de una sola capa? ¿Es justo que, además, pueda detenerse a mirar dentro de las habitaciones de los pacientes para juzgarlos a ellos y a sus caras pálidas e hinchadas, mientras yo debo permanecer aquí encerrado, alimentándome a base de helados y mentiras, hasta acabar convertido en un gordo ignorante?

Esto explicaría que no haya respondido a mi nota. ¿Por qué alguien como ella debería tomarse la molestia de comunicarse con un Jabba el Hutt calvo como yo, un enorme gusano caído de una galaxia lejana? Y menos ahora que me ha pillado jugando al Cluedo con mi madre.

Sé que no debería importarme lo que ella piense —a fin de cuentas, sólo es algo temporal—, pero ¿qué ocurre si cree que éste soy yo, mi verdadero yo?

—¡Mamá! —grito desde el baño.

—¿Qué?

Me señalo la nariz y levanto las cejas. O al menos es lo que me parece que hago.

—¿A qué cereal te recuerdo?

—Deja de mirarte y vuelve a la cama. Tienes que decidir si el asesino lo hizo con un candelabro o con una soga.

—No.

—Lo hizo con un candelabro. —Mamá cierra el tablero y estira los brazos—. ¿Ya es la hora de merendar?

Cuando salgo del baño, ambos la descubrimos a la vez: una hoja de papel doblada en el suelo. La miro, y luego miro hacia la puerta, que nadie ha abierto en horas.

Mamá se acerca, la recoge y la huele, como si hubiera entrenado el olfato para detectar rastros contaminantes.

—¿Es de Nina? Espero que esté limpia de gérmenes. —Abre el papel y me enseña el CD que hay dentro.

Me lanzo hacia ella para arrancárselo de las manos. El ímpetu me marea; la sorpresa me produce pánico. La página está en blanco. ¿Por qué no ha escrito nada?

Le doy la vuelta al CD y leo «Lady Gaga para Hab 1» escrito con un rotulador azul. Entender lo que ha ocurrido me revuelve el estómago: a la novata no sólo le doy pena por mi cara de seta pasada con corticoesteroides, sino que ahora cree que me gusta el pop para chicas. Dentro de poco me enviará unos CD de Justin Bieber.

Mierda, ¿cree que soy gay? No hay nada de malo en ello, pero...

—Ponlo en el portátil. —Mamá le saca la tapa al helado—. Escuchémoslo.

¿Con lo pálido que estoy y aún soy capaz de sonrojarme cuando me siento humillado? ¿Tendré suficientes glóbulos rojos para permitirme semejante lujo?

Me planteo golpear la pared para dejarle las cosas claras a esa chica: «¡Soy cien por cien hetero, conduzco quads y juego al fútbol de medio centro ofensivo!»

Sin embargo, comunicar algo así requeriría de muchos golpes, y no quiero arriesgarme a que confunda mi mensaje por: «¡Gracias! ¡Muchas, muchas gracias! ¡Adoro a Gaga más que a mi vida! ¡Una ovación por Gaga!»

¿De verdad cree que con esto consigue satisfacer mis necesidades auditivas y emocionales? ¿O existe la menor posibilidad de que esté riéndose de mí?

La alegría que muestra mamá al verme coger el cuaderno se hace añicos en cuanto arranco una hoja con violencia. Trata de calmarme con una cucharada de helado de color rosa.

—Venga, es tu favorito.

No, en realidad no lo es.

Escribo:

Querida paciente de la número 2:
  Gracias por un regalo tan considerado.
  Nota: ¡Estoy siendo sarcástico! No puedes oír mi tono, pero, créeme, en él hay mucho sarcasmo.
  Intenta leer esto en voz alta con la voz de Homer Simpson y detectarás...

Sin embargo, cuando releo lo que he escrito, no suena sarcástico en absoluto, sino más bien infantil. Y un poco a chiflado. Estrujo la hoja y pruebo con otra.

Querida vecina.

No. Demasiado... religioso.

~~*Querida.*~~
Chica de la habitación número 2:
  Me ha llegado tu CD. *Gracias. No es de mi estilo, pero gracias igualmente. Pásatelo bien. Disfruta cuanto puedas.*
  Pero no en modo repetición, como hiciste el primer día. Ni tan alto. Quiero decir, dentro de unos límites razonables, ya me entiendes. Somos vecinos, y la pared no es muy gruesa. Calculo que mide unos seis o siete centímetros. Quizá a ciertas horas. Incluso podríamos establecer unas normas... ¿unos turnos?

A estas alturas, mamá ya está apurando un cuenco de helado napolitano mientras ve «*Ready, Steady, Cook*».
Doy golpecitos con el boli sobre una nueva hoja de papel. No recuerdo la última vez que le escribí una carta de verdad a alguien, y menos todavía a un desconocido. ¿Cómo puedo hacerme entender sin parecer un nazi o un pirado?
Me quedo mirando fijamente el papel en blanco y tomo aire. ¿Qué estoy intentando decir?

Hola. Gracias por el CD. *No deberías haberlo hecho. No es lo que quise decir... pero se agradece. Lo añadiré a mi colección...*

Muchos espacios en blanco aguardan a que los rellene. ¿Qué le digo a una novata con la que no puedo hablar?

En una placa en el techo de tu habitación hay enganchada una estrella que brilla en la oscuridad. ¿La has visto? Mi hermana, Bec, pegó un montón de ellas meses atrás. Cuando me cambiaron a la número 1, el responsable de la planta me hizo quitarlas, pero dejé una. ¿Sigue ahí? Tienes una buena habitación. Dicen que la mía es la mejor, pero desde la tuya puedes ver más trozo del campo de fútbol.
El Chico Burbuja de la habitación 1.

P.D.: Por si estás preguntándotelo, sí, he sido un poco sarcástico.
P.P.D.: La mayoría de los programas de televisión empeoran la quimio, especialmente si tienen que ver con cocinar, cantar, bailar o con «Dos hombres y medio». «Seinfeld» es la sitcom que mejor les sienta a las náuseas.
P.P.P.D.: Los martes no pidas el escalope de pollo.

Tapo el bolígrafo y aprieto el timbre para llamar a Nina. Cuando entra en la habitación, se lava las manos y va directa hacia mi gota a gota. Me mira con suspicacia, frunciendo el ceño, lo que provoca un aleteo en su horquilla con forma de mariposa. Antes de que mamá pueda darse cuenta, le paso mi nota doblada, que lleva escrito «Para la habitación número 2».

—¿De veras? ¿De modo que esto es lo que ahora soy para ti?

—¿Hay algo que no harías por el chico que está más bueno de la planta? —le digo con la esperanza de sorprenderla. No me lo discute, así que me señalo las mejillas hinchadas—. Quiero decir... ¿Crees que sigo siéndolo? ¿Incluso con esta...?

—Sí, Zac, continúas siendo el más guapo de todos. ¿Algo más?

—Si tuvieras que decir a qué cereal me parezco, ¿cuál escogerías?

—¿Basándome en tu personalidad o en tu aspecto?

—Ambos.

—Con lo animado que estás últimamente... diría que pareces uno de esos redondos y de colores, un Froot Loop.

No anda muy equivocada. Llevo veinticuatro días encerrado en esta habitación y empiezo a necesitar compañía de forma desesperada. Y no me refiero a mamá, la enfermera, el psiquiatra, los fisioterapeutas o cualquiera al que le paguen por estar aquí. Necesito interactuar en persona con gente de mi edad. No es suficiente con amigos *online*, que me escriben con muchos signos de exclamación, pulgares en alto o caritas sonrientes. Necesito algo que me recuerde el mundo real, sin censuras e imprudente.

Necesito un amigo.

—¿Un cereal? —pregunta mamá horas después, tras haber preparado la cama rosa y apagado la luz, metida bajo las sábanas—. Mira que eres rarito, Zac.

Tiene razón. Quedan once días.

He oído hablar de lo chulas que son las plantas de oncología infantil. Las salas de espera son muy amplias, las habitaciones están pintadas con los colores del arco iris, tienen payasos que tocan el ukelele y salas de juegos con baterías y máquinas de discos. Lo mejor de todo es que las visitan continuamente algunos jugadores de fútbol de los West Coast Eagles y estrellas de las series de televisión con regalos firmados.

Sin embargo, como a mí me diagnosticaron la enfermedad a los diecisiete, no pasé el corte y me encontré metido en un hospital para adultos con las paredes blancas y un televisor diminuto. Recuerdo que la primera noche la pasé tumbado en la cama mirando un documental acerca de la construcción del nuevo vehículo robótico de la NASA, el *Curiosity*. Me resultó difícil mantener la concentración, y no sólo por los extraños sonidos y olores que me llegaban de la planta, sino sobre todo por el miedo intenso.

Cuando recaí, el lanzamiento del *Curiosity* estaba en todos los periódicos. La noche antes del trasplante, mamá y yo vimos las imágenes del *Atlas V* atravesando la atmósfera con su gigantesca y robótica carga. Incluso después de haber apagado el televisor, seguí pensando en aquel robot de exploración cruzando el espacio. En su interior había instrumentos científicos destinados a explorar y cavar en la superficie de Marte en busca de vida. En aquel momento pensé que, si los científicos eran capaces de enviar un robot a quinientos sesenta millones de kilómetros de distancia, seguramente también podrían arreglar algo tan insignificante como los glóbulos rojos de un cuerpo humano.

Aquí resulta fácil perderse en divagaciones de este tipo. No hay otra cosa que hacer. Me he vuelto tan aburrido que incluso las peculiaridades de las enfermeras me parecen interesantes. Veronica, por ejemplo, tiene unas manos grandes que se mueven con sorprendente agilidad cuando me cambia las sábanas de la cama. Sentado en la butaca rosa, admiro la eficaz coreografía de sus movimientos. Nadie en este hospital remete tan bien las sábanas en las esquinas de la cama como ella.

—¿Cómo te ha ido la mañana? —le pregunto.

—No del todo mal. ¿Y a ti?

—Como de costumbre. ¿Ya has estado en la número dos?

Mamá está en las duchas reservadas a las visitas que quedan al final del pasillo, de manera que debo aprovechar su ausencia.

Mi enfermera asiente.

—¿Te ha dicho algo?

Veronica coloca una sábana en su sitio y niega con la cabeza. Está acostumbrada a tratar con pacientes de su edad o mayores incluso, la mayoría de los cuales cotorrean durante horas sobre la temperatura y/o la calidad de las comidas del hospital, nunca sobre el estado de la chica de la habitación de al lado. Es bastante inusual tener a dos adolescentes en la planta de oncología de adultos, especialmente en habitaciones contiguas.

—¿Te ha dado algún mensaje?

—¿Qué quieres decir con «mensaje»?

La cabeza de mamá asoma por la ventana de la puerta. Estará a punto de comenzar la rutina del lavado de manos, así que tengo treinta segundos exactos.

—¿Una nota? ¿Sobre música... «Seinfeld» o el escalope de pollo?

Veronica me enseña sus grandes manos. Nada.

—No pienso repetir aquí las únicas palabras que pronuncia esa chica. ¿Has vaciado tus intestinos?

Cierro los ojos.

—Sí. Y orinado. Tres veces por la noche, una por la mañana.

Veronica marca cruces en mi gráfica con el bolígrafo. ¿Es que acaso un hombre no puede tener secretos? Me toma la temperatura.

—Las chicas así me recuerdan por qué sólo tuve chicos... —empieza a decir Veronica, como si ésa hubiera sido una elección inteligente que hubiera podido tomar ella—. Su humor es tan... cambiante. No desayuna. No quiere comer nada. No rellena la cartulina azul. No descorre las cortinas. Y el modo en que le habla a su madre...

La mía entra por la puerta con su toalla y su neceser.

—Buenos días, Veronica. Ha hecho caca.

—Gracias, mamá. Ya está enterada. —Todo el mundo lo está.

—Ves como los chicos tenéis modales... —prosigue Veronica—. Tratáis a vuestras madres con respeto.

Me despego de la silla y fuerzo al gota a gota a regresar junto a la cama, donde intento ponerme cómodo entre sábanas increíblemente tirantes.

Así empieza el Día 25: veinticinco días en esta habitación, quince desde el trasplante.

—¿Quieres jugar a COD, mamá?

—¡Sólo si quieres morir! —Se da cuenta demasiado tarde de lo que acaba de decir.

Yo sonrío y niego con la cabeza. Ni de broma.

Entre el sonido del fuego cruzado y el de mi madre reincorporándose a la partida por quincuagésima vez, percibo algo diferente. Algo que no pertenece a Call of Duty Team Deathmatch.

Es el grito de un ser de carne y hueso. De dos.

Bajo el volumen.

—¿Quién es ahora el cotilla?

—Chis.

Oigo a la madre.

—¿Por qué me haces esto?

Es ese «me» lo que más me sobresalta. Se supone que los acompañantes deben decir cosas como «Te pondrás bien» o «Cuando acabes esta sesión de quimio, iremos a Dreamworld» o «Rezaremos fervorosamente y Dios nos ayudará». No deben convertir la situación en un melodrama protagonizado por ellos.

—Tendrías que haber prestado más atención. Haber seguido el tratamiento.

—De modo que esto es culpa mía, ¿no? ¡¿Por no haber pensado en ello todo el tiempo?!

—No tenías ninguna necesidad. Puedes aspirar a algo mejor que ese... ese diploma de belleza.

—No tienes ni idea. Es un título de...

—Estaba bromeando.

—Aléjate de mí.

—Y ese chico...

—¡Que te den! —Lo dice tan alto que debe de haberla oído toda la planta—. Estás celosa.

No me explico cómo esa chica puede tener fuerzas para seguir discutiendo, pero no deja de hacerlo, una y otra vez.

Oigo cómo el director de la planta le pide a la madre que se marche. Un instante después, la veo cruzar el pasillo con el pelo recogido con una pinza de carey y secándose las lágrimas con una mano.

La pelea, sin embargo, no ha acabado: la chica nueva se encara ahora con Nina.

—¡Lárgate!

—Debo colocar las bolsas de recambio —le está diciendo Nina—. Las que tienes están vacías y...

—¡No! —grita la chica con más fuerzas de las que yo podría reunir—. ¡Basta ya, dejadme tranquila!

Hay un revoloteo de enfermeras en el pasillo, y Patrick no tarda en entrar en la habitación número 2. Oigo cómo la puerta se cierra tras él. Me lo imagino ahí de pie, con las manos entrelazadas, preguntándole con tacto acerca de sus «sentimientos». Pero a él también le planta cara.

El asunto no acaba hasta un rato después, con la intervención de la doctora Aneta y probablemente de un valium o algo similar.

—De acuerdo, dádmelo —dice la chica nueva—. Dadme el frasco entero.

A continuación, se produce un largo silencio que consigue filtrarse por la pared. Después de todo, seis centímetros no son tan impenetrables.

Aún hay muchas cosas que ella no es capaz de comprender: que mejorará, que no es culpa de los médicos... «No luches —me gustaría decirle—. No tires de la palanca de la salida de emergencia. Tómate las pastillas y procura disfrutar del viaje.»

Ojalá pudiera decirle todo esto.

Ojalá pudiera decirle lo afortunada que es.

De regreso a la cama, después de la tercera meada de la noche, veo una estrella en el suelo. Parece como si hubiera sido capaz de encontrar su camino hasta aquí, colándose por debajo de la puerta y cruzando el liso suelo de linóleo.

Aún brilla un poco. La recojo y dejo que me guíe hasta la cama.

Cuando le conté a la chica lo de la estrella en el techo, no pretendía que me la devolviera. ¿Por qué continúa malinterpretando mis mensajes?

Espero no haberla entristecido aún más.

La oigo tirar de la cadena. Son las tres de la madrugada.

Me pregunto cómo debe de sentirse uno sin tener a nadie con quien compartir una habitación tan grande.

Esta noche no enciendo el iPad. No me siento con ánimos para conocer las últimas noticias. No quiero saber quién ha ganado y quién ha perdido. En vez de eso, sostengo la estrella mientras va apagándose. La observo hasta que desaparece por completo, y aun entonces siento su forma en la palma de mi mano.

Yacemos acostados, pared con pared.

Y pienso que, por lo menos, a mí no me planta cara.

5

ZAC

Cerca de la hora de comer, convenzo a mamá de que necesito desesperadamente un batido de hierbabuena de la cafetería —una forma de asegurarme de que abandonará la habitación—. Tengo que golpear la pared para decirle a la chica que se lleve de vuelta la estrella. Se suponía que no tenía que devolvérmela.

Golpeo, pero me responde una voz masculina. La chica ya se ha ido.

Cam y yo nos conocimos en la sala común el pasado abril. Estaba aquí para recibir radioterapia, y nuestros tratamientos coincidían, de modo que jugábamos largas partidas de billar en las que creo que evitaba darme una paliza. Recién salido del quirófano, la cicatriz de su cabeza tenía el aspecto de una «c» en relieve y al rojo vivo. «C de Cam. Por si lo habías olvidado.» Podría haber sido «c» de otra palabra, precisamente aquella que no se podía nombrar. El tumor de Cam había sido del tamaño de una pelota de golf, y llevaba una en un bolsillo para poder explicarle su caso a la gente con todo detalle. Estaba convencido de que sus dolores de cabeza eran el resultado de haberse lanzado tantas veces a las aguas del arrecife de Trigg.

—He vuelto a... ¿cómo lo llaman? —me dice a través de la pared—. A recaer. Igual que tú.

Qué injusto que ambas palabras estén tan cerca: «recaer», «remitir». Deberían hallarse en extremos opuestos del diccionario.

Su pelo le había vuelto a crecer rizado, me cuenta.

—Pero ahora que el bastardo ha regresado, por lo visto han de volver a freírme. —Me recuerda que es electricista, por lo que podrá soportarlo. Alardea de haber estado surfeando cada día desde que acabó el primer tratamiento. La semana pasada se burló de un tiburón tigre de dos metros—. ¿Qué iba a hacerme? —dice, riéndose al otro lado de la pared. Casi puedo percibir el sonido del mar en su voz.

Nina se siente atraída a su habitación con más frecuencia que a la mía. Creo que son más o menos de la misma edad. Me llegan sus conversaciones intrascendentes, y el entusiasmo en el tono de ella. Cuando entra en mi habitación, todavía lleva la sonrisa en los labios. Es una sonrisa distinta de las que me dedica habitualmente a mí. Sus mejillas tienen el mismo color de la mariquita de su horquilla. La observo cambiar los fluidos del gota a gota y resetear la pantalla, y me pregunto cómo puede dejarse engañar cuando es consciente de lo mismo que yo: que las probabilidades de Cam han caído de un veinticinco a un diez por ciento. Y decir un diez por ciento me parece generoso.

Joder, no quiero hacer esto. No quiero pensar en cifras, pero esto es lo que ocurre aquí dentro.

En el colegio las probabilidades eran claras y directas:

Si lanzamos un dado, ¿cuál es la probabilidad de que nos salga un 3?
1:6
Si lanzamos dos dados, ¿qué probabilidades tenemos de que nos salgan dos 3?
1:36

Me gustaban las matemáticas. Me gustaba saber a qué atenerme. Pero... ¿ahora?

Si a un hombre de 32 años le extirpan un tumor cerebral
y, 8 meses después, regresa, ¿cuántas probabilidades tiene
de sobrevivir?
1:11
Convirtámoslo en un porcentaje.
9,09 %

Aquí no hay quien escape de las matemáticas. Los médicos recitan índices de glóbulos blancos y neutrófilos. Las enfermeras me toman la temperatura y me pesan, calculando miligramos de metotrexato, prednisona, ciclofosfamida... Hacen gráficas de mi progreso, elogiando los pequeños incrementos en mi mejoría, como si de algún modo fuera responsable de estas curvas al alza. Mis gráficas despiertan más optimismo y excitación que las de los viejos con los intestinos chungos. Soy su ojito derecho.

Al contrario que Cam. Mierda de Google... En algunas webs sus probabilidades se sitúan en un 1:10; en otras, en un 1:14. Cuando golpea la pared y me dice «Zac, chico, pon el cuatro, que echan "The Goodies". ¡Hip, hip, hurra!», me pregunto si visita las mismas webs que yo.

Me cuido bien de guardarme para mí estas estadísticas, lejos de mamá, Patrick, Facebook y de todos aquellos que se preocupan. Debo archivarlas y concentrarme en lo que tengo delante: Nina.

—Cam quiere darte clases cuando salgas —me dice mientras se lava las manos.

—¿De matemáticas?

—De surf, tontorrón.

—¿A mí? ¿Al cereal de arroz hinchado humano? Bueno, por lo menos flotaré...

—Cam dice que te llevará a Trigg después de Navidad. Tiene una tabla de dos metros y medio que te irá perfecta. Me ha pedido tu número de móvil.

Seguro que sirvo de cebo para los tiburones. De todas formas, arranco una hoja del diario y escribo mi número. Este hombre va por ahí con una gigantesca «c» en la cabeza, y además ahora le han detectado unas manchas sospechosas en el cerebro, pero, pese a todo, continúa desafiando al océano. No puedo decirle que no.

También estoy en Facebook: Zac Meier (el segundo de la lista, ¡quizá no me reconozcas!).

Mamá le entrega mi nota a Cam y luego se queda a charlar. Al carecer de acompañante —su perro y su compañero de piso no cuentan—, Cam ha encontrado en mi madre a un sustituto que le lleva té y galletas Anzac de tamaño gigante. En el mundo real no tendrían nada en común —mamá es una granjera del sur, y Cam un electricista surfero que conduce una furgoneta Falcon—, pero en esta planta no se les da mucha importancia a las reglas sociales.

Nina me coloca un termómetro en el oído. Hoy su horquilla para el pelo es un reno.

—Este extremo de la planta es mejor, ¿no crees? —Intento sonar lo más natural posible, considerando que tengo un termómetro incrustado en la cabeza.

—¿Ah, sí?

—Es más luminoso —añado—. Tiene mejor *feng shui*. Y eso es bueno para pacientes... jóvenes. Como Cam. E incluso... de menor edad.

—¿De veras?

—Tendría sentido, supongo, que a los jóvenes —insisto en el tema—, como Cam o quien sea, los ubicaran en este extremo... en el futuro. Ya me entiendes, cuando el próximo hipotético joven tenga que regresar.

—¿Te refieres a un hipotético joven como Mia? —Nina mueve la muñeca y anota cifras en mi expediente.

«Mia.» El nombre le sienta bien.

—¿Cómo se encuentra?

Nina sujeta el bolígrafo a la tabla. Esté como esté, sé que no va a mentirme.

—Se pondrá bien, Zac. No te preocupes por ella.

Eso ya lo sé. Lo he buscado en Google.

Esa chica tiene más probabilidades que cualquiera de nosotros.

Dos días después, Patrick entra en la habitación para decirme que tiene buenas noticias.

—¿Estoy curado?

—Eh... Esto, bueno, no, no se trata de eso. Quiero decir, estarás curado, Zac, dentro de cinco años... Oficialmente dentro de cinco años...

—¿Me has conseguido una cita con Emma Watson?

Su cara se inunda de alivio.

—Quizá. La verdad es que... no me he leído la letra pequeña, pero vamos a nominarte al premio «Pide Un Deseo».

Ya he oído hablar de esos «deseos»: se conceden a menores de dieciocho años con enfermedades de alto riesgo. He visto fotos de niños volando en helicóptero, o abrazados a Mickey y Minnie en Disneylandia. El problema es que suelen ser prepubescentes —los niños, no los ratones gigantes de Disneylandia—, y me cuesta imaginarme a mí mismo como el último «Pide Un Deseo» en salir en la foto.

—¿Y eso por qué?

—Porque eres un luchador tremendo, Zac.

—¿Como Anthony Mundine?

—Bueno, es posible... —Patrick se sienta de lado en un extremo de mi cama y se frota los pantalones de pana—. No, en realidad no. Es porque nunca te quejas. Siempre estás... arriba, nunca te hundes.

Veo lo que está pensando: «Al contrario que esa chica...»

—Ya lo entiendo. En ese caso, me parezco más a Hulk Hogan.

—¡Zac! —Mamá me apunta con un regaliz.

Me ha advertido que no me aproveche de la buena voluntad de Patrick. Al igual que el resto del personal de esta planta, está acostumbrado a prestar asistencia psicológica en torno a temas adultos, como problemas económicos, infertilidad, lo injusta que es la vida y bla, bla, bla.

—Tal vez seas más como un soldado en combate —sugiere Patrick.

—¿De modo que esta habitación es como Afganistán y mi leucemia son los talibanes?

—Si te gusta verlo así...

—Una metáfora. Gracias. ¿Puedo utilizarla en clase de lengua?

—Claro. Bien, entonces... —dice incorporándose—, dale vueltas a lo de tu deseo. Emma Watson, ¿no? ¿Te refieres a Hermione, de *Harry Potter*? ¿Por qué no? Todos podemos soñar...

—Sé amable —me dice mamá después de que Patrick se haya lavado las manos y haya salido de la habitación con un saludo—. Si no eres amable, pediré como deseo que te metan en un centro de adelgazamiento Jenny Craig y te pongan a dieta.

La verdad es que no quiero ir a Disneylandia ni conducir un fórmula uno con Michael Schumacher. Cuando finalmente consiga abandonar esta habitación, lo último que querré será jaleo. Lo que más deseo es plantarme bajo el inmenso cielo azul, ayudar a papá y a Evan a limpiar la granja, y jugar al fútbol con los amigos. Incluso echarle una mano a Bec con los animales. Sólo quiero volver a estar al aire libre, como debería ser.

Además, no creo merecer ningún premio. No soy un luchador, probablemente ni siquiera sea valiente. No he hecho como Ned Kelly, el bandolero, y he salvado a un niño de morir ahogado, y tampoco he navegado por todo el planeta en un bote rosa, como Jessica Watson. Jugar tres horas diarias con la Xbox no me convierte en un héroe. He permanecido tumbado en esta cama veintisiete días seguidos y he llegado a controlar magistralmente los movimientos de mis intestinos. He conseguido perder el cien por cien del pelo de mi cabeza y doblar, no sé cómo, el tamaño de ésta. Y tras diecisiete días con una médula espinal nueva, finalmente he sido capaz de producir algunos leucocitos por mi cuenta, o así lo demuestran las pruebas. Pero nada de esto supone un mérito sobrehumano.

He visto documentales de prisioneros de guerra que sobrevivieron durante años masticando trozos de carbón vegetal y colocándose gusanos en las heridas para que frenaran las infecciones. Eso sí merece una visita a Disneylandia. Aquí dispongo de una pequeña nevera para mí solo, un televisor y una Xbox, aire acondicionado a una temperatura fija de veintiún grados, comida caliente y tres tentempiés al día, así como de una persona que me hace la cama.

No me quejo del tratamiento, ¿qué sentido tendría? Tal como yo lo veo, esto es algo temporal. La esperanza de vida de un varón australiano se sitúa actualmente en los setenta y nueve años, es decir, 948 meses. Esta estancia en el hospital, sumada a las primeras rondas de quimio y las visitas de seguimiento, será de unos nueve meses. Esto significa sólo un 1,05 % de mi vida entre agujas y productos químicos, lo que, visto en perspectiva, es menos que una de las ochenta y cuatro placas que hay en el techo.

En conjunto, por tanto, lo mío no es nada destacable. Y por supuesto que no me hace merecedor de un premio «Pide Un Deseo». Si hay alguien que merezca un premio, ése es Cam, pero con treinta y dos años es demasiado mayor para que se lo concedan.

Nina también merece un premio. Es consciente de las escasas probabilidades que tiene y, pese a ello, no se muestra reacia a sentirse atraída por él.

—¿Por qué Emma Watson? —me pregunta mamá más tarde.

Incluso ella es más valiente que yo. Ella ha escogido soportar esto.

Yo soy el menos valiente de todos. Nunca me alisté para esta guerra. La leucemia me reclutó, la muy cabrona.

6

ZAC

Facebook me informa de que tengo dos nuevas solicitudes de amistad. Con 679 amigos, no es que necesite ninguno más. Antes de caer enfermo, el recuento iba por cuatrocientos largos, pero incluso entonces estaba inflado: amigos del colegio, ex amigos del colegio y compañeros de los equipos de fútbol y críquet. Ahora me han salido «amigos» por todas partes: parientes lejanos, pacientes del hospital y sus familiares, y miembros de diversas asociaciones de adolescentes con cáncer a las que me sentí obligado a unirme, y que bombardean mi muro con chistes, citas espirituales para idiotas y acrónimos que no siempre entiendo.

—La comunicación *online* es fundamental para sobrevivir al aislamiento de tu Aislamiento —me dijo Patrick.

Sin embargo, tengo la sensación de que los principales beneficiados son mis «amigos».

Lo más divertido que me ha ocurrido en Facebook ha sido ir rechazando las persistentes solicitudes de amistad de mi madre.

—Estás conmigo las veinticuatro horas del día, mamá. ¿Por qué tenemos que ser también amigos de Facebook?

—Sólo quiero saber qué estás haciendo.

—Ya ves lo que estoy haciendo. Lo ves todo. En vivo y en directo.

—Es que yo sólo tengo catorce amigos —me contesta, como si dándome pena yo fuera a ceder.

—Eso significa que debes salir más. Tienes que quedar con amigos de verdad, o hacerle una visita a la tía Trish. Sólo vive a tres barrios de aquí. O aún mejor, vete a casa.

—Me iré a casa cuando tú lo hagas, dentro de siete días —me recuerda, como si pudiera olvidarlo. Como si eso fuera posible.

Vuelvo a rechazar la solicitud de amistad de mamá, y abro la segunda.

Esperaba que fuera de Cam.

Solicitud de amistad: Mia Phillips
0 amigos en común

El nombre sólo lo he oído una vez y la cara recuerdo haberla visto. Miro fijamente la foto para asegurarme. Lleva una camiseta escotada y un colgante con medio corazón de plata. Apoya los brazos sobre los hombros de otras chicas. ¿Es ella?

Miro en dirección a la ventana circular de la puerta. No está ahí, por supuesto. Sólo veo una pared blanca y dos terceras partes del cartel sobre higiene, que han adornado con festivas guirnaldas navideñas de color rojo y verde. Es la cara de la novata la que me mira desde mi pantalla; tiene que serlo. La chica que responde «tac» a mi «toc».

Me está pidiendo que la acepte como amiga, y me ha pillado en mitad de un intento de coger aire, en mitad de mis lamentaciones, en mitad de todo.

Mi dedo planea sobre «Confirmar», pero me siento confuso. ¿Cómo sabe quién soy?

—Mamá, ¿Cam se ha ido a casa?

—No. Creo que lo han cambiado a la habitación número seis.

—¿Cuándo?

—Mientras dormías.

Bajo el volumen, y mi voz cae una octava.

—¿Quién ocupa entonces la número dos?

Mamá se encoge de hombros, como si de repente el tema no fuera con ella. A continuación, me ofrece un malvavisco.

Sabe perfectamente quién está ahora en la habitación número 2.

La pantalla me ofrece dos opciones:

Confirmar   Ahora no

—No tenía que regresar hasta el martes. Creo que eso es lo que dijo Nina... Pensaba que estaba en un ciclo de cinco días de tratamiento y cinco libres.

—No me acuerdo. ¿Cuál es la palabra de diez letras para «pantuflas»?

No necesito otro amigo en Facebook, especialmente uno que me graba un CD de dudoso gusto y arranca estrellas fluorescentes sin motivo alguno. Una chica que entiende todos mis mensajes al revés. Que siempre tiene ganas de discutir.

Pero, a fin de cuentas, está sola...

Mi dedo ignora a mi cerebro y toca la pantalla.

Confirmar

Me preparo para que ocurra algo, pero no noto movimientos sísmicos ni oigo alarmas ensordecedoras. Nada ha cambiado. Se ha convertido simplemente en un nuevo amigo «de mentira» en mi perfil.

Luego, «tac».

¿Ha sido la empleada de la limpieza en la habitación contigua? ¿O los nudillos de una chica?

«Tac.»

Cazo a mamá mirando en dirección a la pared.

—¿Has sido tú? —me pregunta.

Yo niego con la cabeza.

—Quizá sea un ratón.

«Tac», insiste la pared. «Tac, tac.»

¡Maldita sea! ¿En el transcurso de dos horas la chica nueva se ha instalado en la habitación contigua, se ha hecho mi amiga en Facebook y me ha dicho «tac»?

Me lanzo a su muro para ver su vida desplegada en comentarios, fotografías y emoticonos.

59

Vamos a Rotto ste finde, Mia. ¿Te apuntas?

¿Pq no viniste a Georgies? Mejor. Noche. ¡DE LA HIS-TORIA!

Miro su última actualización de estado, es de hace tres semanas:

Harta de este estúpido tobillo

Los comentarios que siguen son absolutamente desafortunados.

Demasiado bailoteo?

No te has tomado un antibiótico?

Mamma mia u unco spaz ;)

Bajo la página en busca de más.

Me encuentro con actualizaciones más antiguas sobre zapatos y vestidos para el baile de fin de curso, con fecha de hace un mes. Aparece una foto de unas manos con los dedos desplegados, mostrando pintaúñas de diez tonalidades diferentes. Siguen listados de comentarios tontos de algunos de sus 1.152 amigos. ¿En serio? ¿Quién conoce a tanta gente?

La palabra que comienza por «c» no aparece por ningún lado. Tampoco «quimio».

¿A las playas de Rotto? No tiene sentido. ¿De verdad los ha engañado haciéndoles creer que sólo se trata de un dolor en el tobillo? Puede que la nueva chica tenga muchas probabilidades, pero sigue siendo cáncer y canta bastante. Cantará durante mucho tiempo.

«Tac.»

Sus amigos han estado colgando chorradas sobre las vacaciones de verano y las rebajas prenavideñas, sin darse cuenta de que Mia ha estado entrando y saliendo del hospital, sintiéndose morir. ¿Por qué no se lo ha contado?

Sigo bajando por su página de Facebook y repaso su vida en orden inverso: alguna referencia a su tobillo hinchado; las quejas habituales sobre el colegio; invitaciones a la playa y a Karrinyup; fotos etiquetadas como «Gran escapada» y «Festival de música Summadayze». Descubro su vida en Facebook expuesta de forma tan instantánea como colorida, pero sigo sin ver nada de ella.

Entonces mi iPad emite un «blop» inesperado y, en la esquina inferior derecha de la pantalla, se abre la ventana del chat para decirme «Mia está escribiendo...».

«Blop.»

Mia: ¿Eres TÚ?

¡Mierda! ¿Puede saber que estoy viendo su página? ¿Creerá que la estoy espiando? Pero ¡ha sido ella quien me ha invitado!

Hace cinco minutos estaba tan tranquilo viendo la tele, y ahora me encuentro atrapado entre los «tac, tac» y las preguntas de la chica de al lado. Mia. Debo conseguir que vaya más lenta, o ir yo más rápido. ¿Y por qué ha escrito «TÚ» en mayúsculas?

«Tac.»

—¿Zac? —La voz de mamá suena malhumorada—. ¿Has sido tú?

¿Qué demonios? ¿A qué contesto antes? ¿A la pared, a la pregunta de Facebook o a mi madre? Sea como sea, ¿qué les digo?

Otro «blop».

Mia: ¡Eh!
¿Estás ahí? ¿Zac Meier?

El cursor parpadea furiosamente bajo la pregunta, pero yo me siento como un conejo deslumbrado por los faros de su coche.

«¡Tac!»

Ése ha sido sin duda un golpe de los que te machacan los nudillos. Sus peticiones me llegan ahora en estéreo.

Mierda. Tecleo:

Zac: La misma

Mis dedos planean por la pantalla del iPad y aprieto «Enviar» antes de tiempo. Se produce una pausa lo suficientemente larga como para lamentar mi error. Tan larga como para que la confusión se apodere de la habitación contigua.

Mia: ¿Eres una chica?
Zac: No

Opto por un mensaje corto. La brevedad es lo mejor. Esta pantalla táctil es un campo minado.

Zac: Aquí stoy
Varón

Añado esto último para aclarar las cosas, aunque pierdo unos segundos preciosos debatiéndome entre «chico» y «hombre». ¡Seguro que sabe que soy un varón! Me ha visto por la ventana al menos cuatro veces. ¿Es posible que mi constante contacto con mujeres —mi madre, el personal mayoritariamente femenino del hospital, tal vez incluso mi donante de médula ósea— haya alterado de forma grave mis cromosomas Y? Me dispara más preguntas:

Mia: ¿Kién eres?
¿El de la habitación de al lado?
Zac: Sí. Hab 1. Tu vecino. Zac
Varón

Lo recalco una vez más para poner énfasis a la cosa.

Mia: pero en la foto de perfil sale una chica...

Mierda. Tiene razón. Había olvidado a la chica alemana en la Fiesta de la Cerveza con largas trenzas rubias y escote generoso.

Zac: no soy yo. es una broma

¿Cómo le explico en pocas palabras lo del apodo de Helga y lo del donante alemán anónimo?

Zac: Es una larga historia... tengo una parte de Helga... quizá...
Mia: ?
Zac: !

¿Qué más puedo añadir?

Con cada parpadeo, el cursor parece lanzarme una mirada de desconcierto. Necesito demostrar que soy yo, de modo que me estiro y doy unos golpes en la pared. Esta vez suena diferente de las anteriores.

Mamá está mirándome. Tiene los ojos puestos en mi puño. Había olvidado que estaba ahí.

Mia: has dejado tu número de móvil en mi cajón?
Zac: En el tuyo no. En el de Cam. Un malendendido

¿Por qué tiene que ser esto tan complicado? Cam debe de haber olvidado mi nota por accidente. Menudo servicio de limpieza.

Zac: Malentendido. ¡¡¡Malentendido!!!

La repetición y los signos de exclamación muestran mi cabreo, como si subrayara mi arrepentimiento por haberla aceptado como amiga, lo que en parte es cierto, pero sólo porque estoy quedando como un idiota integral.

Deja de escribir, tal vez ella también se arrepiente. ¿Por qué molestarse en ser amiga de alguien a quien no puedes ver? Alguien con mi pinta actual y que teclea sin pensar.

Respiro hondo y vuelvo a empezar. Necesito explicarme.

Zac: No he dejado una nota en tu habitación.
Stoy atrapado aquí.
La nota era para otra persona: Cam. Ahora está en
la habitación 6.
Sólo un malentendido, ok.
Ok?

Me responde con otra pregunta.

Mia: ¿stás atrapado?

El cursor parpadea con curiosidad. ¿Cómo explico esto en pocas palabras? Mi debilidad durante este curso escolar, que en un principio achaqué a haber jugado demasiado al fútbol. Los moretones, la fatiga y la gripe. Luego las pruebas, el diagnóstico y los seis meses de quimio, más tarde la vuelta a la vida —¡la vida!—, seguida de la recaída. La búsqueda de un donante de médula ósea para un trasplante, las sesiones de radioterapia y la cuarentena para que la médula alemana se asiente mientras mi sistema inmunitario se regenera, de modo que mis neutrófilos estén listos para enfrentarse al mundo... Hasta que eso ocurra, estoy atrapado aquí, atrapado para recibir injertos y regenerar y curarme, y aguardar con ilusión, y emocionarme con las cosas más insignificantes, como unos golpes en la pared y la presencia de alguien de mi edad con quien por fin poder hablar.

Zac: Sólo atrapado. 7 días más. No me quejo... :-/

Me quedo un buen rato mirando el espacio en blanco. ¿Habré contado demasiado? ¿Ha sonado como que buscaba consuelo?

Tengo la sensación de que quiere escapar de mí. Veo su mirada ausente, deseosa de volver a Facebook, donde la esperan sus amigos sanos y populares del mundo real. Amigos que están morenos y llevan gafas de sol enormes y colgantes en forma de corazón. Podrían ser modelos de los que salen en las revistas. Me gustaría decirle que yo también soy como ellos —bueno, más o menos—, aunque ahora parezca un cereal de arroz hinchado. Lo único que digo, sin embargo, es:

Zac: Puedes poner tu música si kieres. Odio a Gaga, pero...
Mia: Yo tb
Zac: ?
Mia: es un regalo.
     y un buen repelente de madres
Zac: ?
Mia: garantizado

Zac: con la mía no ha funcionado
 puedes poner lo que kieras. Es tu habitación.

No recibo respuesta, por lo que continúo como un tonto.

Zac: Tómatelo con calma. no stés trist

Este iPad debería tener un botón que me permitiera tomar el control y evitar así que me atascara.

Zac: e

Añado enseguida. Sin embargo, tampoco sé por qué he
tecleado esto último, como si fuera el Policía de la Tristeza.
No lo soy. Puede sentirse como quiera.

Lo que quiere, al parecer, es que la dejen tranquila. La
señal verde del chat desaparece, y me quedo con la sensación
de que he dicho todo lo que no debía con todas las palabras
que debería haber evitado.

«¿No estés triste?» ¿Por qué no tiene un acompañante
—como su madre o el tipo del sombrero que la visitó aquel
día— que le suelte chorradas en lugar de hacerlo yo? Necesita a alguien a su lado que le diga que todo va a ir bien, que
esto no va a durar mucho; que a sus diecisiete años todavía le
quedan al menos sesenta y siete de vida por delante, según las
últimas estadísticas, y que lo que está pasando no es más que
un abrir y cerrar de ojos, una pausa en su vida real, menos
que una placa de las que forman el techo que tiene sobre su
cabeza.

Oigo cómo se incorpora en la cama de la habitación contigua, seguido de inmediato de la cisterna del lavabo. Si está
vomitando, espero que se deba al cisplatino, y no a mí.

Me quedo navegando por su página de Facebook el tiempo suficiente para descubrir el curso al que irá el año próximo.
También veo que ha estado asistiendo a un curso semanal
para sacarse el título de Cosmética, y que adora las películas
de Tim Burton, a Ryan Reynolds, la música de Flume y los
M&M's. Antes de cerrar el iPad, ya sé que odia los plátanos
y que tiene una relación con Rhys Granger.

Puede que seamos «amigos», pero no somos amigos y, más allá de lo obvio, tenemos poco en común. Me sentiría raro si siguiera acosándola con mis golpecitos en la pared.

—¿Un palabra de seis letras que signifique «excluir»? —me pregunta mamá.

Pero me faltan las palabras.

ZAC

Estado: 5 días para que me den el alta. Muriéndome de aburrimiento. ¿Sugerencias?

Mamá se ha propuesto aprender a hacer punto con el libro *Tejer para Dummies*. Con cuarenta y nueve años, y a las puertas de convertirse en abuela, ha decidido que ha llegado la hora. Su primer intento va a ser una bufanda para el bebé de Bec, que está en camino. Entrechoca las agujas mientras usa un ovillo de lana que reposa dentro de un paquete higiénicamente sellado, con el fin de evitar que entren gérmenes en nuestra burbuja. Ovillo 32, agujas del número ocho, punto del revés 24. Suena a aerobic. A mamá no le vendría mal hacer algo de aerobic.

Yo también necesito un nuevo reto. Algo que me ayude a que la última semana pase rápido, igual que la ayudan a ella los puntos que tricota con creciente seguridad. Para mí, el tiempo es como un trozo de plastilina que moldeo con mis manos inútiles e hinchadas. Cinco días de plastilina moldeable para largarme de aquí.

No es que mamá no se haya ofrecido a enseñarme —compró agujas de tejer de sobra con la esperanza de que tejiéramos de forma sincronizada—, pero la amenacé con clavarme una en el ojo si insistía en algo así. Antes que ponerme a tricotar sería capaz de ver reposiciones de «Glee» sin parar. Además, necesito prestar más atención a mi imagen.

—Necesito un gorro —le digo.

—Primero tengo que acabar la bufanda.

¿Desde cuándo los bebés llevan bufandas?

—No me refiero a que lo hagas tú, sino a que me compres uno. Un gorro, un sombrero, algo como lo que se pondría Ryan Reynolds. ¿Puedes conseguirme algo parecido?

—¿Para qué ibas a necesitar uno aquí dentro?

—No es para protegerme del sol. Es más para... protegerme el ego. Tengo la cabeza demasiado... pálida.

Mamá levanta la vista y detiene las agujas a media hilera.

—¿Quién es Ryan Reynolds? ¿Y qué le pasa a tu cabeza?

—Mamá, soy una bombilla humana. Quiero un sombrero. Uno chulo. De hombre. Un sombrero-sombrero.

—De acuerdo, doctor Seuss.

—Pero no de la tienda del hospital. De un sitio... más *cool*. ¿Puedes hacer eso por mí?

—¿Qué? ¿Ahora mismo? ¿Después de treinta días, de golpe decides que necesitas un sombrero de inmediato?

—Más o menos.

Mamá suspira de forma exagerada mientras acaba la hilera. Entonces deja las agujas y la lana en su regazo.

—Eres de lo más rarito. ¿Es por la bufanda? ¿Porque estoy haciéndole una primero al bebé?

—¿Acaso un hombre no puede querer un sombrero?

—¿Necesitas hablar con Patrick?

—Sólo necesito... —intento contenerme— un sombrero. Y una madre que no haga tantas preguntas.

—Qué irascible... —murmura, echándose el bolso a la espalda—. Ya que estoy, compraré un poco de helado. Bien, hazme un dibujo de eso que tú consideras un sombrero masculino.

Arranco una hoja del diario repudiado y dibujo algo parecido —aunque no demasiado parecido— al sombrero que llevaba el novio de Mia cuando vino a visitarla hace una semana.

Hoy vuelve a llevarlo cuando lo veo pasar por delante de la ventana circular de mi puerta y se cruza con mi madre en el pasillo. Me pregunto si ella se fijará en este chico de gesto decidido que lleva unos claveles en la mano.

Apenas puedo entender la conversación que mantienen en la habitación contigua. Hablan en voz baja. Al menos Mia está hablando, que es más de lo que ha hecho en los últimos dos días. Me hubiera gustado decirle que las cosas mejorarán, que todo esto pasará. Espero que Rhys esté diciéndoselo en estos momentos. Espero que esté actuando como el acompañante que su madre no ha podido ser.

Ya me han hecho veinticuatro comentarios al último *post* en el que preguntaba por un proyecto. Me encuentro con sugerencias previsibles de gente a la que apenas conozco: «Haz un álbum de recortes a partir de tu experiencia»; «Escríbele una carta a tu yo de dentro de un año»; «Decora un calcetín navideño»... También con ideas de mis amigos: «Construye una torre Eiffel con agujas usadas» (Alex); «Vende tu antigua médula espinal en eBay» (Matt); «Convence a las enfermeras de que rueden para ti una película porno» (Evan). La sugerencia menos ofensiva procede de Rick, otro fan de Emma Watson: «Vuelve a ver de principio a fin todas las películas de Harry Potter.» Fácil.

Mia no ha escrito ningún comentario. Tampoco esperaba que lo hiciera. Cargo su página una y otra vez, quiero ver si añade algo nuevo acerca del hospital, de su estúpido tobillo o incluso del siniestro chico llamado Helga de la habitación de al lado. Su página, sin embargo, permanece extrañamente alegre, y comienzan a dolerme los ojos de tanto mirarla. Su última actualización, colgada anoche, dice:

> Todavía relajándome en el sur. ¿Alguien tiene entradas para el Future Music Fest?

Sus amigos hacen comentarios desenfadados sobre las largas colas. Nadie le pregunta por su tobillo.

¿No se dan cuenta de que les oculta algo? ¿De lo triste y enferma que está Mia? Apuesto a que el único que lo sabe es ese chico que ahora está con ella, y que no tarda en irse. Oigo cómo se abre y se cierra la puerta, y luego veo a Rhys cruzar el pasillo con las manos vacías. Un minuto después, lo sigo con la mirada desde mi ventana rectangular, cuando sale por la puerta principal que hay siete pisos más abajo. Se mete en un coche aparcado en la zona reservada a estancias máximas de cinco minutos y, poco después, sale a toda velocidad. Parece que huya de este hospital, de toda la enfermedad que contiene y de la chica de diecisiete años que llora quedamente en la habitación contigua.

Esto es más doloroso que cualquier canción pop.

Si pudiera levantarme e ir hasta su habitación, lo haría. Por lo menos eso creo.

Entraría y me sentaría en su cama. Le acariciaría la espalda. Creo que le pasaría un brazo por los hombros, siempre que ella quisiera, igual que solía hacer mi madre conmigo.

Sin embargo, estoy atrapado en esta habitación, cargando con ese triste sonido que nadie más puede oír.

Cuando mamá regresa de las compras, se presenta con un cubreteteras con orejeras.

—¿Qué demonios es eso?

—El dependiente me ha dicho que están de moda, que Burt Reynolds lo llevaría.

—¿Quién?

Pone los ojos en blanco.

—El actor. Ya sabes, *Los caraduras*.

¿Habla en serio?

—Ha sido idea tuya —me dice.

Estoy tentado de vomitar en él, pero mamá me lo encasqueta. Da un paso atrás y se queda mirándome, como si fuera un grafiti que intentara descifrar.

—¿No llevaba uno así el vaquero gay de esa película de la montaña?

—No es precisamente el *look* que estaba buscando, mamá.

—Bueno, pues tienes que mejorar tu habilidad a la hora de dibujar. —Arruga la hoja con mi dibujo del sombrero y la lanza a la papelera—. ¿Por qué no te animas? Podría traerte algo de fruta... para que hicieras un bodegón. Y comprarte el libro *Dibujar para Dummies*.

Mamá está poniendo mi paciencia a prueba más que nunca. Durante la quimio la situación no era tan mala: ambos podíamos resistir cinco días juntos, sabiendo que a continuación disfrutaríamos de cinco días en casa para recuperar nuestro espacio. Sin embargo, un mes entero... se me hace claustrofóbico. El ataque de nervios está a la vuelta de la esquina.

—¿Sabes esa novata? —digo con la esperanza de matar dos pájaros de un tiro.

—No creo que a estas alturas sea ya novata... —Mamá me pilla en un tecnicismo.

—La chica a quien hasta hace poco llamábamos «novata». Mia.

—¿Mia?

—La de aquí al lado. ¿Puedes ir a saludarla? Llévate el Scrabble.

La propuesta le hace fruncir la nariz.

—Al menos el puzle del mundo —le digo.

—No parece... el tipo de chica a la que le gusten los puzles del mundo.

«No parece una chica muy sociable», quiere decir. De esas que adoran el té y comer bollitos, del tipo risueño, como la mayoría de los pacientes de esta planta y sus acompañantes. «Es gruñona», quiere decir, inmadura e irascible, igual que Bec cuando era adolescente.

—Quizá mañana —añade mamá—. Creo que el gorro te sienta bien.

—Pásame una aguja de tejer.

En vez de eso, mamá me da un bol con helado de vainilla y caramelo. Me lo como, a pesar de que está más dulce de lo que debería. Al menos me mantiene ocupado.

Escucho mis nuevos CD con los auriculares y escojo las canciones que le grabaría a Mia si tuviera agallas.

Cinco días por delante.

···

Salgo del cuarto de baño sin tirar de la cadena y regreso de puntillas a la cama.

Enciendo el iPad y navego por blogs de pacientes de todo el mundo. Siempre me sorprende que la gente sea capaz de confesar sus miedos ante una audiencia global e invisible, o que cuelguen fotos suyas sin cabello, o poemas dolorosos en pareados, o que hagan promesas a un dios de una u otra religión. ¿Son valientes o es que simplemente están aburridos? Llego a leer, incluso, algunas de sus plegarias. Al menos así me siento menos solo a las tres de la madrugada. Sé que no soy el único que está encerrado.

Rastreo la evolución de los esperanzados y los desesperanzados, de los vencedores y los perdedores. Y, cada vez que leo algo sobre la muerte de un enfermo de leucemia, siento un oscuro alivio. Jamás podría admitirlo delante de nadie —y me siento como un verdadero gilipollas—, pero su muerte me ayuda a creer que, gracias a algún mecanismo cósmico, mis probabilidades de sobrevivir aumentan. Es el nombre de otro el que ha entrado en la lista de bajas. Eso significa que yo estoy un poco más a salvo, ¿no?

No conozco a estas personas y, por supuesto, no deseo que mueran, pero sé que con ello mis probabilidades pintan mejor. Debo creer en las matemáticas. Por trigésimo segunda noche consecutiva, mi madre está roncando a mi lado, y, pese a que a veces tiene la virtud de sacarme de mis casillas, no puedo decepcionarla. Me necesita para superar esta situación.

Leo blogs de padres cuyos hijos son demasiado pequeños para escribir por sí mismos. En foros, leo cartas de gente asustada; gente a la que le diagnosticaron la enfermedad demasiado tarde y que no tiene siquiera la oportunidad de recibir quimio o un trasplante. De nuevo, me siento afortunado... Y también culpable.

Entonces, la veo en la parte inferior de la pantalla. No es más que un circulito verde que me mira detenidamente: un planeta que brilla en la oscuridad. Como si hubiera estado observándome.

No. No soy el único que no duerme.

El circulito verde significa «lánzate». ¿Debo lanzarme?

Sin embargo, ella me escribe primero.

Mia: Helga?
Zac: soy zac
Mia: Estás despierto?
Zac: Tú ké crees?
Mia: Claro.
       Yo tpco puedo dormir.
Zac: Es la maldición de las tres de la madrugada.
Mia: ¿maldición? ¿Qué medicamentos estás tomando?
Zac: sólo el del aislamiento. Suficiente para volverte loco
Mia: Helga, me siento como una mierda.
Zac: Es normal. Cosa de la quimio.
       Por cierto... me llamo Zac
       Mejorará

Añado. Y a continuación:

Zac: Mejorarás.

Espero que no suene a promesa vacía.

Mia: ¿seguro?
Zac: te lo aseguro
Mia: ¿Y tú?

Su pregunta se me clava como un dardo. Tiene buena puntería.

Zac: Casi stoy mejor. Una médula nuevísima gracias a Helga.
Mia: tenías pinta de star muy enfermo

Mi cabeza se hunde aún más en la almohada. Tiene razón. Al menos es lo suficientemente honesta para decirlo.

Zac: Quimio. corticoesteroides. Falta de sol.
Mia: Entonces, no vas a morirte?

73

La palabra que empieza por «m» parece saltar de la pantalla. El resto de los que están aquí la evitan.

Zac: No
Mia: Bien

¿Qué debo responder? ¿«Gracias»?

Zac: La nueva médula espinal ya se ha injertado.
    Ya stamos mejor.
Mia: ¿Qué pasa con el Face de la gente que muere?
Zac: Ni idea...
Mia: ¿Dnd van a parar los perfiles de los muertos?
Zac: Tendrás que preguntárselo a Zuckerberg.
Mia: ¿A kién?
Zac: Al dios de Facebook.
Mia: ¿Dnd van a parar el resto de las cosas? ¿Como los tfs
    móviles y la música de los iPods?

Me imagino montañas de teléfonos. Canciones olvidadas en la nube.

Zac: ¿Pq?
Mia: JODIDAMENTE ABURRIDA. ¿Cómo pdes SOPORTAR
    este sitio?
Zac: no me queda más remedio. Dormir ayuda. Seinfeld.
    Modern Family.
Mia: Me metieron un tubo por la nariz y casi me muero del
    dolor.
Zac: ¿no comes?
Mia: todo me sabe a humo.
    el chocolate me sabe a cera :(
Zac: Prueba con los bocadillos de keso fundido y salsa
    de tomate. Un clásico de la quimio.
    Primero deja ke el keso se enfríe.
Mia: ¿no te aburres?

Zac: stoy volviéndome loco. 32 días sin salir de la habitación.

Mia: ?!!!

Zac: Llevo atrapado en esta habitación desde el 18 de noviembre.

Pero ya casi he acabado. Tú tb. 2 ciclos cumplidos.

Mia: Aún me kedan 3 :-(

Zac: ¿sólo 5? Menuda suerte.

Mia: ¿¿¿Suerte???

Zac: Mucha. ¿No lo sabías?

Seguro que lo sabe, ¿no? Que las mujeres de su edad que sufren osteosarcoma tienen un ochenta por ciento de probabilidades de sobrevivir, pero que en su caso se eleva por encima del noventa por ciento, dada su localización. Y si todo el cáncer recibe radiaciones y extirpan el tumor, supera incluso el noventa y cinco por ciento. ¿No es consciente de lo bueno que es un noventa y cinco por ciento?

En vez de eso, escribo:

Zac: Eres la persona más afortunada de la planta

Mia: Afortunada = ganar la lotería

Zac: Entonces deberías comprarte un boleto

Mia: Eres un tío divertido

Zac: no paran de decírmelo

Mia: No divertido en plan ja, ja, sino divertido hmmm... :-*

Ok tengo sueño. Gracias.

Zac: Cuando kieras.

Mia: Hasta otra, Helga.

Zac: Zac!

Se oye un golpe suave en la pared, que podría ser accidental.

Apago el iPad, y la habitación se funde a negro. Sin embargo, dormir no es una alternativa viable. La conversación que acabo de mantener con Mia da vueltas en mi cabeza como una canción en modo repetición. No es una canción

75

perfecta, pero sí supone una mejoría respecto a las de Lady Gaga.

Mia es divertida, en plan «ja, ja».

Tumbado en la cama, pienso en todo lo que le he escrito y en las cosas que le escribiré mañana a las tres de la madrugada, a esa hora en que no hay reglas que valgan.

8
ZAC

Estoy ardiendo.

Mi temperatura supera los 39,5 grados. Demasiado para mis gráficas perfectas.

Han venido los encargados de la limpieza y han tirado todas las cosas de mamá: tarrinas de helados, gafas de lectura y crucigramas. Incluso el calendario ha acabado metido en una bolsa para objetos de riesgo que será arrojada a algún contenedor industrial. Han vaciado, fregado y esterilizado de nuevo la habitación.

Mamá también se ha ido. La doctora Aneta le pidió que ella y su resfriado de origen desconocido regresaran a casa. Papá telefoneó para decir que vendría, pero logré convencerlo de que no lo hiciera. Esta habitación es demasiado pequeña para él. Bec también se ofreció, pero le dejé bien claro que no podría soportar que sufriera un contagio durante su embarazo. Además, ¿qué sentido tiene? No estoy precisamente para entretener a nadie.

Mis plaquetas han caído en picado a 12, los neutrófilos a 0,4 y la hemoglobina a 8. Mi recuento total de glóbulos blancos ha descendido bruscamente a 0,8, y me siento tan enfermo que me importa una mierda. Estoy recostado en la butaca rosa, mientras Veronica me hace la cama. Mis sábanas están empapadas por lo mucho que he sudado esta noche. Otra vez.

Sólo se trata de un resfriado, de un maldito resfriado. Soy tan patético que no puedo luchar por mi cuenta ni siquiera contra eso. Llevo un catéter que está enchufado a dos bolsas con antibióticos. Utilizo las botellas para mear. Los encargados de la limpieza las van reponiendo.

Mantengo las cortinas cerradas, incapaz de distinguir el día de la noche. Ambos son lo mismo. Sueños psicodélicos serpentean entre el sueño y la vigilia, dando vueltas en círculo. Sólo me quedaban cuatro días. ¿Hace cuánto de eso?

Había olvidado este manto de fatiga y el modo en que te abate. Había olvidado los sudores y los escalofríos, y el nunca acabar. Las enfermeras se ofrecen a jugar a Call of Duty, pero no me veo con fuerzas. No me interesan la televisión ni internet.

—Esto es algo bueno —insiste Nina, colocándome una mano sobre el hombro—. Es preferible que tus glóbulos blancos sufran una caída aquí dentro que allá fuera.

Vamos, Helga. Saca algo de esa médula espinal y presenta batalla.

Más tarde, cuando ya me resulta imposible dormir, me acerco el iPad y lo enciendo. El brillo me marea. Pasan escasos minutos de las tres de la madrugada.

Mi muro de Facebook presenta un aluvión de buenos deseos. «Sólo es un resfriado —me gustaría decirles a todos—. No os preocupéis.» Pero no tengo fuerzas ni para eso.

Mia: ¿Helga?

Veo su nombre surgir en el chat. No me había dado cuenta de que estaba conectada.

Zac: Zac
Mia: Stás bien?

No necesito mentirle. Hay lo que hay. Sólo quiere saber la verdad.

Zac: normal

Mia: Me dijiste ke, a estas alturas, ya estarías en casa.

Zac: Pillé un resfriado. Me ha machacado.

Mia: :-(

Zac: la medicación está empezando a hacer efecto.
    ¿Cómo va tu 3ª ronda?

Mia: stoy en la 4ª

Mierda. ¿Cuánto tiempo llevo enfermo?

Zac: stás en la habitación 2?

Mia: sí.

Zac: hola

Mia: hola. Feliz Navidad de mrda.

Zac: ¿es hoy?

Mia: hace 4 días.

Zac: Ah, pues feliz Navidad

Mia: estoy hecha una mrda

Zac: yo tb

Mia: como si stviera chupando veneno

Zac: es normal

Mia: ¿de verdad?

Zac: pasará. todo pasa.

Es algo que debemos recordar ambos.

Mia: No kiero morir

El cursor parpadea, aguardando mi respuesta. Al no tener a mi madre durmiendo a mi lado, no es necesario que me precipite. Nada de erratas, nada de clichés.

Zac: No lo harás.

Mia: Sólo tengo 17

Zac: No lo harás

Mia: hoy ha muerto una mujer

Zac: ¿Kién?

Mia: no lo sé. Habitación 9

Zac: ¿Ké tipo de cáncer?

Mia: no lo sé. Era mayor

Nunca he sabido de nadie que haya muerto aquí. La muerte suele llegar cuando el paciente está de nuevo cómodamente instalado en su casa, una vez que el hospital hace entrega de él a la familia o a los cuidados paliativos o a Dios, o a quien sea que vele por él. Se supone que debe organizar su testamento y escoger las canciones que se escucharán en su funeral, despedirse y marcharse a su manera y rodeado de sus seres queridos. Sin duda ha sido una muerte inesperada.

Mia: Había mucha gente ahí dentro.
Zac: ¿los has visto?
Mia: por la ventana.
    Las enfermeras esperaban en el pasillo.
    Tiene ke haber sido dps de ke...
    Estaba muy delgada. la gente lloraba.

Dejo que continúe. Es la vez que más ha escrito. Me parece oír sus dedos sobre el teclado.

Mia: ¿alguna vez has visto un cadáver?
Zac: de un ser humano, no. ¿Tú? ¿Aparte de hoy?
Mia: El de mi abuela en su funeral.
    Me puse a reír pq se equivocaron de maquillaje.
    El pintalabios era de un rosa brillante, y no podía dejar de pensar cnto tiempo le duraría.
    ¿Más tiempo ke sus labios?
    ¿Cnto tardarían los pendientes en caérsele de las orejas?
Zac: ¿te pusiste a reír?
Mia: Tenía 8 años.

Todos los parientes que conozco siguen vivos: cuatro abuelos, dos tíos, una tía, una tía abuela, cuatro primos, un hermano y una hermana. Nunca he ido a un funeral.

Zac: Cuando iba a parvulario, un niño se ahogó en una presa.
    El profesor nos dijo ke se había ido a un sitio mjor.
    Pensé ke se refería a un McDonald's.
Mia: :-)

Me pregunto qué aspecto tiene Mia cuando sonríe. No al posar, como en las fotos de Facebook, sino cuando sonríe de verdad, una sonrisa auténtica y relajada, cuando está recostada sobre una almohada en mitad de la noche.

Mia: ¡cógelo, rápido!
Zac: ¿coger ké?

Un ruido estridente agujerea el silencio, dos, tres veces, antes de que pueda descolgar el auricular de la pared. Jamás ha sonado el teléfono interno —todo el mundo me llama al móvil—. Sostengo el inmenso aparato, no recuerdo qué debo hacer con él.

—¿Helga?

Trago saliva.

—Zac.

—¿Estás bien...? Quiero decir... para hablar.

—Sí —contesto, aunque siento la garganta áspera y la voz ronca—. Estoy bien.

—¿Crees en los fantasmas?

¿Cómo puede ser que pregunte todo lo que los demás evitan? ¿Será porque técnicamente seguimos siendo extraños el uno para el otro? ¿O porque son las 03.33 h y no hay reglas que valgan? Mi respiración emite un silbido a través de los agujeros.

—Eh.. No lo sé.

—¿Sí o no?

—No.

—¿Y en el cielo?

—Tampoco.

—¿Y en Dios?

—No.

—¿No?

—¿Tú crees en Dios?

Cuando hace una pausa, oigo cómo la suya también silba.

—¿Puedo contarte una cosa?

—Claro. Sí.

—Cuando la mujer de la habitación número nueve ha muerto, había... había alguien más... en el pasillo.

—¿Qué?

—Algo que yo no podía ver.

—¿Un fantasma?

—No lo sé. He sentido como... si esa señora mayor estuviera de pie junto a mí. Como si también estuviera mirando. Me ha puesto los pelos de punta.

Lo sé todo acerca de la muerte. Sé que cada tres minutos y cuarenta segundos una persona muere en Australia. Sé que mañana morirán 42 australianos a causa del tabaco, casi 4 en las carreteras y casi 6 por suicidio.

A lo largo de la semana próxima, 846 morirán de cáncer: 156 de pulmón, 56 de mama, 30 de melanoma, 25 de tumores cerebrales como el de Cam. Y 34 de ellos habrán padecido leucemia, como yo.

Google es capaz de contármelo todo acerca de la muerte, excepto lo que vendrá después.

Pero ¿qué puedo decir sobre la aparición de un fantasma en el pasillo? ¿Cómo puedo asegurarle que sólo ha sido producto de su imaginación? Cuando era pequeño, creía en Jesús y en Papá Noel, en la combustión espontánea y en el monstruo del lago Ness. Ahora creo en la ciencia, en las estadísticas y en los antibióticos. Pero ¿es esto lo que una chica quiere oír a las 03.40 h?

—¿Helga?

Lo que realmente querría decirle es cuánto me gusta oír su voz.

—Sigo aquí.

—Piensas que estoy loca, ¿no?

—Eso depende. ¿Qué medicamentos estás tomando?

—¿Crees que morir duele? —me pregunta.

—No.

Eso lo creo de verdad.

—Ni siquiera he empezado a vivir.

—Sí lo has hecho y seguirás haciéndolo. Por lo menos hasta que cumplas ochenta y cuatro.

—Sí, pese a lo que dices, acabara muriendo —insiste—, menuda forma más estúpida de hacerlo.

Cojo un caramelo y me lo llevo a la boca.

—En realidad, existen maneras mucho más estúpidas.

—¿Más estúpidas que un tobillo hinchado?

—Tan estúpidas como regar el árbol de Navidad con las lucecitas encendidas.

—Helga, eso no lo ha hecho nadie nunca.

—Treinta y una personas se han electrocutado así. Y eso sólo en Australia. —La oigo reírse al otro lado de la pared, y consigue que todos mis males desaparezcan—. ¿Sabías que cada año mueren tres australianos por comprobar con la lengua si funciona la batería de su coche?

—Venga ya.

—Sí. Luego está la «muerte por máquina expendedora». En el futuro, si una bolsa de patatas se queda atrapada dentro, limítate a alejarte sin más...

—¡Deja de decir chorradas!

—Y la forma más mierdosa de morir es en una cloaca.

—Sí, hombre...

—El año pasado, en Nueva York, un hombre se cayó en el sumidero de una cloaca.

—Mierda.

—Exacto. Las muertes de ese tipo son bastante comunes. Seis trabajadores hindúes murieron en una trituradora industrial de salsa de tomate.

—¿Seis?

—Una mujer cayó dentro; los otros cinco trabajadores saltaron para rescatarla.

—Te lo estás inventando todo.

—Palabra que no. Se han producido muertes en depósitos de aceite, de pasta de papel, de cerveza...

—No me importaría caer dentro de un contenedor de chocolate.

—Eso también ha ocurrido. Nueva Jersey, dos mil nueve. Un hombre de veintinueve años...

—¿Cómo sabes todo esto?

—Bueno, digamos que en los últimos meses he tenido mucho tiempo libre.

Oigo su respiración mientras aguardo sus siguientes palabras.

—Helga, si pudieras escoger...

—Un contenedor lleno de Emmas Watsons.

—¿Ya habías pensado en ello?

—Por supuesto. ¿Y tú?

—Dado que el chocolate ya está pillado... ¿un contenedor de gominolas Jelly Belly? Sabes que sólo hay una Emma Watson, ¿verdad?

—Me bastará.

Mia ríe.

—Pues te deseo suerte.

Me llega el zumbido del monitor. Había olvidado que lo tenía al lado. Durante los últimos cinco minutos no han existido máquinas ni medicamentos ni leucemia. Sólo dos personas unidas por una línea telefónica. He intentado que Mia se sintiera mejor... No me imaginaba que a mí también me sentaría bien.

—Mia, una de cada dos personas padece cáncer —le digo—. Tú y yo simplemente nos estamos librando de él más pronto de lo habitual.

—Hubiese preferido esperar a ser mayor.

—¿Mia?

—¿Sí?

—Utiliza el colutorio bucal. Está asqueroso, pero ayuda a eliminar y a prevenir las úlceras.

—Eso es lo que me dicen las enfermeras.

—Chupar cubitos de hielo también ayuda.

—¿Sí?

—Confía en mí.

Sólo pretendía que fuera un comentario de pasada, pero se queda en silencio, como dándole vueltas.

—De acuerdo.

9

ZAC

—¿Cómo te encuentras? —me pregunta Nina. Me han dicho que hoy es mi día número 44 aquí dentro—. ¿Te las apañas sin tu madre?

—Ya soy un chico mayor.

Nina sonríe y me entrega cuatro pastillas, dos caramelos para la garganta, tres vitaminas y gel de papaya para los labios. Se saca un termómetro del bolsillo y me lo coloca en la oreja. Parece distraída. Su mirada se pierde en un punto intermedio entre la cama y la pared, y me deja puesto el termómetro más rato del habitual. Tiene cara de cansada. En su cabello, destaca una horquilla con un pequeño koala agarrado firmemente a una rama.

—¿Treinta y ocho? —pruebo a adivinar.

—Treinta y siete y medio —dice—. No está mal. ¿Te encuentras bien?

—¿Y tú?

—¿Yo?

—Se te ve fatal, Nina.

—Encantador. No cabe duda de que estás bastante mejor. —Apunta mi temperatura y me dedica una sonrisa poco convincente—. ¿Esperas con ganas el nuevo año?

—A la fuerza tiene que ser mejor que éste.

—Cierto. Sigue así de animado, Zac.

—Lo haré —le contesto, aunque está claro que es ella quien debería animarse.

Se frota las manos lentamente mientras se las lava y después abandona la habitación.

Al no estar mi madre, no tengo la menor idea de lo que ocurre en el resto de la planta. Incluso Mia guarda silencio. Yo permanezco siempre en línea, pero ella no se conecta.

En su muro de Facebook han colgado algunas invitaciones a fiestas de Nochevieja. Siguen sin tener la más mínima idea de que se encuentra en la habitación de al lado, dependiendo de la quimio y la hidratación. Sin duda, Mia prefiere pensar que puede mantener ambos mundos separados, que si lo del cáncer se lo guarda para sí misma es como si no existiera.

Cuando llega la medianoche, veo el resplandor de los fuegos artificiales en la ventana, destellos dorados y rosa cruzan silbando a toda velocidad. Oigo el pitido lejano de los cláxones. Al final del pasillo, el estallido de los botes de confeti provoca gritos de admiración.

Le escribo a Mia:

¡Feliz Año Nuevo!

No me responde. El nuevo año llega de forma apagada y triste.

Estado: resfriado 0, Zac 1. FYI: plaquetas, 48, y neutrófilos, 1.000. ¡Esto son buenas noticias! ¡Feliz Año Nuevo! Puede que el domingo esté fuera.

Incluso le pido a Nina que me saque una fotografía posando con los pulgares levantados. Mi cara, además, se ha desinflado. Parezco otro: reconstruido desde la médula espinal.

Utilizo esta imagen como foto de perfil, cambiando así la de la supuesta Helga. Las felicitaciones comienzan a llegar en oleadas.

Me entrego a la prueba de resistencia de Harry Potter. Ver las ocho películas de principio a fin es el tipo de reto que puedo afrontar.

Empiezo a obsesionarme con dos cosas: la pérdida progresiva de recursos actorales de Daniel Radcliffe y cómo Emma Watson me parece cada vez más maravillosa. Tras llegar a la pubertad, lo que ocurre en torno a *Harry Potter y el prisionero de Azkaban*, su atractivo se va incrementando exponencialmente. Al final de *Harry Potter y las Reliquias de la Muerte*, está cañón.

Todo esto parece haber obrado un verdadero milagro, porque, dos días después, ansío la libertad. Los médicos elogian mi progreso, registrado en mis gráficas con una serie de flechas que dibujan una escalera ascendente. Me siento como nuevo, gracias a Helga y, en parte, también a Emma Watson. Si en este preciso momento abandonara la habitación y me pusiera a caminar por la calle con mi sombrero, la gente no se detendría a mirarme. Sólo sería un chico más que lleva sombrero. También es cierto que pronto me faltaría el aliento y que mi piel recordaría a la de un vampiro. Sin embargo, esto es algo que, al parecer, a las chicas les gusta.

—¿Y a ti qué te ha ocurrido? —ríe Kate cuando acabo la sesión de fisioterapia y pido más pesas.

Me gusta darles caña a los músculos. Me gusta que mis pulmones se llenen de oxígeno. Me gusta que, al pedalear en la bicicleta, se levante aire y me golpee en la cara.

Y me gusta permanecer de pie junto a la ventana mirando el mundo exterior, con los taxis y las ambulancias, los cirujanos fumando y las visitas que traen globos. Pronto formaré parte de ese aire cargado de gérmenes. No puedo esperar. Esta habitación se me está quedando demasiado pequeña.

En una postal, Cam me cuenta que le va de fábula. Trabaja tres días a la semana. Dice que ya me tiene preparada la tabla de surf.

Bec me envía una de las nuevas postales de «¡La Aceituna Feliz! Aceite de oliva y granja para niños». Me cuenta que han nacido cuatro cabritas y una alpaca, y que, según la última ecografía que se ha hecho, su bebé es ya del tamaño de un mango.

Los resultados de mi análisis de sangre hacen sonreír a los médicos. Lo tengo bajo control. Nina se muestra exultante.

Sin embargo, Mia sigue sin dar señales. Su muro de Facebook permanece tan alegre y jovial como siempre. Sus amigos cuelgan fotos de las playas de Rotto y de Nochevieja, hacen planes para el baile de fin de curso, cuyo tema será el día de San Valentín, aunque todavía queden seis semanas. Continúan tratando a Mia como a una más.

Sólo yo conozco la verdad. La oigo por las noches. A veces vomita. A veces llora. En ocasiones hace ambas cosas, la una después de la otra.

Lleva tres días sin conectarse, pero decido enviarle un mensaje de todos modos:

Hola, vecina:

¿Has probado el bocadillo de keso fundido? Tngo muchos más consejos culinarios en mi repertorio...

He leído ke un español murió ayer dntro de un contenedor de pegamento. Bastante pringoso, ¿no te parece? Pensé ke kerrías saberlo ;-)

El sábado me marcho, por lo ke será mjor que no des golpes en la pared, a menos ke kieras hacerte amiga de un viejecito.

Buena suerte con el próximo curso. ¡Por lo menos sólo tendrás que hacerlo una vez!

Tu vecino,

Zac

El puntito verde de Mia se ilumina como un fogonazo.

Mia: ¡Helga!

Zac: hace mucho tiempo ke no...

Mia: hay pelo por todas partes. Puñados. Sobre la almohada

Zac: es normal

Mia: no. ¡NO es normal! Joder, hay pelo por todos lados

Me sorprende que le haya durado tanto. Vuelvo a mirar la foto de su perfil: las gafas de sol enormes, la pose, el top, la abundante melena de color castaño. Pienso en mi cabello: apenas dos milímetros de pelusilla...

Zac: Volverá a crecer.
Mia: ¡¡¡El baile de fin de curso es dentro de 6 semanas!!!
Zac: míralo por el lado bueno, será una cosa menos de la ke preocuparte.
Mia: ?!
Zac: Es un decir.
Mia: ¡¿Te parece divertido que se me esté cayendo el pelo?!
Zac: Eh, no... claro, pero hay pelucas muy monas ;-)
Mia: KE TE JODAN

No necesito un puñetazo como ése en todo el estómago. Mis dedos se apartan del teclado.

Mia: Stás intentando provocarme?

No era mi intención. La mayoría pierden el cabello. Debería haberlo sabido.

Mia: ¿Te parece DIVERTIDO?

Teclea con rapidez. Más rápido que yo. Tan rápido como un puñetazo. Por supuesto que no es divertido, pero no se puede hacer nada para evitarlo. Si no eres capaz de reírte de ti mismo, nada de esto tiene sentido.

Mia: ¿CREES KE KIERO TENER ESTE ASPECTO?
Zac: Creo ke no te keda otro remedio
Mia: ¿CREES KE KIERO STAR FEA Y CALVA?
    ¿IGUAL KE TÚ?

Pero ¿qué mierda...?

Mia: ¡NO TE RÍAS DE MÍ!
Zac: No lo hago
Mia: ¡NO ME JO

Me desconecto, mi puntito verde se funde hasta devolverme a terreno seguro.

Se produce un impacto en la pared, pero no sé si es un insulto o una disculpa. No respondo. No soy su saco de boxeo. Suena un nuevo «¡bang!» que me atraviesa todo el cuerpo.

Un mensaje se cuela en mi correo electrónico.

Ya me he perdido las vacaciones, las Navidades y la Nochevieja por culpa del jodido cáncer. No puede kitarme lo único bueno ke me keda

¡¡¡NO pienso llevar una jodida PELUCA al BAILE DE FIN DE CURSO!!! ¡Helga!

¿Helga?

No puedo más

Helga

Yo tampoco puedo más. Apago el iPad y me hundo bajo la manta.

La oigo vomitar en el lavabo, pero no me importa. No tengo fuerzas suficientes para ambos.

Junto a mi ventana rectangular, contemplo los patrones que la gente sigue allí abajo. Algunos se dirigen raudos a la entrada, cargando con ramos de flores. Otros salen a la calle de forma apresurada con las manos vacías, para echar monedas en el parquímetro antes de dispersarse por el aparcamiento y conducir hasta lugares lejanos.

Veo también a la madre de Mia. Se mueve en círculos, deteniéndose en el borde de cemento del jardín para fumarse un cigarrillo tras otro. Es muy joven para ser la madre de una adolescente. Parece muy nerviosa, como si fuera a salir pitando en cualquier momento.

Para ser honesto, echo de menos a la mía. Sabe permanecer firme cuando se la necesita y obligarme a hacer crucigramas incluso cuando no me apetece.

La madre de Mia da una última calada y se encamina a toda prisa hacia la puerta de entrada. Un minuto después, cruza como una exhalación por delante de la ventana de mi puerta.

La sigue un enjambre de médicos —por lo menos cinco—, y eso que aún no es la hora de la ronda de los lunes. Me quito los auriculares y me inclino hacia la pared.

Oigo cómo se abre la puerta de la habitación número 2. Sonido de pasos tomando posesión de la estancia. Enseguida el cloc-cloc de los tacones de la doctora Aneta destaca por encima del resto.

La última vez que vinieron tantos médicos a mi habitación fue para celebrar con pastelitos y apretones de mano el éxito de mi primer tratamiento, antes de devolverme al mundo real. Quizá Mia haya acabado la quimio y no necesite el quinto ciclo. Quizá tenga más suerte de la que yo imaginaba.

Después de su último ataque de rabia dos días atrás, no se ha molestado en restablecer el contacto conmigo, de modo que yo tampoco le he escrito. ¿Para qué?

—¿Cómo marchan las cosas, Zac?

No me había dado cuenta de que Nina había entrado en mi habitación.

—Aquí, estirando los tendones —le digo, haciendo fuerza contra la pared.

Bajo los pantalones de deporte, mis piernas están pálidas y delgadas, pero sé que recuerdan lo que es correr.

—Bueno, hoy estoy de humor para jugar a COD. —Nina enciende la Xbox.

Me dirijo a la cama.

—Después de semanas de sufrir continuas humillaciones, ¿crees que ahora podrás ganarme?

—Es mi última oportunidad.

Niego con la cabeza.

—Mejor mañana... —le digo.

Quiero escuchar el discurso que están a punto de soltarle a Mia, empezará en cualquier momento. Dudo que haya pastelitos para ella. Imagino que todo el personal agradecerá verla marchar.

Nina enciende el televisor.

—Dan *Happy Feet*. Me encanta *Happy Feet*, ¿a ti no?

Un pingüino baila en la pantalla, pero sus pasos no son ni tan veloces ni tan ruidosos como para impedirme oír lo que sucede en la habitación contigua. No es un discurso de despedida. No hay «hip-hip-hurras».

—Escucha, Mia. —Es la voz de su madre.

—Mia, escucha. —La doctora Aneta.

—No.

—¿Qué ocurre? —le pregunto a Nina, que intenta subir el volumen con el mando a distancia.

Nina se limita a decir:

—No funciona.

No sé si se refiere al televisor o al tratamiento de Mia.

—No —dice Mia una y otra vez. Y me rompe el corazón—. No.

—Te dijimos que esto podía pasar. Lo sabías —insiste la doctora Aneta—. La cirugía para salvar la extremidad es un procedimiento habitual, el único posible, a estas alturas.

—Intentadlo de nuevo.

—Ya has pasado por cuatro ciclos. Uno más no conseguirá reducirlo. Escucha, Mia...

—Mia, escucha...

La cirugía es una buena opción para un tumor como el suyo: una opción limpia. Cuando le extirpen el tumor y le injerten hueso nuevo, sus probabilidades de sobrevivir se dispararán. Sin embargo, la pierna tardará una eternidad en curarse, más que las seis semanas que quedan para su baile de fin de curso. Tendrá que enfrentarse a meses de rehabilitación y a una buena cicatriz.

—Entre diez y quince centímetros —confirma la doctora Aneta—. Veinte como máximo.

A mí no me importaría tener una cicatriz de veinte centímetros cruzando mi pierna, sobre todo si eso significara que me han extirpado todo el tumor. Pero yo no soy Mia.

—No podrás cargar peso durante un tiempo. Tendrás que ir en una silla de ruedas...

—¿Como un lisiado?

—Como una persona que ha pasado por quirófano.

—No pienso ir al baile de fin de curso en una jodida silla de ruedas. Podemos esperar.

Si esto fuera un hospital infantil, tendríamos a un grupo de empáticos miembros del personal dispuestos a intervenir con comentarios del tipo: «Sabemos que el baile de fin de curso es importante para ti, y no queremos que acudas en una silla de ruedas, pero a la larga te sentirás mucho mejor.» «Y la cicatriz no tendrá tan mala pinta.» «Te conseguiremos un cirujano plástico. Dentro de un año nadie la notará.»

Sin embargo, no estamos en un hospital infantil y a estos médicos no les preocupa la vanidad. Quizá por eso la doctora Aneta se ríe: no por crueldad, sino por incredulidad.

—Mia, esto no es un juego. Si esperamos más, podrías perder la pierna. Sería mucho peor.

—Me da igual.

—Mia, tienes que... —empieza a decir su madre, pero la doctora Aneta la interrumpe.

—He reservado el quirófano para mañana por la mañana. Cuanto antes operemos, mayores serán las opciones de salvar la pierna. Después te daremos más quimio...

—¿Más?

—Cuatro ciclos más, como precaución. Los programaré para que puedas asistir al baile de fin de curso, pero sería preferible que lo hicieras en silla de ruedas antes que con muletas. La cirugía es a las nueve, de modo que tienes que empezar a prepararte ya, ¿de acuerdo? ¿Querrás pastillas para dormir bien esta noche?

—Quiero una segunda opinión.

—Te dejaré unas cuantas, por si acaso. Si necesitas algo más fuerte, llama a una enfermera.

Dicho esto, la doctora abandona la habitación y pasa por delante de mi puerta. Una música que soy incapaz de reconocer me golpea desde el otro lado de la pared. La canción suena con tanta fuerza y está tan alta que lleva a la madre de Mia a abandonar la habitación. Un minuto más tarde, la veo salir del hospital, siete pisos por debajo, y dirigirse con paso decidido hacia el aparcamiento.

—No era consciente de lo delgadas que son estas paredes —dice Nina, apagando el televisor a regañadientes—. ¿Quieres que le pida que baje el volumen?

—¿Te sientes con valor suficiente?

—La verdad es que no.

—Está bien —le digo—. Déjala un rato tranquila.

10

ZAC

Noto un aliento suave en el cuello. Una mano reposa sobre mi hombro. Demasiado ligera para ser real.

¿Estoy soñando? ¿Al final ha venido un espíritu a buscarme?

Detrás de mí, un pecho asciende y desciende. Acompaso mi respiración a la suya. No tengo miedo. Si se trata de un espíritu, es de los amables. Un espíritu de manos pequeñas.

Pero ¿los espíritus llevan calcetines?

Un tejido presiona contra mis talones. Unas rodillas se arriman a la parte posterior de las mías. Abro los ojos en la oscuridad.

—¿Mamá?

Tal vez mi madre, ansiosa, ha venido un día antes, aunque dudo que se acurrucara a mi espalda en la cama.

La mano es más pequeña que la de mi madre. Su aliento me recuerda al batido de vainilla.

Me siento el pulso en un pie. ¿Por qué el cuerpo hace estas cosas? ¿Por qué, a veces, una parte del cuerpo te recuerda que la sangre está bombeando bajo la piel en lugares que no son el corazón?

Entonces me doy cuenta de que esas pulsaciones son suyas. Su pulso late a través del calcetín y me informa de que también está viva.

Las mantas nos cubren a ambos. Hay dos mantas. ¿Cuánto tiempo lleva aquí?

—¿Mia...?

Sin embargo, duerme profundamente, demasiado profundamente para que nada la alcance. Soy consciente de todas las partes de su cuerpo que están en contacto con el mío.

Alargo las respiraciones, haciendo que cada una sea lenta y completa.

Y no me entero de más.

Hago estiramientos junto a la ventana y miro el cielo despejado bajo el que pronto me hallaré. Contemplo el horizonte con la certeza de que mamá se encuentra de camino, y que dentro de cinco horas avanzaré en dirección sur hacia ese punto en la lejanía, dejando atrás este lugar. Dentro de poco no habrá más camas reclinables en tres posiciones distintas, ni botones de llamada, ni mantas azules...

¡Mantas! Hay mantas. Y cabellos largos encima de la almohada.

Una corriente me atraviesa.

Realmente ocurrió. Fue ella. Con su aliento a batido y sus pequeños dedos curvándose sobre mis hombros. No fue un sueño.

Agarro el pomo de la puerta por primera vez en cuarenta y siete días, y lo giro en el sentido de las agujas del reloj. Tiro de él hacia mí y, a continuación, asomo la cabeza al pasillo. Me da vértigo lo largo que es. Me inclino un poco más hasta sacar los hombros, y luego el pecho.

Nina me ve.

—Zac, vuelve dentro. Te queda el último chequeo.

—Venga, si pronto me marcharé a casa...

—Entonces puedes esperar un poco más. —Intenta esconder la tarjeta que me han estado firmando.

Coloco un pie desnudo sobre el linóleo y apoyo el peso sobre él. El pasillo es más ancho y luminoso de lo que recordaba. Me llega el olor a tostadas con fruta. Hay carritos a lo largo de las paredes y cuadros enmarcados en los que nunca me había fijado.

—Zac.

Corro deprisa y pegado a la pared, cruzando por delante de ventanas con las cortinas echadas, hasta llegar a la puerta que tiene escrito un «2».

«Toc.»

—¡Zac!

—Sólo vengo a despedirme.

La puerta se abre con un silbido cuando la empujo.

Puede que la número 2 sea una imagen invertida de la mía, pero en ella hace frío y está vacía. No queda ni la cama. Sólo hay una entrada para el iPod en la cabecera y la palabra «AYUNAR» en el tablón blanco que queda por encima.

La voz de Nina surge a mis espaldas.

—Se ha ido, Zac.

—¿Ido?

—La hemos llevado en silla de ruedas a la 6A. Ahora sé bueno y regresa a tu «celda» para la cuenta atrás.

Intenta arrastrarme con ella, pero yo me agarro firmemente al marco de la puerta.

—¿Qué es eso? —le pregunto.

Los ojos de Nina recorren la habitación hasta detenerse en un objeto. Se acerca hasta él, lo recoge y le da la vuelta. Una mariquita de plástico se ha salido de su horquilla para el pelo. En la palma de su mano no parece más que un escarabajo cutre y absurdo con seis topos negros. Puedo ver que está muy cansada, y que es demasiado dulce y joven para esto.

—No la he oído marcharse —le digo.

Nina deja caer la mariquita dentro de una bolsa de basura llena y entrelaza un brazo con el mío.

—Venga, Zac. Vamos a prepararnos para enviarte a casa.

SEGUNDA PARTE

y

11

ZAC

—...Y este año es para... ¡Zac Meier!

Dejo de masticar. ¿Han pronunciado mi nombre?

—Vamos —dice mamá—. Muévete.

Evan me da una patada por debajo de la mesa:

—Te han dado un premio, capullo.

Me queda claro por los doscientos ojos que se han posado en mí. Macka me llama desde el escenario improvisado, como si fuera un cachorro el que hubiera ganado el premio.

—Eso es, Zac. Venga.

Pero ¿por qué demonios...?

Miro a Bec. «¿Un premio? ¿Por qué?», le digo con un simple gesto. Pero tanto ella como mamá, papá y Evan aplauden, igual que el resto. Engullo lo que me queda del panecillo con salsa.

Los jugadores y los padres apartan las piernas a medida que me abro camino por el salón, sin dejar de escarbar en mi memoria para averiguar qué he hecho para merecer un premio de críquet al final de la temporada. ¿Atrapar y devolver una pelota sentado en una silla de camping?

Llevo catorce semanas fuera del hospital y en este tiempo apenas he jugado cuatro partidos. Todo el mundo ha podido comprobar lo malos que han sido mis lanzamientos. Mis capturas, en cambio, no han sido tan terribles, sobre todo aquella vez que la pelota pasó a un metro de mí. ¿Batear? No me han dejado hacerlo en ningún partido. Lo cierto es que no merezco ni una coca-cola de regalo, ya no digamos el trofeo que sostiene Macka en su peluda mano.

Entonces lo entiendo: premio al maldito juego limpio. La mayoría de las veces te votan porque sienten compasión. Al concedértelo reconocen tu buena actitud y tu «esfuerzo», nada relacionado con habilidades de verdad. Cualquiera que tenga más de diez años sabe que se trata de un premio de consolación. Por una vez, agradezco que mis antiguos compañeros no sean testigos de este momento.

Macka me agarra en cuanto alcanzo el último escalón. Desde aquí puedo ver las gotas de sudor en su frente y los semicírculos que se extienden alrededor de sus axilas. Resulta un tanto embarazoso ver cuánto está disfrutando.

Me da la vuelta para que quede de cara al público y no me suelta por si se me ocurre salir corriendo. Me contemplan rostros llenos de compasión.

—Muchos de vosotros tal vez no seáis conscientes de ello, pero Zac era uno de esos atletas que pueden elegir entre diferentes caminos: rugby, baloncesto, fútbol, fútbol americano. No importaba la forma o el tamaño de la pelota: Zac sabía qué hacer con ella. Siempre fue bueno con las manos.

Las miradas se dirigen a mis manos, por lo que las escondo en los bolsillos de mis tejanos.

—El fútbol era su pasión, pero cuando el año pasado empezó a sentirse... no tan vigoroso, lo convencí para que dedicara más tiempo al «deporte de los caballeros». ¿Te acuerdas, Zac?

¿Cómo olvidarlo? El fútbol me dejaba agotado, por lo que tuve que buscarme otra cosa que hacer por las tardes. Las opciones eran críquet o natación. ¿Y quién escogería natación?

—Buenas manos, velocidad y un corazón tan grande como *Phar Lap*. ¡Un purasangre legendario! Incluso cuando Zac recibió... las malas noticias... siguió viniendo. Siempre que le era posible... aquí estaba.

Macka es demasiado torpe para encargarse de esto. «Sigue con los premios de verdad —me gustaría decirle—. Pasemos al postre, el pastel de merengue y fruta se estropeará en la mesa.» Si lanza la bomba que empieza por la letra «c», salgo por patas.

—Sin embargo, ha sabido salir adelante una y otra vez, demostrando poseer una voluntad férrea, tanto dentro como fuera del campo. Si incluso se presentó a entrenar el día en que cumplía dieciocho años y nos trajo un pastel. Nuestro Zac es un gran compañero de equipo.

Me encantaría poder meterle el trofeo en toda la boca, pero apenas es capaz de pronunciar sus siguientes palabras:

—Todos nos sentimos orgullosos de ti, Zac. Incluso estando en el hospital te conectabas a Facebook para seguir los resultados y darnos ánimos, ¡tú a nosotros! Eres un luchador de verdad. Nadie merece este premio más que tú.

Y ahí está, el halago final completamente erróneo.

Levanto con sarcasmo los pulgares en señal de victoria, agarro el trofeo y abandono de un salto el escenario. Salgo por una puerta lateral y no dejo de andar. Cruzo a la carrera el terreno de juego iluminado, atravieso el césped, las señales semicirculares y las porterías de fútbol con la intención de llegar donde no me alcancen los focos. Luego lanzo el trofeo lo más lejos que puedo, hacia el parque ahora a oscuras en el que, durante el día, los ciclistas trepan por rocas y tocones subidos a sus bicicletas de montaña. Mañana tendrán que sortear un nuevo obstáculo.

Me agacho para recuperar el aliento. Cada bocanada de aire es como un frío puñetazo en la oscuridad. Me he librado de la leucemia, tengo una nueva médula espinal, entonces ¿por qué la enfermedad sigue persiguiéndome? ¿Juego limpio? ¿En serio? No quiero votos de compasión ni premios de consolación. No quiero que conviertan en un gran acontecimiento el mero hecho de que haya vuelto.

—Si tus lanzamientos son así, me sorprende que te hayan premiado.

Bec. Debí suponer que me seguiría.

—Macka...

—Macka es un idiota. Ya lo sabes.

—Ya, pero aun así... —Escupo y me sabe a salsa de tomate—. No tendría que haber dicho eso. Yo sólo quiero ser...

—¿Normal?

—Sí, normal...

—Lo eres, al menos cuando no arrojas trofeos al sendero Bibbulmun y hablas solo.

—Con esas excepciones, pues.

—¿Quieres volver? Han traído *mousse* de chocolate.

Era mi postre favorito, pero ahora lo consideran demasiado peligroso para mi sistema inmunitario. La *mousse* y una docena de otras cosas. Natillas, quesos frescos, cremas de helado, fiambres... Piscinas, saunas, esporas y ácaros del polvo, alcohol... Ni siquiera me dejan comer una salchicha a la parrilla.

—Huevo crudo —le recuerdo—. Tampoco puedo comer huevo crudo.

—Ni yo —dice, frotándose su barriga de siete meses.

Con la mano libre me acaricia la espalda, mientras recibo los azotes del viento y agradezco la oscuridad que nos rodea.

12

MiA

Es de noche. Gracias a Dios.

No hay luces encendidas en las calles. La luna se oculta tras las nubes. Incluso la luz interior del coche está rota.

Me alegra que Rhys haya escogido King's Park, frente al lugar donde nos enrollamos por primera vez. En aquella ocasión, pasamos de ir a ver una película y vinimos hasta aquí en coche. Admiramos las vistas centelleantes de la ciudad... aunque no durante mucho tiempo.

Esta noche, Rhys aparca en la parte de la carretera que queda más cerca del bosque, de cara a los árboles. Bien. Aquí está incluso más oscuro.

Aquella noche, su coche olía a cuero nuevo. Por miedo a manchar algo, me acabé tan deprisa el granizado que casi se me congeló el cerebro. La radio estaba puesta y, cuando sonó aquella canción de Lady Gaga, Rhys sonrió y se quitó el sombrero. Antes de saltar al asiento de atrás, se miró el pelo en el espejo. Había preparado una manta. Recuerdo que le dio una patada con la bota a la luz interior y que ésta se hizo añicos. Él soltó un taco, yo me reí. Su forma de besarme fue brusca y fría, sabía a coca-cola y frambuesa. Me restregó su barba de pocos días contra el cuello, los pechos y los muslos, y tuve la piel irritada durante un tiempo.

Esta noche sabe a tacos y a loción para después del afeitado. Me saco el top y guío una de sus manos hacia mi sujetador nuevo. Mantengo sus dedos ahí, deseando que note el lacito con pedrería. Muevo su otra mano hasta mi vientre y hago que sus dedos desciendan hasta mis tejanos, y luego dentro de ellos, para que acaricien mis bragas a juego. Quiero que recuerde el contacto con mi cuerpo. «Dios, eres tan sexy», solía decirme con un gemido.

—Espera... —Se detiene—. Creo que no deberíamos...

Se supone que Rhys no debería «creer» nada en estos momentos. Debería estar suspirando, con un reguero de sudor cruzándole la espalda, agarrándome y gruñendo sobre los limpios asientos de cuero. «Bautizado —soltó después de aquella primera vez—. El coche... quiero decir», me aclaró, sonriendo y volviendo a ponerse el sombrero.

Ahora, en cambio, coloca las manos de nuevo en el volante. Se concentra en el bosque, como si de repente fuera un jodido experto en botánica.

—¿Qué pasa?

—Rompimos —me dice.

¿En plural? Fue él quien dejó que saltara el contestador siempre que lo llamaba. Fue él quien dejó de responder a mis mensajes de texto. No, no «rompimos». «Él» se acobardó.

—No puedo.

—No puedes, ¿qué? ¿Follarme?

—No. Sí...

No era mi intención llegar hasta el final, sólo quería ir lo suficientemente lejos como para despertar su interés.

—Crees que ya no soy... —¿Qué palabra estoy buscando? ¿«Guapa»? ¿«Follable»?—. ¿Ya no?

—No me hagas esto.

Le agarro la mano y vuelvo a introducirla en mis tejanos. Quiero que me desee. Con mi otra mano le desabrocho la bragueta. Incluso cuando me aparta, sigo tocándolo como sé que le gusta. Quiero que se le ponga dura y caliente, para demostrarme que sigo siendo atractiva, que sigo siendo capaz de hacerlo gemir.

No lo consigo. Me coge la muñeca para detenerme, sin dejar de mirar en ningún momento hacia el bosque.

—Esto... no tiene sentido.

Me río. Nunca ha sido capaz de pillar la ironía.

—Eres un capullo, Rhys. —Recojo mi mochila del suelo y busco a tientas mi camiseta y mis muletas por el asiento trasero. Empiezo a vestirme—. Y un cobarde.

Abro con fuerza la puerta del coche y salgo a la fría noche dando tumbos. Al enderezarme, las muletas caen al suelo.

—No seas estúpida, Mia. Te llevo a casa.

—¿A casa?

—Bueno, ¿adónde si no? ¿A la de Erin?

—No.

No pienso volver a casa de Erin. Su madre me acorrala a preguntas, convencida de saber todas las respuestas.

—O a la de tu otro amigo —sugiere—. Ese tan flaco.

No me ofrece ir a su apartamento, detrás de la casa de sus padres, en el que antes le encantaba que me colara en secreto. Antes...

—Que te jodan —le digo, volviéndome y cerrando furiosamente la puerta de su querido coche—. A fin de cuentas, soy demasiado buena para ti. —Golpeo la puerta con la punta de una muleta. Se hunde una parte de la plancha, por lo que vuelvo a hacerlo—. Demasiado sexy para ti, Rhys. Lo dicen todos.

Mi cerebro me corrige. «Lo decían», no «lo dicen». «Lo decían» todos.

—Aún soy sexy, Rhys. Jodidamente sexy.

Da marcha atrás, y golpeo una vez más el coche. Deseo destrozarle los cristales y también destrozarlo a él.

El coche levanta tierra y gravilla al dar media vuelta y salir disparado, y me deja con dos muletas y una mochila en un bosque oscuro, muy oscuro.

Me gusta la oscuridad. Está tan oscuro que ni siquiera puedo verme a mí misma.

13

ZAC

Nadie menciona mi premio en el camino de regreso a casa, y una vez que estamos frente al televisor con cuencos llenos de helado en el regazo, ya es agua pasada. Durante la emisión de «*Better Homes and Gardens*», mamá, papá y Evan se ponen a hablar de aceitunas. Agradezco que estén comportándose como si lo de esta noche jamás hubiera ocurrido, como si todo estuviese dentro de la normalidad.

En el momento preciso, Bec me llama desde la puerta. Es viernes por la noche y, al fin y al cabo, hay que quitar las cagadas. Bec lleva los palos de golf: un *driver* sobre el hombro izquierdo y un hierro tres sobre el derecho. Me calzo las botas altas de goma y cojo las linternas. Guiándonos con su luz, dejamos atrás las casas y la tienda, y subimos por el camino asfaltado hasta llegar a los corrales, donde las ovejas y las cabras forman grupitos lanudos antes de echarse a dormir. Bec ilumina las hembras con la linterna, para comprobar si alguna está a punto de dar a luz.

También revisa el corral de las alpacas, donde hay cinco de ellas durmiendo con las patas dobladas bajo el cuerpo. Las otras tres nos miran con cierto aire de desprecio y se alejan. Incluso la primera alpaca que tuvimos, *Daisy*, gruñe cuando nos acercamos.

Atamos las linternas a los postes, de manera que iluminen el camino. Luego Bec sujeta un palo en vertical frente a algunas bolitas y se coloca en posición.

Las cacas de canguro son proyectiles perfectos, lo suficientemente secas y compactas para circular bien por el aire, incluso cuando aún están frescas. Las ovejas y las cabras, por el contrario, sueltan montoncitos densos y húmedos que explotan al recibir el impacto. Jugar al golf con mierda de oveja nunca acaba bien, de modo que la dejamos en los corrales junto con sus respectivas dueñas.

Aunque las boñigas que más molestan a mamá son las de los canguros salvajes, porque se meten por todos lados. Por los corrales, la entrada de la tienda, los lavabos de los clientes, entre los adoquines nuevos, bajo los bancos y a lo largo del paseo principal. Se puede encontrar mierda de canguro salvaje en cualquier sitio, de un extremo a otro de la granja. Estos animales son capaces de saltar cualquier verja en busca de alimento, dejando atrás munición suficiente como para mantenernos ocupados todo el viernes. Sin embargo, debemos despejar el camino para cuando lleguen los visitantes del fin de semana.

Puede que el embarazo haya alterado la postura de Bec, pero su *swing* continúa siendo elegante y rápido, capaz de enviar las bolitas por encima de los corrales y de la mayoría de los olivos que quedan a nuestros pies. Creo que alberga el sueño de convertirse en una jugadora profesional de golf. Los medios de comunicación la adorarían. Le preguntarían si alcanza las cifras impuestas por su régimen de entrenamiento: mil bolitas a la semana.

—A Evan le van a romper el corazón —me dice.

—¿Otra vez? ¿De dónde es la culpable ahora?

—De Francia. ¿No la has visto? Una monada de veintiún años.

—¿De modo que papá está contratando a chicas francesas para cubrir mi puesto en la recolección? ¿Sabes la bofetada que eso supone para mi ego?

—Hay seis mochileros haciendo tu trabajo, Zac. No es que sólo ella esté ocupando tu lugar.

—Joder, ni que fuera a cortarme un brazo o una pierna.

—Órdenes del médico.

Toda mi familia ha memorizado el completísimo folleto «TE HAN HECHO UN TRASPLANTE DE MÉDULA ESPINAL, ¿Y AHORA QUÉ?»; se lo sabe incluso Evan, cuyos hábitos de lectura suelen estar limitados a *Zoo Weekly* y otras revistas eróticas parecidas. Gracias a este folleto, durante un mínimo de doce meses se me han prohibido los deportes de contacto, correr, montar en quad, cualquier tipo de trabajo físico y el uso de maquinaria pesada. Los deberes, por desgracia, no entran en esta larga lista.

—Estamos hablando de recolectar aceitunas, Bec, no de practicar motocross.

—De todas formas, necesitaré que me ayudes a alimentar a los animales. Papá estará ocupado con los recolectores, y vendrán autocares llenos de turistas. Es el primer día de las vacaciones escolares... —añade, como si pudiera olvidarlo. Como si eso fuera posible.

—¿Cómo se supone que voy a conocer a una mochilera sexy si estoy aquí ocupándome de los mocosos?

—Enviaré espías para que te informen adecuadamente... —me dice—. Ahora que lo pienso, tenemos una recolectora alemana.

—Na... Dado el origen de mi médula espinal, eso me parecería... incestuoso.

—Quizá haya una italiana. O una neozelandesa mona. Lo investigaré. —Bajo la luz de una de las linternas, mi hermana hace planes para mí—. No te vendría mal liarte con alguien.

Bec no tiene la menor idea del gran número de chicas que ya ha habido en mi vida. En el colegio yo era la novedad: un chico mayor que volvía para repetir curso. Cuando estudiábamos para los exámenes, me hacían gestos para que me sentara con ellas y las ayudara con asignaturas que se suponía que yo ya dominaba. Sin embargo, había algo más: las chicas son capaces de oler la vulnerabilidad. Noto perfectamente el modo en que se quedan mirando mis cicatrices. Se muestran cuidadosas conmigo, como si llevara enganchadas pegatinas de advertencia. «ACHTUNG.» «FRAGILE.»

Pero no es gentileza lo que busco. Ni compasión.

Me sale un *swing* torcido, y una bolita vuela de lado, impacta de lleno en el tejado del corral y provoca un estampido entre las gallinas.

—Sólo un rollete —dice Bec, intentando adivinar mis pensamientos—. No está en tu lista de prohibiciones...

—¿Mi hermana buscándome un ligue? Genial.

—Aunque, teniendo en cuenta que tus habilidades deportivas se han ido al garete, deberás trabajar un poco más tu personalidad.

Le doy a un cagarro con tanta fuerza que se dirige silbando hacia la oscuridad como unos fuegos artificiales que no acabaran de explotar. Me siento de maravilla.

—Un golpe afortunado —observa Bec.

A continuación, se apoya en la verja y me deja golpear con satisfacción el resto de las bolitas.

Hola, Zac:

¿Cómo estás, campeón? Feliz 18.º cumpleaños con retraso. ¿Ya has vuelto a la normalidad?

Escúchame, tienes que hacerte electricista. Trabajar tres días a la semana es lo más.

Como todos los años, este fin de semana iré a Wedge Island para asistir a las pruebas de armamento militar con fuego real. Un clásico.

Mi tabla de surf de dos metros y medio te espera. Tienes que probarla la próxima vez que vengas a Perth. Será mi regalo de cumpleaños.

Nos vemos,

Cam

Doy golpecitos con el bolígrafo sobre una de las nuevas postales que promocionan «¡La Aceituna Feliz! Aceite de oliva y granja para niños». Me gustaría poder decirle a Cam que la vida me sonríe, pero no es cierto.

—Ahora las cosas podrían cambiar —me dijo Patrick mi último día en el hospital—. Llevas cuarenta y siete días metido en una habitación...

—Treinta y tres de ellos con mi madre.

—Sí. ¿Qué te estaba diciendo?

—Cambiar.

—Ah, sí... Podría haber cambios.

—Fíjate... ¿Dirías que el cabello está volviéndome a crecer de color naranja?

—Me refiero a cambios emocionales —aclara Patrick—. No sólo físicos, Zac.

—Es que me emociona la idea... —me reí, pasándome una mano por la cabeza.

«Dos recaídas, una médula espinal alemana, y ahora renazco pelirrojo. Es jodidamente injusto.»

Mamá llegó en ese preciso momento, y yo cogí mi bolsa y salí pitando. El ascensor nos dejó en la planta baja, desde donde seguimos la línea verde hacia la salida. Una vez fuera, las dimensiones del mundo exterior me dieron vértigo. ¡Nada de paredes! En vez de eso, la libertad. Coches. Parquímetros y plazas de aparcamiento. Semáforos. Tráfico. El azul del océano. Ochenta kilómetros por hora. Mamá y yo dejamos las ventanillas bajadas durante todo el trayecto a casa. No me cansaba de tomar bocanadas de aire fresco.

Cuando finalmente llegamos, vi el nuevo y mejorado cartel de «¡LA ACEITUNA FELIZ! ACEITE DE OLIVA Y GRANJA PARA NIÑOS», y pude oler los excrementos de gallina a cincuenta metros de distancia. ¡Me parecieron de lo más aromáticos! Era consciente de que no debía contárselo a nadie, por supuesto. Mi cordura ya está lo suficientemente bajo sospecha. Luego mi jack russell se puso a ladrar e intentó llenarme de babas, pero Evan lo ató en corto mientras el resto de la familia me abrazaba. Me sentí la alemana cervecera más afortunada del mundo por poder volver a la vida.

Regresé al colegio, aunque me dedicaba a dormir durante la quinta y la sexta hora. Incluso estaba contento de tener deberes, porque dibujar gráficos sobre demografía y analizar planes económicos significaba que yo era normal, con los mismos exámenes y fechas de entrega que cualquier otro estudiante de mi curso, y mi vida avanzaba firmemente en línea recta desde A hasta B y desde B hasta C.

Por eso no quiero que lleguen las vacaciones de abril. Sin la estructura del colegio, el tiempo no avanzaba firmemente en línea recta. El tiempo puede confundirte. Jugarle malas pasadas a tu cabeza. Cuando menos te lo esperas, es capaz de doblarse sobre sí mismo como una goma elástica gigantesca. El tiempo puede darte unos golpecitos en el hombro. Si le viene en gana, puede levantarte y devolverte volando a la habitación número 1, con las agujas y los desinfectantes, las náuseas... y Mia. ¡Mia! Mierda. ¿Dónde debe de estar ahora? ¿Se encontrará bien?

Sus golpes en la pared, furiosos y desesperados. Sus preguntas a bocajarro.

¿Habrá vuelto a crecerle el pelo? ¿Acudió finalmente a su baile de fin de curso en silla de ruedas? ¿Habrá seguido adelante como debería, riendo y flirteando en los grandes almacenes los fines de semana? ¿Puede ya enseñar con orgullo su cicatriz? ¿Se habrá olvidado de mí, como debería haber hecho? ¿Igual que yo debería haberme olvidado de ella?

No lo sé porque ya no está en Facebook. Después de llegar a casa y de la cena de bienvenida que me organizaron, encontré una hora para conectarme tranquilamente —«¿Lo he soñado o me visitaste una noche? ¿Eres sonámbula o fue a propósito? ¿Qué tal te ha ido el día?»—, aunque sólo me sirvió para descubrir que su perfil había desaparecido. Primero creí que me había eliminado como amigo, pero, cuando busqué su nombre, descubrí que no estaba por ningún lado. Se había esfumado.

¿Cómo puedes compartir con alguien sus secretos durante las primeras horas de la madrugada y no saber nada acerca de lo más obvio, como el barrio donde vive o su número de teléfono? ¿Cómo puede alguien desaparecer de tu vida tan fácilmente?

Doy vueltas a la postal en blanco que tengo entre las manos. ¿Qué le escribiría si supiera su dirección? ¿Sonaría espontáneo, como Cam —«He pensado en escribirte unas líneas...»—, o le contaría más? Como que lo que antes era normal ya no lo es y no sé si volverá a serlo. Que sigo medio en cuarentena. Que me dan miedo las vacaciones escolares y tener dos semanas para mí solo.

Mamá abre la puerta de mi habitación. Desde que regresé del hospital, ya no se molesta en llamar.

—¿Quieres que organicemos una fiesta?

—¿Para hoy?

—Para la semana que viene. Invitaremos a la familia y a tus amigos. —Revuelve el interior del bol que lleva en las manos a cámara lenta, mientras va haciendo planes—. Matthew y Alex se apuntarían. Rick también...

—Están fuera, mamá —le recuerdo. Se marcharon a Perth o al este para estudiar o trabajar...—. ¿No habías comido ya helado?

—Tus nuevos amigos del colegio vendrán, ¿no?

—Depende de si hay o no alcohol.

Mamá señala con la cuchara el folleto «TRASPLANTE DE MÉDULA ESPINAL» que está enganchado en un corcho encima de mi escritorio. «Alcohol: sustancia prohibida número dos.»

—Para ellos.

—En ese caso, quizá sea mejor invitar sólo a la familia. Haremos una barbacoa. Sería bonito celebrar tu marca de los cien días, ¿no crees?

Una fiesta es lo último que me apetece. ¿Qué sentido tiene celebrar cien días de «normalidad»?

Acepto, sobre todo por ella, aunque en parte también por mí. Una fiesta puede hacerme pensar en otras cosas.

En algo que no sea «ella».

14

MiA

El taxista me hace descuento, pero no del tipo «eres una chica mona a la que quiero impresionar», sino del tipo «llevas muletas», o del tipo «se te ha corrido el rímel». Compasión. Mierda, voy a aceptarla, pero sólo porque significa que van a quedarme siete dólares extra en el bolsillo. Los necesito más que él.

Llamo al timbre tres veces y me froto las mejillas con la manga del jersey. Me abre la puerta el padre de Shay. Se coloca unas gafas con montura al aire, dirige la vista al reloj de la pared e inspecciona mi cara bajo los sensores de luz.

—Disculpe, señor W. ¿Está Shay?

—¿Maya?

—Mia.

Asiente al recordarme. Ha pasado mucho tiempo.

—Eres rubia.

—Sí. ¿Le gusta?

—Te sienta muy bien. ¿Qué te has hecho? —Mira las muletas.

—Una lesión jugando a *netball*. De lo más tonto, ¿eh? Shay me dijo que podía quedarme a dormir si lo necesitaba.

—¿Esta noche?

—Sí. —Levanto la mochila—. Sé que es tarde. Lo siento.

Echa un nuevo vistazo al reloj rascándose el pecho.

—Están dentro.

—¿«Están»?

Se encoge de hombros.

—El fin de curso, ya sabes...

Mierda. Con Shay me veía capaz. Un grupo es algo muy distinto.

—Pensaba que habías dejado el colegio.

—Fui a tiempo parcial para sacarme el título. El año que viene me pondré al día... —Tengo respuestas para todo.

—Entonces, ¿va todo bien? ¿No tienes... problemas?

Resoplo como si estuviera de broma.

—¿Yo?

Mierda, si me detuviera a pensar en el lío en que me encuentro, me ahogaría. Quizá lo mejor sea volver por donde he venido. Encontrar a otro taxista compasivo que me lleve de vuelta. Pero ¿adónde?

—Bueno, pasa —me dice—. Es tarde.

En la sala de juegos los muebles están llenos de ropa y mantas. Hay algunas chicas a las que conozco bien: Chloe está en el sofá, y Erin y Fee tumbadas sobre los colchones. Shay está de pie junto al televisor, con algunos DVD en la mano. Cuando entro se quedan en silencio demasiado rato, intercambiando miradas, como si quisieran confirmar que soy yo. ¿Qué estarán diciéndose sin hablar? ¿Cuánto sabrán de lo mío?

Ojalá fuera un fantasma. Me limitaría a flotar por aquí. Aunque no querría asustarlas.

Shay deja los DVD y sortea los colchones para venir a abrazarme. Me agarro a las muletas, incapaz de devolverle el abrazo.

—Mia, te has acordado...

El maratón cinéfilo de fin de curso fue una idea que tuvimos con Shay cuando íbamos a octavo. Por entonces, sólo éramos ella y yo. Nos aprovisionábamos de chocolatinas, patatas fritas y chocolate caliente, y sólo fuimos aceptando que se unieran otras chicas si cumplían con nuestros requisitos. Con el paso de los años, cambiamos de chocolatinas y añadimos Baileys a la leche. Estas noches llegaron a ser legendarias, incluso algunos chicos se animaron a dar vueltas con el coche alrededor de la casa para soltarnos comentarios embarazosos. Era nuestro premio por haber aguantado diez semanas de clases aburridas con profesores que insistían en mantenernos separadas.

En el lavabo, Shay me da una toallita limpiadora. Mi reflejo me produce un pequeño *shock*; siempre me olvido de que soy otra persona. El rímel se esparce por la toallita.

—Te habría invitado —me dice, inspeccionándose las cejas en el espejo—, pero creía que te habías marchado. No respondiste a mis mensajes.

—He estado con Rhys. Ya sabes cómo es.

—¿Sigues pensando en ir a Sídney?

—Mañana —contesto—. Mi tía está esperándome. Cogeré un autobús.

—Ya sabes que puedes ir en avión.

Le sonrío.

—¿Y dónde estaría la aventura? Además, volar me obligaría a enseñar mi carnet de identidad.

Se pone a mirar mi reflejo.

—Sin ti no es lo mismo. ¿Piensas volver?

Me encojo de hombros.

—El señor Pelman dice que, si has dejado el colegio, tu madre tiene que firmar algo.

—Ya lo ha hecho. Relájate.

En cuanto acabo de limpiarme la cara, vuelvo a la habitación y dejo a Shay sola en el baño. Las otras han recolocado los colchones y los sacos de dormir. Llevan pantalones de chándal y camisetas, pero Chloe se ha puesto una camiseta de tirantes y unos *shorts* Peter Alexander. Tiene las piernas bronceadas y bien torneadas, y jodidamente largas. Se estira para coger una chocolatina del paquete y, tras colocársela entre los dientes, me dedica una sonrisa de chocolate. Antes, Chloe me envidiaba a rabiar.

—Mia, quédate ése —dice Fee, señalando con sus flamantes uñas pintadas de rojo el colchón que queda más cerca del cuarto de baño. ¿Cuándo empezamos a invitar a Fee a los maratones cinéfilos?—. Por si necesitas levantarte por la noche.

Intenta comportarse con tacto. La última vez que alguien me preguntó por el tobillo, lo mandé a la mierda. Luego me largué.

Chloe se desliza hacia un colchón con Erin, y entre las dos deciden el orden de las películas: comedia, terror, comedia, romántica, terror. Estoy pendiente de cada palabra, no quiero perderme nada de lo que se dice.

—Joder. —Shay sigue en el cuarto de baño, pellizcándose la piel de las mejillas—. ¡Una espinilla! ¿La veis?

—No —le digo, acercándome—. No tienes nada.

—La fiesta de Brandon es mañana. ¡Erin! —grita—, ¿te has traído ese producto con té blanco?

Me río. Es divertido.

—Shay, no tienes nada.

—No voy a presentarme en la fiesta de Brandon con una cabeza siamesa.

Se aprieta la mejilla, y me doy cuenta de que habla en serio. Erin aparece corriendo con el gel. Se lo aplica con precisión, como si se tratara de una verdadera emergencia. Como si tuviera alguna importancia.

Me da la sensación de observar la escena a través de una pecera de cristal. ¿Así es su vida? ¿Así era la mía?

¿Soy yo el pez o lo son ellas?

Durante la noche, las cuatro van cambiándose de lugar en los colchones y van pasándose paquetes de comida. Yo sólo cojo palomitas saladas: las golosinas me provocan dolor de estómago, y el chocolate sigue sabiéndome a cera.

Chloe se da cuenta.

—¿Estás a dieta, Mia?

¿«Dieta»? Había olvidado esa palabra.

—No deberías. Estás delgada —me dice Shay, creyendo hacerme un cumplido.

Me como sin ganas una chocolatina con sabor a cera y luego otra. Sería capaz de comerme cualquier cosa con tal de que dejaran de prestarme atención. Desearía que se callaran y se concentraran en las películas, pero no dejan de hablar y hablar y hablar: «El señor Pelman apesta»; «Voy a ponerme implantes»; «Odio las puntas de mi pelo»; «Beth no se merece a Joel»; «Quiero hacerme un *tatu* aquí, pero no sé qué escoger»; «¿Crees que le gusto al hermano de Chloe?»; «Tengo las uñas fatal»; «¿Tú crees que tengo celulitis?»; «Quiero perder tres kilos antes de la fiesta de Brandon».

Sus diálogos se entrecortan con risas, pedos y resoplidos. Siento que ya he vivido esta noche con anterioridad. Hasta la película de terror, cuando finalmente llega, resulta previsible. ¿Terror? Ni de lejos.

Me doy cuenta de que ellas son los peces. Las veo en sus peceras nítidas, nadando en círculos a poca profundidad. Sentía auténtica devoción por nuestro grupo. Proteger nuestras valiosas bromas privadas de aquellos que nos miraban con envidia era lo que más me gustaba del mundo. Estas chicas —junto con la media docena de chicos y chicas que se habían adueñado del banco situado a la salida del Bloque D— eran mi mundo. Éramos reales, ruidosos y atrevidos. Nuestras historias están grabadas en las tablillas de madera de ese banco.

Ahora, en cambio, soy yo la que mira desde fuera, aunque no con envidia. ¿Cómo perder tres kilos en una semana? Yo podría contarles cómo perder tres kilos en un día. ¿Las puntas del cabello? ¿Están de coña? ¿Y a quién demonios le importan las malditas espinillas? Cuando el cuero cabelludo te pica como a mí, cuando la pierna te duele espantosamente, cuando la comida sigue provocándote arcadas, dejas de buscar esas espinillas que ni siquiera están ahí. Dejas de reírte con bromas que no tienen gracia. Dejas de considerar «delgada» un piropo...

Cuando me hago la dormida, oigo las palabras susurradas que no debería oír: «¿La has invitado tú?»; «¿Por qué se ha comportado como una bruja?»; «Sólo intentabas ayudarla»; «Rhys se merece a alguien mejor», «Igual que Brooke».

Cuando se acaba la última película y los susurros dan paso a los ronquidos, miro mi teléfono. Mamá me ha enviado un SMS:

Sé que has estado aquí. Faltan 130 $ del bote. Solucionemos las cosas o márchate para siempre. Deja de venir a escondidas. ¡Crece un poco!

Lo borro y dejo el teléfono a un lado. El reloj marca las 02.59 h. Las tres de la madrugada. Me pregunto si él también estará despierto. Zac. Han pasado más de tres meses. Tiempo de sobra para que se haya olvidado de mí.

Espero que esté durmiendo. Espero que no continúe despertándose a esta hora, como yo, sintiéndose demasiado patético como para llorar. Espero que duerma tan profundamente que las pesadillas no puedan alcanzarlo.

Joder, necesito pensar. El Plan A dependía de que mi madre fuera una persona normal. El Plan B se basaba en que mi novio se comportara como un hombre. El Plan C consistía en la promesa que me hicieron Shay y las otras chicas de que harían cualquier cosa por mí.

Lo que ahora necesito es un Plan D. «D» de «desesperada». «D» de «darlo todo» o «darme por vencida».

Antes del amanecer, me abro camino entre ellas. Los extremos de mis muletas encuentran espacios libres entre miembros delicados y manos cerradas. Piso cabelleras largas que se desparraman sobre almohadas rellenas. Duermen como bebés. No estoy enfadada con ellas. No tienen la culpa de no saber más de lo que saben.

Me balanceo por encima de ellas hasta alcanzar la cocina. Cerca del microondas hay un bolso con un monedero rojo. Dentro encuentro una foto recortada de una joven y sonriente Shay y doscientos dólares.

«Lo siento», susurro. Otra fuga. Otra mancha en mi expediente. Esta vez tendré que llegar más lejos. Irme de verdad al este. Como dijo mamá, «Solucionemos las cosas o márchate para siempre».

Cojo un autobús a Central Station y allí me compro un billete para el destino más lejano que puedo permitirme. Por ahora tendrá que bastar.

Una mujer me deja su sitio en primera fila. «RESERVADO PARA PERSONAS DISCAPACITADAS», pone en el letrero. Lo pillo.

Agarro con fuerza mi mochila. Dentro llevo el móvil y el cargador, el iPod y los auriculares, pintalabios, rímel, base de maquillaje, dos camisetas, unos pantalones de deporte, cinco pares de braguitas, desodorante, el permiso de conducir, cuatrocientos dieciséis dólares con ocho centavos, un frasco de gel de papaya, un tubo de crema hidratante con vitamina E y medio blíster de oxicodona.

El autobús vibra mientras entra en calor, y dando tumbos nos arroja a la ciudad fría y azulada. En cada calle puedo ver a mi propio fantasma devolviéndome la mirada.

Desearía haber traído conmigo una almohada para poder recostarme contra la ventana. Desearía tener más analgésicos. Desearía disponer de más dinero.

Pero, sobre todo, desearía tener un plan jodidamente mejor.

15
ZAC

—Buenos días, ricura.

Bec me entrega un cubo y un par de guantes largos. Sé que debo llevarlos puestos mientras trabajo con los animales, pero ¿tienen que ser de color rosa?

Ella advierte mi reacción.

—¿Prefieres los azules de papá?

—Dios, no.

Ambos sabemos lo que deben de haber tocado. La técnica de papá en todo lo que concierne a la cría de animales se basa mucho en el tacto con las manos. Acepto los guantes rosa, me calzo las botas de goma por encima de los pantalones de chándal y la sigo.

Nuestros cubos tintinean con las botellas de leche caliente mientras subimos hacia los corrales de las cabras y las ovejas. La mayoría están ya despiertas, masticando hierba ruidosamente.

Del henil nos llega aún más ruido. En un cercado pequeño hay corderos lechales de una semana de vida balando y empujándose los unos a los otros con ansia y desesperación. En otro hay cabritos de tres días que se contonean vacilantes sobre las patas traseras. Son ridículamente entrañables, con ojos legañosos y morritos mocosos. Me hace reír el modo en que menean todo el cuerpo ante la perspectiva de ser alimentados. Casi consiguen que merezca la pena salir de la cama.

Bec coge algunas botellas-biberón y se encarga de los lechales; a mí me tocan las cabritas. Tiran con tanta fuerza de las tetinas que debo mantenerme firme para no caer sobre ellas. Durante unos minutos no hay otro sonido que el de un coro de húmedas succiones. Sin duda, merece la pena salir de la cama. No obstante, tan pronto se vacían las botellas, arranca una locura de balidos, unos beee a máxima potencia.

Las aves del corral arman todavía más escándalo. Abro las puertas, y los gallos salen a toda pastilla, cacareando insultos al mundo entero. «El síndrome del hombre bajito», lo llama Bec, mientras se pavonean a nuestro alrededor. En el corral, las gallinas mueven las alas y cacarean, como si nuestra visita fuera una sorpresa en vez del acostumbrado ritual de cada mañana. Abandonan el corral correteando en zigzag, y se dispersan por el henil y la hierba del exterior, donde empiezan a picotear granos abandonados y cagan como si fueran las dueñas del lugar.

Me muevo de cerca en cerca, rellenando los recipientes con agua fresca y esparciendo puñados de heno. Incluso a los hurones, esos malignos comebebés, se los contenta fácilmente con agua y comida.

Durante la noche, ha habido algunos nacimientos. Me encuentro dos conejillos de Indias diminutos y cuatro pollitos esponjosos. También se ha producido una muerte: un conejo de una semana de vida que ha durado más de lo que nadie esperaba. Levanto al animalillo, y sus hermanos ocupan enseguida el hueco.

El sonido de un motor se eleva por encima del jaleo. Es papá con la furgoneta, a la que lleva enganchado un remolque lleno de rastrillos, tubos, escaleras y lonas y redes para el suelo. Evan hace rugir un quad cerca del henil, levantando una nube de polvo y suciedad, e incordiando a las aves.

—¡Bonitos guantes! —me grita, antes de hacer un donut con el quad y salir disparado cuesta abajo hacia los olivares.

Le enseño un dedo corazón de color rosa, pero creo que no llega a ver el mensaje. Menudo capullo.

—Pasa de él —dice Bec.

—Sólo me faltaba que me lo restregara por las narices.

De todos los trabajos de la granja, la recolección de aceitunas es el mejor. Recolectar significa largos días haciendo el tonto junto a papá y un grupo de mochileros con apodos como Taza, Suni, Jirafa o Wookie. Recolectar significa extender redes bajo los árboles y rastrillar las ramas hasta que las redes desaparecen bajo un montón negro de aceitunas. Evan siempre aparece para pavonearse quemando neumático y lanzar olivas a las caras de los incautos como si fueran balas. Más tarde, todos se pondrán a gatear sobre ellas para retirar ramitas, hojas y aceitunas podridas, mientras comparten historias de diversos rincones del mundo. Daría cualquier cosa por estar allí, con ellos, y oír el chillido de la primera chica que confunda una boñiga de canguro con una aceituna, o el grito del primero que se asuste al toparse con un lagarto volador. Ver cómo los capazos se llenan una y otra vez, dirigir la mirada a las hileras vacías para comprobar cuánto hemos avanzado y luego acabar la jornada con los músculos doloridos, nuevas amistades y el sonido de la prensadora internándose en la noche, mientras papá y mamá, a los mandos, comparten una botella de vino para celebrar el prensado que inaugura la temporada.

Sin embargo, aquí estoy, atrapado entre animales esponjosos y guantes rosa de goma. Escudriño la parcela de las ovejas en busca de nuevas crías o cuerpos sin vida, pero no hay nada. Llegado el caso, ambos deberían ser retirados: los recién nacidos deben permanecer lejos de zorros ladronzuelos; los cadáveres han de ocultarse de los ojos de los turistas. El año pasado, recibimos quejas cuando unos niños, histéricos, descubrieron un lechal con sólo medio cuerpo. Está claro que los visitantes prefieren ver a los corderos balando alegremente que en estado de descomposición.

Un coche llega temprano. Sonido de puertas que se cierran y de niños que chillan.

—Buena suerte. —Le entrego a Bec la carretilla.

Las vacaciones escolares resultan duras para todos, especialmente para los animales, a los que estrujan como si fueran peluches.

Me marcho en la dirección opuesta, hacia el extremo norte de la granja, con el conejo muerto colgando de mi mano. «PROHIBIDA LA ENTRADA», advierte la verja que separa la granja de la zona de matorrales contigua. Los dueños, que viven en Sídney, han dejado la propiedad en las mismas condiciones en que la encontraron al comprarla hace veinte años: llena de cascos de botella y malas hierbas.

Imagino que si le llevo cuerpos muertos a la zorra, no se sentirá tan tentada por los vivos. Sé que estará observándome. Ya habrá olido al animalillo aún caliente que cuelga de mi guante. Y estará ansiosa: tiene que alimentar a sus propias crías.

Me pregunto si también será capaz de oler mi fragilidad, como las chicas del colegio. No el olor a muerte, en este caso, sino a vulnerabilidad. Me pregunto si percibe que no soy tan fuerte como debería, que estoy atrapado en un limbo entre la enfermedad y la salud. «ACHTUNG.» «FRAGILE.»

Cuando sale de su escondrijo, lo hace con cautela, agachando el cuerpo. Me observa con precaución, aunque sabe que no voy a hacerle daño. Me reconoce de otras veces y, acto seguido, se muestra un poco más, diseccionándome con la mirada. Parece saberlo todo acerca de mí.

Lanzo el animalillo, que cae al suelo en un punto a medio camino entre ambos.

—Vamos, quédatelo, pero mantente lejos de los corrales.

Lo agarra y se escabulle a toda prisa entre los matorrales. Es una transacción bien sencilla, sin tristeza ni culpabilidad. Sólo es la puesta en práctica de la cadena alimentaria.

Me han dicho que no piense en la muerte, pero está claro que, en mi caso, no es nada fácil. El folleto me aconseja: «Recita pensamientos positivos. Concéntrate en el presente. Haz planes para el futuro. Mantente ocupado.» Sacudo la verja, sólo para oír cómo vibra.

«Me encuentro bien —me digo a mí mismo—. Estoy bien. Y ella también.»

· · ·

—Y eso que veis allí es una cría —me llega la voz de Bec, refiriéndose a mí—. A simple vista no lo diríais, pero es una bestia amistosa y de naturaleza amable. Se comería una tarta directamente de la palma de vuestra mano.

Formando una piña, los turistas lanzan una risilla. Los niños ríen abiertamente, disfrutando de la broma.

Bec sonríe satisfecha.

—Sin embargo, os recomiendo que mantengáis las distancias. Por las mañanas suele tener mal aliento.

Me rasco el culo de forma teatral y salto la cancela. Paso por delante de ellos y me meto en la parcela de los emúes para recoger los tres huevos de color verde que han rodado por el suelo. Se los doy a Bec y me marcho dejándola a cargo de alimentar a los emúes.

—¡Extended las palmas! —la oigo decir desde el henil.

Me saco los guantes rosa, los lanzo a una papelera y me dirijo a casa, cruzando por delante de la tienda y del corral de las alpacas. Mamá se encamina hacia mí con una bandeja con bollitos calientes.

—¿Te apetece preparar veinte tazas de té?

—Es muy tentador —le digo—, pero *Orgullo y prejuicio* me reclama.

Los deberes de Literatura tenían que servir para algo.

—¿Aún sigues con eso?

—No puedo ir con prisas. No es como tus *Cincuenta sombras de Grey*.

Mamá, sin embargo, ya no me oye. Sus bollitos van dejando una estela de humo a sus espaldas.

A veces no hace falta más que eso —un olor— para que el pasado me lace y me transporte de regreso a la habitación número 1. Una mano cogiendo mi hombro y Mia acurrucada a mi espalda. Su aliento a vainilla flotando en medio de la noche...

Me detengo de golpe. «Respira —me recuerdo—. Concéntrate en el presente.»

Una cría de canguro se acerca a mí de costado y olfatea mis dedos. Le enseño la palma de la mano vacía y le rasco detrás de las orejas, aunque no debería hacerlo. Cuando se cansa de mí, salta hacia el viejo cobertizo y olfatea el interior.

Lleno hasta reventar de trastos acumulados a lo largo de quince años, el cobertizo es una zona de riesgo con material para la granja ya caducado y cosas inservibles que fueron abandonadas por el anterior propietario. Sin duda hay ratas, clavos oxidados y otras amenazas que haría bien en evitar una persona con un sistema inmunitario frágil.

Por eso entro y dejo que mi vista se adapte a la oscuridad. Una escalera de manos se bambolea cuando trepo por ella. Desde arriba, veo pilas de madera, lo que me recuerda los trabajos de carpintería de décimo curso. Usé algunas tablas como ésas para fabricarle a mamá una mesa de centro. Necesité un curso y medio para acabarla, y luego hice otra para Bec por Navidad. Aquí hay madera buena estropeándose, pero ¿cuántas mesas de centro puede llegar a necesitar la gente?

La idea toma forma delante de mis ojos: una cuna para el bebé. Bec todavía no ha comprado una, y sé que la preferiría fabricada a mano. Lo mejor de todo es que una cuna de bebé requerirá de ambición y tiempo: justo el tipo de proyecto que necesito para concentrarme en el presente.

Para mantener la cabeza lejos de ella.

16

MiA

No he venido aquí a comer bollitos.

Los animales son muy monos, está claro, pero tampoco he venido aquí por ellos. No soy una niña.

Dentro de la tienda, los turistas sumergen cuadraditos de pan en cuencos poco profundos, mientras una mujer les describe cinco sabores distintos de aceite. Se parece a ella. Quizá está algo más delgada y lleva el pelo teñido. Se la ve más amable que en el hospital, pero por otro lado es lógico que trate bien a los clientes. Asiente a las observaciones de los turistas. Hace comentarios entusiastas acerca de la ligereza y la intensidad del aceite de oliva. Mierda, yo no he venido aquí por nada de esto.

Sí, creo que es su madre. Pero ¿dónde se ha metido Zac? No estoy segura. Antes ha cruzado por delante de mí, junto a los emúes. Tampoco es que éstos me interesaran mucho, con sus ojos malvados y fuertes picos. Él no les tenía ningún miedo: ha entrado en su parcela tranquilamente y ha salido con tres huevos enormes entre sus guantes rosa.

Un camino asfaltado desciende hasta una verja, en la que cuelga un cartel pintado a mano: «PROHIBIDA LA ENTRADA-RE-SIDENCIA.» Un poco más adelante, hay un chico de pie al lado de un cobertizo. Y junto a él, un canguro. ¿Es Zac? Lleva el pelo corto y oscuro. No me lo esperaba. Es más guapo de lo que me había parecido.

Necesito acercarme más, pero el cartel me recuerda que la entrada está «PROHIBIDA».

Podría gritar su nombre, ¿verdad? Pero ¿y si no es él? Quedaría como una idiota.

¿Y qué pasa si lo es?

Parece demasiado alto. Aunque nunca lo vi de pie.

Además, si grito su nombre y se da la vuelta, ¿qué se supone que debería decirle? «¿Te acuerdas de mí? ¿La chica a la que le mentiste?» De todas maneras, tampoco me importaría que pudiera oírme alguien más. Me prometió que me pondría bien, y está claro que se equivocaba.

Acaba metiéndose en el cobertizo, y lo pierdo de vista.

Detrás de mí, el conductor reúne al grupo de turistas que sale de la tienda y me sumo a ellos. Cuando intenta ayudarme a subir al autobús, me lo saco de encima. Mis muletas manchan de barro cada uno de los escalones enmoquetados. Antes de arrancar y abandonar el aparcamiento, espera a que me haya acomodado en el asiento delantero.

Qué importa si se trataba de Zac o no. De todos modos, no formaba parte del Plan D. Sólo era una escapada para distraerme en un día muy largo.

—No puedes utilizar eso —me dice el conductor una vez en la ciudad.

Agito el billete delante de él.

—Pero si lo he comprado esta mañana...

—Es para una ruta distinta —me explica, apartándome el humo de la cara. Pero ¿qué hace fumando tan cerca del autobús?—. La directa. No la del servicio que te permite ir parando.

Me río, porque parece que el mundo se ría de mí. Últimamente sólo puedo ir parando, despacio, por los sitios, en lugar de andar por ellos con normalidad.

—Deberías haber comprado un billete distinto si tu intención era hacer turismo.

—No lo es... —contesto—. Al menos, no lo era. Mire, aquí pone que es para ir a Adelaida vía Albany. Hoy.

Lanza la colilla al suelo y la pisa. Odio a la gente que hace eso. ¿Acaso creen que la colilla desaparecerá por sí sola de la acera? Me cabrea mucho.

—Puedes subir a bordo si estás tan ansiosa, pero me dirijo a Pemberton. En aquella dirección. —Señala con el dedo—. El próximo autobús a Albany no sale hasta mañana...

—¿Mañana?

—Tendrían que permitirte utilizar ese mismo billete, aunque harías bien en llamar con antelación para asegurarte de que quedan asientos libres. Estamos en vacaciones escolares, ya sabes. —Se encoge de hombros—. Mala suerte.

Menudo cabrón. Aunque está claro que, en esto último, ha acertado de lleno.

—Has tenido suerte —me dice el joven recepcionista del albergue.

Debe de estar de broma.

—Tienes suerte de que nos quede una cama. —Me cuesta entenderlo con su acento cerrado—. En esta época del año, hay muchos recolectores de fruta. —Se da cuenta de que llevo muletas e inmediatamente me mira a la cara frunciendo el ceño. Debería haberme maquillado—. ¿Vienes a recolectar?

Le entrego veinticinco dólares y le digo que volveré más tarde. No estoy de humor para pasar el rato en una sala de estar comunitaria.

En vez de eso, me acerco a la calle principal a comprarme un bocadillo y un café helado, y me siento en un banco cerca de una carnicería. Las mujeres se tiran siglos ahí dentro. Cuando salen del establecimiento, se quedan de pie en la acera, intercambiando cotilleos con las chuletas y las salchichas embutidas en bolsas de plástico. Gente jodidamente estúpida en un pueblo jodidamente estúpido.

En la acera de enfrente hay una comisaría de policía con fotos de desaparecidos en las ventanas. Me acerco a mirarlas, un grupo de hombres y mujeres que ya han muerto o bien fingen estarlo. A algunos se los vio por última vez antes de que yo naciera.

Mi cara no está entre ellas. Me pregunto si mamá ha acudido a la policía, tal como me amenazó. Me pregunto si se han tomado la molestia de hacer uno de esos carteles con mi imagen. En caso afirmativo, ¿qué pondría?

«Desaparecida. Mia Phillips. Joven de 17 años. La última vez que se la vio, llevaba el pelo corto y rubio. Estatura: 1,64 m. Muletas. Necesita dos rondas más de quimio y atención médica urgente. Sospechosa de robo y estafa. Potencialmente peligrosa.»

En caso de que un cartel como ése llegara hasta este remoto pueblo, ya haría mucho tiempo que yo me habría ido de aquí. Hoy he aprendido una lección: se acabaron los desvíos improvisados. La vida no favorece a los curiosos. Nada de ir parando. Nada de seguir probando suerte con autobuseros, amigas, ex novios, madres, médicos o desconocidos que un día ocuparon por azar habitaciones de hospital contiguas a la mía y me contaron jodidas mentiras.

Todos mienten. Por eso tienes que limitarte a agarrar tu mochila y largarte, Mia. Coge la ruta directa.

Que los jodan a todos.

17

ZAC

La máquina de prensado se detiene, y el silencio se apodera de la noche. Oigo a mis padres andar sigilosamente hacia casa. «Chis», susurra papá en la oscuridad. Oigo las risitas de mamá. Copas que chocan. Cierran la puerta de la entrada tras ellos.

Seis mil litros de aceite prensado en frío serán embotellados en la nave de procesamiento. Hoy hemos obtenido una cosecha decente, o al menos eso es de lo que ha alardeado Evan. Mañana aguardan otras doce hileras de olivos, con sus pequeños frutos preparados para ser recolectados y prensados. En un mes, empezará la recolección de otra de las variedades de aceituna que tenemos en la granja: la manzanilla. Espero que, para entonces, ya haya conseguido convencerlos de que me dejen trabajar.

Duermo con la cabeza bajo la ventana y las cortinas abiertas de par en par. Aunque ya hayan pasado catorce semanas desde que abandoné el hospital, sigue siendo importante.

Me asombra el modo en que el caos que rige el universo sabe exactamente lo que está haciendo, como si todo se hubiera acordado trece mil millones de años atrás y, desde entonces, las galaxias hubieran aplicado las reglas. Todas ellas están ahí arriba, siguiendo el ritmo y llenas de sentido, mientras que nosotros, los humanos, lo fastidiamos todo en el escaso tiempo que tenemos.

Oigo pasos en la hierba que no me cuadran: mamá y papá están dentro, y las alpacas deberían dormir a estas horas. Quizá alguna ande nerviosa, después de un día tan ruidoso. Puede que sea *Sheba*, que está a punto de dar a luz.

Aguzo el oído. Nuevos pasos más lejos, y luego un gruñido suave y un escupitajo.

Me levanto y saco la cabeza y parte del torso por la ventana. Tengo los brazos doloridos, después de haber estado levantando trastos en el cobertizo.

Es *Daisy*, nuestra vieja alpaca.

—Vete a dormir, boba.

Sin embargo, lo que oigo a continuación es más humano que animal. Un ruido sordo en la oscuridad y luego el destello de una linterna. Lo capto a la altura del henil. Una luz azul. Dos veces.

Me envuelvo en el edredón y me escurro por la ventana. Mi jack russell, *J. R.*, ya está entre mis tobillos, golpeándome con la cola. Abre la marcha cuando cruzo el camino descalzo, y me espera mientras abro y cierro la verja, pero se queda atrás cuando ve que voy a entrar en el henil. Menudo gallina.

Bajo el resplandor anaranjado de las pequeñas lámparas de calor, los pollitos duermen tranquilamente en sus jaulas, a salvo de los zorros. Husmean y sueñan.

Avanzo con cuidado por delante de las jaulas, hasta encontrar la fuente de los destellos azules. Encima de una bala de heno, el disco parece un ovni diminuto, lanzando rayos en todas direcciones. Parpadeo, titileo, parpadeo. Me había olvidado de este artilugio que papá saca cuando empieza la temporada de la caza del zorro. Se supone que es para ahuyentar a las zorras hambrientas, haciéndoles creer que merodean seres humanos.

Conmigo, por lo menos, ha funcionado. Creía que había alguien en el cobertizo. Agarro el edredón con más fuerza, procurando evitar que se ensucie al tocar el suelo, y desando el camino. Paso entre los corrales, cruzo la verja y tomo la bajada de vuelta a casa. Las estrellas se ríen de mí. Tengo los pies desnudos congelados.

Me escurro una vez más por la ventana. Fuera, *Daisy* vuelve a gruñir.

Menudo idiota: asustado por una luz azul. Cierro la ventana para no oír sus quejidos.

Sin embargo, *Daisy* no es la única que se siente inquieta. De pie en mi habitación, las paredes me parecen de pronto demasiado estrechas, y el aire demasiado silencioso. No me quito el edredón, los oídos me pitan en el vacío. No me llega un solo zumbido, rumor o vibración. Ni siquiera el sonido de una respiración.

Pero entonces oigo un «tac».

Y un rostro en la ventana.

Lo veo, me caigo de culo al suelo y me arrastro de espaldas mientras inconcebiblemente el pasado se me echa encima como un poseso.

La chica abre la ventana con fuerza y alarga un brazo. «¡Chis!», me advierte con una mano extendida. «No te muevas.»

Me quedo inmóvil, hecho un ovillo dentro del edredón. Cojo aire... y vuelvo a coger aire, mientras la silueta de la chica se cierne sobre mí, rodeada de estrellas. ¿Es una visión? ¿Será humana?

Tiene el pelo grueso y corto. Y los ojos grandes.

—¿Mia?

Se lleva un dedo a los labios. Sus ojos inspeccionan mi habitación a oscuras, y luego me hace una señal con la palma de la mano.

Su piel está fría. La agarro del antebrazo para ayudarla a entrar por la ventana, pero aterriza mal y ambos giramos y damos tumbos sobre el edredón.

Colocada encima de mí, me hace pensar en vainilla, hielo y miedo.

—¿Mia? —vuelvo a preguntarle, aunque ya conozco la respuesta.

Me arrastro y gateo para liberarme, y ella agarra mi edredón para taparse. Luego, sin dar explicaciones o disculparse, se da la vuelta y se acurruca sin más, mirando hacia la pared de la habitación.

Me apoyo en la cama, completamente desvelado y sin salir de mi asombro.

He ayudado a rescatar animales de todo tipo. Desde que puedo recordar, Bec y yo nos hemos puesto a toda prisa botas y parkas para subirnos a la furgoneta con papá. ¿Cuántas cabras habremos liberado de las verjas? ¿Cuántos papagayos habremos envuelto en viejas toallas? A lo largo de mi vida, he vigilado incontables cajas de madera en los movidos trayectos de vuelta a casa.

Sí, he ayudado a rescatar muchos animales, pero ahí acababa todo: papá se encargaba de curarlos.

Mamá levantaba los brazos en señal de desesperación, mientras él colocaba otro cordero lechal dentro del horno a muy baja temperatura y con la puerta abierta. En otras ocasiones, papá se ponía el bañador y se metía en una bañera llena de agua caliente con una cría de alpaca a la que su madre había dado por muerta. No dejaba de propinar cabezadas hasta que al final conseguía volver a respirar con normalidad. Papá creía que el calor era capaz de reanimar a un muerto.

Me pregunto qué pensaría acerca de esto: una chica en mi cuarto, durmiendo como si estuviera al borde de un precipicio.

Envuelta en mi edredón está más tranquila, o al menos eso parece. ¿Qué haría él en una situación como ésta?

La luz del amanecer trepa por encima de su cuerpo. Veo sus respiraciones cortas, y tomo conciencia de las mías. Mia... Tiene que ser ella. Aunque ahora lleve el cabello rubio con un flequillo demasiado recto.

Cada ruido me sobresalta. El crepitar de las tablas en la lavandería —¿mamá?—, Evan y papá en la furgoneta, de camino a los olivares. El demencial cloqueo de las gallinas ahí fuera. Bec ya debe de estar trajinando con los biberones para los recién nacidos y preguntándose dónde demonios me he metido.

Ando de puntillas hasta la ventana y miro a través de las cortinas. Veo gallos y gallinas picoteando junto al henil. No hay rastro de Bec.

Dejo caer las cortinas y, cuando me doy la vuelta, ella está mirándome con un ojo. El cabello le cubre el resto de la cara, pero no se lo aparta.

—Eh.

No me contesta. Sólo continúa mirándome con ese único ojo.

No puedo sostenerle la mirada, de modo que bajo la vista a las manos. No sé qué hacer con ella. ¿Y ahora qué?

—¿Cómo has...? —empiezo a decir, pero me detengo enseguida: el «cómo» puede esperar—. ¿Mia? —pregunto. Necesito una confirmación—. ¿Te has perdido?

Menuda estupidez. Por supuesto que no se ha perdido. Una chica de Perth no sale de su casa, toma una calle equivocada y acaba en la costa sur de Australia Occidental.

Oímos pisadas rápidas que se acercan, y los ojos de Mia se abren de par en par. Se incorpora. El pomo de la puerta se mueve.

—Zac, ¿estás ahí?

—Sí —gruño.

—¿Por qué has cerrado la puerta? ¿Piensas levantarte? Voy a poner las sábanas en la lavadora.

El problema es que mis sábanas y mi edredón rodean firmemente a la chica que mira en dirección a la ventana, sin duda preparando un plan de fuga.

—¿Es que uno no puede dormir un poco más de lo habitual? —grito—. Incluso Dios descansó el domingo.

—¿«Dios»? ¿Te encuentras bien, Zac?

—Intento leer a toda prisa el capítulo siete de *Orgullo y prejuicio*.

—¿Te cambio las sábanas?

—No, gracias. Llevo meses controlando a la perfección mis esfínteres.

—Hombres —murmura mamá—. No te quedes todo el día ahí metido, Bec anda desbordada.

Esperamos a que se alejen sus pisadas. Mia tiene la espalda pegada a la pared.

—Disculpa —le digo, aunque no sé bien por qué.

El cabello corto le cae por ambos lados, y su cara ya no es la misma que me miraba por la ventana de la habitación del hospital. No, no es la misma chica, y no sólo porque su cabello sea distinto.

Su mirada recorre mi piel. De pronto, me siento vulnerable: mi torso está desnudo. Ella me escudriña, y sus ojos se detienen en mis cicatrices: la que tengo en el pectoral derecho, la del cuello y las señales en la cara interna de los brazos. Sabe dónde buscarlas. El examen parece calmarla un poco.

—Sí que eres tú... —susurra—. Helga, tienes otro aspecto.

—Me llamo Zac —le digo—. Sí. Tú también.

—Tienes los ojos grises.

—Más tirando a azulados.

—Me parecen grises.

Se aparta el flequillo, y yo me paso las manos por el cabello, entrelazando los dedos por detrás de la cabeza, igual que hace papá cuando evalúa una situación determinada.

¿Por dónde empiezo? Catorce semanas después, esta chica se ha materializado desde una habitación de paredes blancas a quinientos kilómetros de distancia.

—¿Qué haces aquí?

Parpadea y baja la vista a los tablones del suelo.

—¿Estás bien?

Empieza a hablar, pero las palabras parecen atascarse en su garganta, como si tuvieran pinchos.

—¿Qué ocurre? —le pregunto, aunque no debería.

En mi último día en el hospital, cuando fui a darle las gracias a Nina por última vez, vi cómo se volvía en el pasillo y se alejaba en otra dirección. Supuse que la intervención no había ido bien, pero ¿qué podía hacer yo? En el camino de vuelta a casa, mamá no dejó de hablar, como si fuera consciente de cómo me sentía y, sin que yo se lo pidiera, paró en un McAuto, aunque a mí ya se me habían pasado las ansias de comer una hamburguesa. Más avanzado el día, Mia se despertaría a tope de anestésicos, analgésicos y el resto de los sedantes de costumbre. Pero ¿cómo andaría de ánimos? ¿Le habría quedado una cicatriz muy fea? No tenía ni idea. Y no podía preguntarlo.

—Perdona —le digo una vez más.

La expresión de su rostro se endurece.

Se oye cerrarse una puerta con tela metálica, y a mamá llamando a las gallinas para que se coman las sobras que les ofrece. No tardará en abrir la tienda. Tampoco Bec en comprobar el número de recién nacidos y de fallecidos. Debería echarles una mano.

Fuera hay mucho ruido, pero aquí dentro no sé qué decir. Mia arrastra mi edredón hasta colocárselo sobre la cabeza, envolviéndose en él.

—¿Qué quieres...? ¿Mia?

Permanece en silencio, oculta.

¿Qué haría papá en mi lugar? ¿Marcharse? ¿Levantarla en brazos? Es demasiado grande para meterla en el horno.

Me pongo una camiseta y salgo de la habitación. En la cocina, preparo una tostada con queso, tomate y salsa. Mientras se enfría, caliento unos cereales con leche en el microondas. Me lo llevo todo a mi cuarto. Continúa escondida bajo el edredón, de modo que le dejo el desayuno en el suelo.

Salgo de nuevo y me tumbo en el sofá, donde finjo que estoy leyendo el capítulo siete de mi novela. Mantengo la pantomima mucho rato.

Cuando Bec aparece por la puerta para ver qué estoy haciendo, le digo que lo siento, pero que aún me quedan tres capítulos por acabar. Se lo traga, y yo me siento mal por mentirle.

No sé cómo es la vida para Mia. La verdad es que no tengo ni idea. Desconozco qué la ha traído precisamente hasta aquí, cuando tiene un club de fans tan animado y entusiasta en Perth, un lugar completamente distinto a éste.

Espero otros diez minutos antes de regresar y, al abrir la puerta, lo primero que veo es el edredón hecho un ovillo y un tazón y un plato vacíos.

Mia está de pie, concentrada en mis armarios, revolviendo entre una pila de cosas: cajas de Lego, una pelota firmada, una vieja colección de sellos, dos ejemplares de *Playboy*. No me da vergüenza. Ya tienen sus años, pertenecen a esa época en que los cuerpos femeninos suponían una novedad.

—¿Puedo ayudarte en algo?

Se da la vuelta con unas revistas en la mano.

—Helga.

—Zac. ¿Qué estás haciendo?

Husmea una última vez.

—Necesito dinero.

18

MiA

Me ofrece cuarenta dólares que guarda en el segundo cajón, pero yo cierro los ojos y me llevo los dedos a las sienes. No estoy de humor para esto.

—¿Qué? Los calzoncillos están limpios... —me dice, riéndose.

—No es suficiente.

No tengo tiempo para bromas. Bajo el edredón, he pensado en un nuevo Plan D: Albany, Adelaida, Sídney. He comprobado el horario de los autobuses en el móvil. El nuevo Plan D requiere dinero, no un jodido comediante.

—¿Tienes más?

Señala un bote de hojalata.

—Ahí hay monedas que he acumulado durante un año. Pero pesa demasiado... Quizá sea mejor... Tal vez te den algo de dinero por alguno de los sellos.

—Algo más.

Recorro la habitación con la mirada en busca de algo de valor. Está a rebosar de trastos inútiles: pósters, trofeos, una pelota firmada, un globo terráqueo, pesas y una barra de ejercicios detrás de la puerta... El lugar apesta a desodorante Axe y a calcetines usados. ¿Por qué todas las habitaciones de chico huelen igual?

—¿Qué es esto?

Aprieta el artilugio mecánico para hacerme una demostración.

—Un fortalecedor de muñecas.

—Joder, ¿cuánta fuerza necesitas tener en las muñecas?

Se encoge de hombros.

—La fisio dijo que era una buena idea...

En un rincón hay un televisor, una PlayStation 3 y una pila de juegos. Pegado a un corcho, veo un folleto y una lista de «Alimentos prohibidos».

—A mí también me dieron una. Aunque no tan... extensa como la tuya. ¿Nada de paté durante doce meses? Helga, ¿cómo puedes soportarlo?

Sobre el escritorio hay un ordenador portátil, un iPod y un montón de CD. El que está encima de la pila tiene una caligrafía que reconozco. «Lady Gaga para Hab 1.»

Lo cojo y paso el dedo por la tinta azul de las letras. Recuerdo haberlo escrito para él, aunque diría que eso ocurrió hace un par de vidas.

En su momento, me pareció una petición extraña. Podría haberle dado el CD original, pero decidí quedármelo. Guardaba todo lo que me daba Rhys. En vez de eso, le hice una copia que le pasé por debajo de la puerta. No esperaba que la conservara.

Recuerdo su primer golpeo en la pared, como si tuviera algo que decirme. También recuerdo las conversaciones que mantenía con su madre. Su voz me resultaba más real e interesante que la de cualquier otro en aquel hospital. Y recuerdo lo pálido y triste que me parecía cuando no sabía que estaba mirándolo.

Devuelvo el CD a la mesa. No he venido hasta aquí para perderme en recuerdos sin sentido.

—¿Cuánto dinero tienes en el banco?

—Estás de broma.

—¿Eso crees?

—Joder, Mia, no puedes... Quiero decir... No creerás que...

—¿Qué? Tictac, tictac...

Se apoya en la cortina naranja y se cruza de brazos.

—Hace tres meses que no te veo. Bueno, técnicamente nunca te vi, excepto por la ventana. ¿Y ahora apareces de la nada, me das un susto de muerte y me pides todo mi dinero? No es exactamente... Ya sabes...

—¿No es qué?

—Normal.

—Ahora nada es normal, ¿o no, Helga? Para ninguno de los dos. Además, no es como si estuviera robándote. Es más como un... préstamo.

—¿Por qué yo?

—Porque me lo debes.

—¿Qué te debo?

—Me mentiste.

—Yo no...

Estampo la muleta izquierda en el suelo, y ambos nos sobresaltamos.

—¡Me mentiste!

Se queda mirando el taco de goma de la muleta que ha impactado contra el suelo.

—Yo no...

—Me dijiste que yo... dijiste que era la persona más afortunada de la planta.

Parece que ha vuelto a ponerse pálido. ¿Está balanceándose o soy yo?

—Lo eras.

Doy otro golpe en el suelo.

—Lo eres —se apresura a decir—. No es culpa mía... —añade.

Y tiene razón. Nada de esto es culpa suya, pero tampoco mía.

—Me dijiste que debía confiar en ti.

Él asiente, como si quisiera confirmar que se acuerda. Me dijo eso y mucho más. Me dijo cosas que no debería haberme creído.

—Necesito un amigo —le miento—. Y unos trescientos dólares para llegar a Sídney. Mi tía Maree vive allí, está esperándome. Te devolveré el dinero en cuanto llegue. Te haré una transferencia, con intereses, si eso es lo que te preocupa.

No se mueve. Sigue ahí, con los brazos cruzados. Se toma su tiempo. Creo que está intentando leer la expresión de mi rostro, por eso me esfuerzo al máximo en aparentar normalidad. Si aparto la vista, me calará.

—Mia, no es el dinero lo que me preocupa.

No puedo echarme a llorar, todavía no, sólo lo haré cuando me encuentre en un autobús, y luego en otro, y otro, donde nadie me pregunte sobre mi pierna, el lugar al que me dirijo y lo que dejo atrás. Necesito marcharme a un sitio tan remoto que me haga olvidar por qué estoy llorando.

De manera que finjo sonreír, incluso me echo a reír.

—No tienes que preocuparte por mí, Zac. —Utilizo su nombre a propósito, y él también sonríe.

Mi corazón late con tanta fuerza que probablemente sea capaz de oírlo. No se lo merece, lo sé, pero no tengo elección.

—Eres un amigo, Zac, un buen amigo. Y confío en ti. Te lo devolveré, ¿de acuerdo? Lo tengo todo arreglado con mi tía. Desde su casa puede verse el puente que hay en el puerto. Será estupendo. Confía en mí.

Sus ojos, de un azul grisáceo, se clavan en los míos, y llegan más adentro de lo que me gustaría. Me pregunto qué verá en ellos.

Entonces se relaja y asiente.

«Mierda —pienso—. Ambos vamos a acabar sufriendo.»

—¡Montar en... quad está en el número... seis... de mi lista de cosas prohibidas! —grita mientras las ruedas se meten en todos los socavones que hay en el camino que pasa por detrás de la casa. El quad se hunde y da bandazos, por lo que debo sujetarme con fuerza a los asideros que hay a su espalda. Mis muletas están encajadas entre los dos—. Los médicos dicen que... es muy fácil... que se salga de sitio.

—¡Entonces, no dejes que eso ocurra! —le grito.

La moto da un brinco y me golpeo la barbilla con su espalda. La sangre de mi labio me sabe amarga en la boca.

—¡Pues no te muevas! —contesta.

—¡No me muevo!

Al fin conseguimos llegar a la autopista, y Zac acelera. Me agarro la peluca y me inclino hacia delante. Su pelo golpea en mis labios.

—¿Por qué vas tan lento? —le grito.

—¡Esto no da para más!

El quad avanza entre la cuneta y la autopista. Los coches nos adelantan rugiendo. A nuestra derecha, van pasando hileras de árboles y luego una fábrica de quesos, una sidrería y un peral. Anoche atravesé este mismo camino en la oscuridad al dejar el albergue, pero no me fijé en nada de lo que me rodeaba. Paso a paso, iba concentrada en el asfalto que tenía delante. Estaba más cansada que un zombi y tardé una eternidad.

Cruzamos por delante de un campo de críquet y de una escuela, y a continuación tomamos la salida para el pueblo. Zac no pasa por la calle principal; en vez de eso, gira bruscamente para bordear la parte trasera de un aparcamiento que está muy tranquilo.

Deja el motor al ralentí unos segundos y luego lo apaga.

—¿Estás bien?

Saco las manos de los asideros y las agito.

—Estoy viva.

—Mamá me mataría...

Mochila al hombro, avanzo rápidamente con las muletas. Más me vale... He practicado de sobra. Zac ha de trotar para alcanzarme.

—¿Siempre has sido tan rápida?

—Deportista del Año en primaria. Corrí durante dos años.

Aún era más veloz al empezar el instituto, jugaba de central en el club de *netball*, hasta que descubrí que madrugar los sábados era un asco. No tardé en darme cuenta de que había otras cosas mucho mejores con las que ocupar mis fines de semana.

—¿Tú siempre fuiste tan lento? —le digo, aunque sé que no es cierto.

He visto sus fotos en Facebook y viejos vídeos que había colgado su equipo de fútbol. Me fijé en él: es rápido.

«Era» rápido. Debo recordar que ambos hemos cambiado de tiempo verbal.

—Eres tan lento que mi abuela podría ganarte —le digo.

—Creí que me habías dicho que tu abuela había muerto.

—Exacto.

Ver el logo del banco me lleva a aumentar el ritmo. Las muletas se me clavan en las axilas, y siento que la pierna me palpita, pero ahora no puedo frenar. Cuando el autobús llegue al pueblo, no quiero perder el tiempo ni con el dinero ni con las despedidas.

Sin embargo, las puertas del banco no se abren a mi paso. Me acerco al sensor y luego me alejo, pero nada.

—Joder. ¿De verdad?

Saco el móvil de la mochila para mirar la hora. Son las 08.50 h, demasiado pronto para los bancos. Veo que tengo un mensaje de Shay.

¿¿¿Ké??? No puedo creer lo ke has hecho.

Y otro de mamá.

Mia, ¿dónde demonios andas?

Borrar. Borrar. Lanzo de nuevo el móvil dentro de la mochila.

—¿Y cómo has podido llegar hasta aquí sin dinero?

Hago pantalla con las manos para mirar a través del cristal. ¿Dónde se ha metido todo el mundo?

—En un autobús Greyhound, de Perth a Adelaida.

—¿Ya tienes el billete?

Me lo saco del bolsillo y lo agito delante de él.

—El conductor se paraba a fumar en cada jodido pueblo, y yo me bajé en éste a comprarme una coca-cola *light* en la máquina. Allí vi un folleto de vuestra granja.

—¿En la máquina de coca-cola?

—Al lado de la máquina, en uno de los puestos de información turística... Justo entonces apareció vuestro minibús y pensé: ¿por qué no?

—¿Viniste en él? No te vi.

—No nos prestaste atención. Pensé que podía subirme a otro autobús, pero los conductores son unos idiotas. Si no voy al lavabo, mi vejiga va a reventar. ¿Dónde está la gente?

—Lo más seguro es que en casa. Hoy es domingo.

Me quedo mirándolo fijamente. Tiene razón. ¿Por qué no ha dicho nada antes? ¿Es que todos intentan tomarme el pelo?

—Hoy estoy un poco espeso —me dice—. Por algún motivo, no he podido dormir mucho... Hay un cajero automático a una calle de aquí.

Maldita sea, tengo que ir a mear. No puedo pensar con claridad.

—Allí hay unos aseos públicos. —Zac señala un edificio de color crema—. Ve mientras yo saco el dinero, y nos vemos de vuelta aquí en cinco minutos, ¿te parece?

—Veo que no eres sólo una cara bonita, Zac.

Me dedica una gran sonrisa que le sienta mucho mejor de lo que me habría imaginado. La retengo durante unos segundos, con la esperanza de acordarme luego de ella.

—Será mejor que vayas.

—Sí, guárdame la mochila —le digo.

Hago un *sprint* salvaje hasta los lavabos. Incluso con muletas creo que sigo siendo capaz de batir récords escolares.

19

ZAC

La veo alejarse, clic-clac, clic-clac, clic-clac... Su peluca rubia se zarandea con cada nuevo paso de muleta. Me doy cuenta de que el lado izquierdo de sus tejanos cuelga en un ángulo extraño.

A continuación, me escondo en uno de los laterales del banco, pongo una rodilla en el suelo y —¿qué otra opción me queda?— empiezo a revolver el interior de su mochila. Hay un lío de ropa y cosas sin valor. Tiritas y pastillas. Un bolso con dinero y un carnet de conducir provisional en el que vuelvo a ver el aspecto que tenía antes de la quimio: pelo largo, pintalabios de color cereza y una sonrisa encantadora. Es el tipo de belleza que te deja anonadado. Un rostro por el que harías cualquier cosa. Deseo complacerla, pero no de esta forma.

Inspecciono su móvil. Bajo la «m» no aparece ninguna Maree, ni tía alguna bajo la «t». Mia no ha hecho ninguna llamada en los últimos diez días. Sí que hay mensajes en la bandeja de entrada, en los que su madre le pregunta dónde está. Pero Mia no parece haber respondido a ninguno de ellos.

No quiero ser el último pringado de una larga lista de pringados a los que ha engatusado con su pintalabios de color cereza. No importa lo que esté planeando, no soy yo quien va a financiárselo.

Oigo el clic-clac que anuncia su regreso, de modo que cierro la mochila y voy a su encuentro. Nos reunimos a medio camino, junto a la carnicería.

—Menudo alivio.

Mia parece contenta. Me dedica una de sus sonrisas radiantes. Incluso con esa peluca barata es capaz de noquearte. Con un rostro como el suyo, debe de haberse pasado la vida consiguiendo lo que quería. No es fácil resistirse.

—Perdona, a veces tengo la impresión de que mi vejiga se hace con el control de mi cerebro. Cuando se llena, el cerebro se apaga, ¿alguna vez te ha ocurrido?

—Sólo me quedan treinta dólares —le digo, enseñándole como prueba mi tarjeta de crédito.

Odio la forma en que se le borra la sonrisa de la cara. Qué tentador sería darle todos mis ahorros a cambio de su agradecimiento perfecto y fugaz.

—Me gasté el resto... Lo había olvidado, lo siento.

Mia no reacciona como esperaba. No golpea, ni maldice, ni grita. Sólo se encierra dentro de sí misma y cierra los ojos.

—Esta noche puedes quedarte en mi casa... Aunque también hay un albergue aquí cerca.

Mia se da la vuelta y apoya la frente en el escaparate de la carnicería.

—El albergue no está tan mal —le digo—, no me importa pagártelo si con eso puedo ayudarte. Sólo cuesta veinte dólares.

Al mover la cabeza, la peluca se le desplaza un poco. No se toma la molestia de devolverla a su sitio.

—Veinticinco... —susurra, aunque apenas soy capaz de entenderla. Diría que el cristal del escaparate se ha convertido en una esponja que absorbe sus palabras—. Antes de ir a tu casa, pasé por allí...

—¿Había demasiado jaleo?

La respuesta es tan tenue que casi se me escapa.

—Pagué, aunque sólo les quedaban literas superiores...

Y ahí está: lo impronunciable.

No sé qué le ha ocurrido a Mia, pero la ha dejado vacía. Lo que resta de ella es una chica con el cabello postizo, planes postizos y ningún lugar en el mundo en el que de verdad desee estar.

Hay muchísimas cosas que desconozco sobre ella, pero sé que no es mala persona. De verdad que no.

¿Qué haría mi padre si estuviera en mi lugar?

¿Qué haría mi madre?

Hago lo que otras personas ya deberían haber hecho a estas alturas. La rodeo con los brazos y la acerco hacia mí, a pesar de que percibo cómo todo su cuerpo se pone en tensión. Noto cómo lucha, igual que haría un animal herido, de modo que la agarro con más fuerza. Ella intenta zafarse girando una y otra vez el cuerpo, retorciéndose y revolviéndose, escupiendo palabras que quedan sofocadas por mi camiseta, hasta que, al final, se rinde y hunde la cabeza en mi pecho. Siento cómo se funde con mi respiración.

«Confía en mí —pienso—. Confía en mí.»

Entonces me abraza con fuerza, como si fuera el último amigo que le quedara en el mundo.

En el camino de regreso a casa, conduzco aún más despacio. Voy lanzando miradas por encima de mi hombro para comprobar que sigue ahí. Con la mano izquierda agarra el pasamanos y con la derecha, la peluca. Va con los ojos cerrados, como si estuviera en la cubierta de un barco, sujetándose para que no se la lleve la próxima ola.

Pasamos por delante de la sidrería, de los huertos, y nos metemos en el camino que lleva a nuestra granja. Dejo atrás los olivares y continúo por las plantaciones de pistachos de Petersen y más allá de la finca nueva y de la bodega. En algún punto después de pasar junto a las hileras de viñas ondulantes, Mia desliza su brazo izquierdo alrededor de mi cintura.

No tengo ningún plan. Sólo deseo seguir por esta carretera durante todo el día y quizá la noche, pero el quad no piensa lo mismo.

Nos detenemos al lado de unos matorrales.

El depósito está seco. Mi hermano es capaz incluso de arruinarme este momento.

—¿Problemas? —Mia se muerde una uña, a la espera de noticias.

Muevo la cabeza, en señal de incredulidad más que de respuesta. Es surrealista estar con ella aquí.

—Ha estado bien, ¿no crees? Por lo menos durante un rato.

Me siento a su lado y asiento con la cabeza. ¿Bien? Ha sido fantástico.

—¿Qué vas a hacer?

Niego con la cabeza y me río. Estoy tan jodido en este momento que sólo existe una persona en el mundo capaz de ayudarme.

20

MiA

Estoy en el comedor de la casa de su hermana. En teoría, no deberían llegarme sus palabras. Pero oigo lo suficiente.

—No puedes quedártela.

—Lo sé...

—No es un perro abandonado.

—Ya lo sé... Será por poco tiempo.

—¿Qué ha dicho su madre?

Zac baja la voz.

—No se llevan bien. Mia se marchó después de...

—¿Se ha escapado?

—Quizá. No lo sé.

—¿Qué diablos hacías montando en ese quad? Mamá te mataría si se enterara.

—No necesita saberlo. ¿Podrás guardarme el secreto? ¿Los dos?

Una cría de canguro olfatea el dobladillo de mis tejanos. Cada vez que la mando lejos, regresa de inmediato. Es pequeña, pero no me fío de sus garras.

—Estoy quedándome sin leña...

—Voy por el hacha.

—Dios, mamá nos matará a los dos. Cógeles un poco a los viejos.

Zac se asoma a echarme un vistazo. Parece aliviado al ver que sigo aquí.

—Bec necesita madera. Leña, quiero decir.

—¡Lo he oído!

—No te morderá. La cría... quiero decir, y Bec tampoco.

—Estoy bien.

Cierra la puerta a sus espaldas, y vuelvo a estar sola en este comedor en el que no falta precisamente la madera: el suelo, el armario del televisor, la mesa de centro y el reloj. En la chimenea, los troncos crepitan y se quiebran. El aire apesta a humo y a piel mojada.

Nunca había visto un fuego de verdad. Se supone que ha de relajarte, ¿no? Las llamas, sin embargo, me abrasan los ojos, y debo apartar la mirada. Tengo que largarme de aquí.

Bec es guapa, aunque va un tanto desaliñada y está claro que se expone demasiado al sol. Sus largos mechones de pelo rubio y rizado caen sobre la camisa tejana que se le ajusta por encima del ombligo. Me ofrece un biberón de leche.

—Estoy bien, gracias.

—Es para la cría. He pensado que tal vez quieras alimentarla.

Niego con la cabeza. Bec acomoda entre sus brazos al bebé canguro, que se pone a chupar de la tetina.

—¿Qué se te ha roto?

—¿Roto?

—Llevas muletas.

—Me desgarré un ligamento jugando a *netball*. Está curándose.

En la chimenea saltan las chispas. Ojalá una vida pudiera estallar y desvanecerse con tanta facilidad. Ojalá pudiera convertirme en humo y flotar sin rumbo.

—La situación es la siguiente: Zac está preocupado por ti, y yo estoy preocupada por Zac. Forma parte de mi trabajo. Dice que vosotros dos sois viejos amigos. No lo sois, ¿verdad?

Niego con la cabeza. Espero que baste.

—Dispongo de dos habitaciones libres, aunque una tiene las paredes llenas de pruebas de color. Voy a pintarla para el bebé.

—Sólo necesito...

—Dinero para el autobús, lo sé, pero no deberías cruzar el país con muletas. Tu tía entenderá que te retrases unos días.

«Mierda.»

—No puedo tener a Zac preocupado, porque entonces lo estaré yo y de paso el bebé. En consecuencia, tendremos un parto prematuro y todo el mundo estará preocupado. No queremos eso, ¿cierto? Pues quédate hasta que te hayas curado, ¿de acuerdo?

Asiento y sonrío, aunque por dentro estoy atravesando el desierto de Nullarbor. No es culpa de Bec. Ella no sabe que ya es demasiado tarde.

—¿Te apetece una bebida caliente? No tengo café, lo siento. Aquí todos tomamos té.

La puerta delantera se abre de golpe, y Zac entra cargado de leña y con una sonrisa ridícula en los labios.

—¡Por debajo del radar! Mamá no sospecha nada.

Alimenta la chimenea con cuidado, como si esa operación requiriera de cierta habilidad. Confío en Zac. Y, por si sirve de algo, también en su hermana.

Es en mí en quien no confío.

Cierro por dentro la puerta del dormitorio. También la ventana, y corro las cortinas. Luego me saco la peluca y la meto debajo de la almohada. Me rasco el cuero cabelludo. Me está volviendo a crecer el pelo, pero, al contrario que Zac, aún no tengo suficiente. Hace cinco meses de su última sesión de quimio. De la mía, sólo dos.

Mi móvil emite dos pitidos.

Mia, ¿recibes mis mensajes? Mándame un sms. Dime dónde estás.

Espero que mamá se rinda pronto. Siempre que intenta hacer algo, empeora la situación.

Pongo la alarma a las cuatro y apago el teléfono. Mi plan es marcharme cuando esté oscuro, antes de que Zac venga a buscarme. Encontraré el camino de regreso al pueblo, y algún lugar en el que esperar el autobús. Utilizaré mi billete con destino a Adelaida, como tenía previsto. Debo irme antes de que su amabilidad se transforme en intromisión. Ya he dejado atrás a una madre; no necesito sustituta.

Cojo los dos últimos analgésicos del frasco y compruebo la receta por si me he equivocado con las dosis.

No lo he hecho.

Mañana va a dolerme. Mejor que me pille en un autobús, mejor llevarme el dolor lejos de aquí. Me duele menos cuando estoy en movimiento.

La cama que me ha prestado Bec es suave y acogedora. Las sábanas huelen a naftalina, y eso me recuerda a mi abuela. Alargo la mano para golpear una, dos, tres veces la base de la lámpara, hasta que por fin consigo apagarla, y me acurruco sobre el colchón a la espera de que los analgésicos hagan efecto y difuminen los contornos.

Cuatro estrellas fosforescentes parecen flotar en el techo. Si son de plástico, ¿cómo se explica que brillen y se desplacen como las de verdad?

Cada vez que parpadeo, las estrellas dan vueltas en círculo y se disuelven, deslizándose por delante de mis ojos como las lágrimas que no quisiera verter.

21

ZAC

Me dirijo con sigilo a la casa de Bec cuando mi madre me pilla. ¿Desde cuándo se pone a sacar malas hierbas entre las calabazas a las ocho de la mañana?

—Te has levantado temprano, Zac.

—Intento aprovechar la mañana. —Hago estiramientos como si tuviera ochenta años.

—¿Cómo va *Orgullo y prejuicio*?

«Como una punción lumbar», quisiera contestar.

—No va mal.

—Pensaba que ya lo habrías acabado. Ayer no te vimos el pelo.

Ahora estoy bajo el radar de mamá, tendré que aplazar mi visita a Mia.

—Ya voy por el capítulo ocho, y aún no ha pasado nada.

Mamá se echa a reír.

—Deberíamos alquilar la película.

—¿Nosotros dos?

—Bueno, los hombres van a estar recolectando, y Bec quiere ir a comprar pintura. Prepararé palomitas.

Mierda. Sólo hay algo peor que una madre suspicaz: una madre aburrida.

Ni siquiera la película es capaz de engancharme. ¿A quién le importa Keira Knightley y el tipo que sale en «Spooks»? ¿Cómo puedo fingir interés en cotilleos de la alta sociedad cuando tengo a Mia a sólo cincuenta metros? ¿Eso si no se ha largado ya. Cuando voy al baño a mear, aprovecho para llamar a Bec, pero nadie contesta. En el móvil de Mia salta directamente el buzón de voz.

A estas alturas, podría estar en cualquier sitio.

No puedo abrir la puerta principal de la casa de Bec. Ni siquiera sabía que tenía cerradura.

Rodeo el porche hasta llegar a la entrada. Por la ventana que da al comedor, veo a Bec en el sofá con los pies en alto y el portátil balanceándose sobre la cúpula que forma su barriga.

Cuando golpeo con los nudillos en el cristal, levanta perezosamente la mirada. Le cuesta unos segundos dar conmigo, y, al hacerlo, su reacción se hace oír.

—¡Joder! —Aparta el ordenador y abre la ventana—. No deberías asustar a una mujer en su tercer trimestre de embarazo.

—¿Por qué está cerrada la puerta principal?

—Para ahuyentar a los koalas asesinos.

—¿Acaso tengo pinta de koala asesino? —Mi voz suena como un lloriqueo.

—¿No tenías una novela que leer?

Veo a Anton, su pareja, saludándome de manera entrecortada por Skype. Me asomo por la ventana y le devuelvo el saludo.

—Vuelve a casa —me dice Bec.

—¿Qué ocurre?

—Estás interrumpiendo...

—Ya sabes a lo que me refiero. ¿Dónde está Mia?

—Está ocupada. Igual que yo.

—¡Bec!

Mi hermana aparta el portátil para que Anton no pueda vernos.

—Me pediste que la mantuviera en secreto —me susurra.

—¡No de mí! ¿Está aquí?

—No me la he comido; está demasiado delgada.

—¿Has mirado en su habitación?

—Hoy no.

—Hazlo. Mia funciona sólo en dos modos: Mia Escondida y Mia Houdini. Cuando quiere irse, sólo es cuestión de... puf.

—La chica apenas puede andar, no habrá ningún «puf».

—Es más rápida de lo que imaginas. Ve a mirar.

—Dale algo de espacio, Zac. Ahora lárgate, estás interrumpiendo mi conversación por Skype.

Cierra la ventana y me lanza un beso.

Me marcho estupefacto. Confié en Bec porque pensé que podría ayudarme. No pretendía que tomara las riendas de la situación.

«Dale algo de espacio», ha dicho. ¿Eso significa que Mia sigue ahí?

Ninguna de las dos responde al teléfono. La puerta principal permanece cerrada todo el día, y cada vez que la golpeo, me dice lo mismo: «Ve a leer tu novela. Dale algo de espacio.»

Sólo obtengo respuestas cuando llega la noche. Una luz tenue brilla a través de las cortinas de la habitación de invitados de Bec. De modo que ahí está. Se encuentra bien.

J.R. me hace compañía en su cama con forma de calabaza, dándome ligeros golpecitos con la cola. Permanecemos sentados hasta que se apaga la luz de la habitación de Mia, e incluso un rato más.

Bec me entrega unos guantes rosa y un cubo.

—Buenos días, ricura.

—¿Y qué?

—¿Qué de qué?

Meto las tetinas en las bocas de las cabritas.

—¿Has ido a ver cómo está Mia esta mañana?

Se encoge de hombros, fingiendo inocencia.

—¿Se lo has contado a mamá?

Bec dibuja una amplia sonrisa por encima de las cabritas, que no dejan de chupar.

—Mamá no necesita saberlo todo.

Yo tampoco, o eso parece, ya que ignora el resto de las preguntas que le hago a lo largo del día. Un campo de fuerzas impenetrable ha descendido sobre su casa y, cuando por la tarde doy un golpecito en la ventana de la cocina, Bec me echa diciendo que Mia está durmiendo.

—¿A las cuatro de la tarde?

—Duerme mucho —susurra Bec, como si hablara de un bebé—. Será que lo necesita.

Me alejo en silencio hasta llegar a la altura de la habitación que ocupa Mia. Prefiero no empezar otra vez con los golpecitos. En vez de eso, deslizo una nota entre la ventana y el marco.

Hola, vecina:

¿Necesitas algo? Si lo que cocina Bec tiene una pinta rara, puedo prepararte una tostada, ¿ok?

O un chocolate caliente. Lo que quieras.

Si Bec te tiene como rehén, forzándote a trabajar como una esclava, llámame y te rescataré. No estoy lejos.

Zac

Ya han pasado dos días. ¿Por qué no me responde?

El maldito silencio me tiene harto.

Me paso los dos días siguientes en el cobertizo, intentando mantenerme ocupado con la nueva cuna. Sierro y lijo. Estoy perdiendo la razón. ¿A qué viene tanto secreto?

Al quinto día, se me va la pinza. Arrojo las herramientas y salgo disparado hacia la casa de Bec, dispuesto a abrirme paso a la fuerza si es necesario.

Sin embargo, Bec me detiene en el porche de la entrada: está aplicándose desinfectante en la mano.

—La cabrona me ha mordido.

—¿Te ha mordido?

—No te acerques a ella; está loca.

—¿Qué ha ocurrido?

—Estaba comprobando que no tuviera garrapatas.

—¿Mia?

—*Daisy* me ha mordido. Tu estúpida alpaca.

Me siento muy confuso.

Bec chasquea la lengua.

—Y yo que te creía amigo de Mia...

Es la gota que colma el vaso.

—¡Yo también lo creía! Bec, estás riéndote de mí. Han pasado cinco malditos días.

—Cálmate, Zac.

—¿Que me calme? Estoy muerto de preocupación. Probablemente se haya largado a la otra punta del país.

—No lo ha hecho. Está aquí...

—¿Cómo puedes saberlo? No tienes ni idea. ¡Mia! —grito.

—Chis. Está en el cuarto de baño. Zac, no.

Bec me agarra del brazo, pero yo me suelto y corro por el exterior de la casa. Golpeo las persianas de listones que dan al cuarto de baño, pero el sonido me parece demasiado amortiguado, por lo que decido gritar su nombre.

—¡Mia!

Abro un poco los listones.

—¿Mia?

—Estoy aquí... —Una voz me responde flojito. Oigo el chapoteo del agua. Es ella.

Cierro los ojos y apoyo las palmas de las manos en el cristal: es rugoso y está frío.

—Sólo dime que estás bien.

—Estoy bien.

Me siento como un idiota, pero ahora sé que está ahí. Puede que escondiéndose, pero, por lo menos, no presenta batalla ni huye.

Es más de lo que podía esperar.

22

MiA

Nunca me había bañado en una bañera de verdad. Ésta, que ocupa por entero la habitación, es amplia y profunda, pero tiene algunas manchas. El esmalte está frío y es liso. El agua caliente llega casi hasta el borde.

Y parece acogerme con generosidad. Alcanza todos los rincones de mi cuerpo sin juzgarme. No me duele nada.

Las horas pasan. No tengo manera de saber con cuánta lentitud. He dejado que el teléfono se quedara sin batería, paranoica ante la posibilidad de que alguien pudiera rastrearme.

Los sonidos se cuelan por debajo de la puerta. El piar cercano de los polluelos... Más allá, los gruñidos y los balidos se entremezclan en una banda sonora que ya se ha convertido en rutina.

Antes, pasar tanto tiempo sola me resultaba odioso; ahora es todo cuanto ansío. Estoy harta de que la gente fisgonee, como en el hospital. ¿Qué iban a saber ellos? Los detestaba a todos, a todos...

No tanto, sin embargo, como detestaba a mamá. ¿Cómo se explica que con diecisiete años ya tenga edad suficiente para conducir, mantener relaciones sexuales y casarme, pero no para decidir qué quiero hacer con mi cuerpo? Si me hubieran dado opción, habría preferido morir a dejarles hacer lo que me hicieron.

Pero no fue así. Mi madre firmó los formularios, mientras yo yacía en la mesa de operaciones, con el tumor bien agarrado a la arteria que había rodeado. «Tuvimos que intervenir de inmediato —me dijeron después los cirujanos—. Ya no era posible una extirpación o un injerto de hueso.» Necesitaban consentimiento. No quisieron despertarme. Le entregaron un bolígrafo a mamá, y ella firmó en mi nombre y me arruinó la vida.

¿Qué demonios utilizaron, una sierra mecánica?

Me deslizo hasta sumergirme, dejando que mi cabeza golpee el fondo. El agua va y viene por encima de mí. Puedo oír los latidos de mi corazón resonando en ella. Su ritmo en dos tiempos llega a mis oídos amortiguado e insistente. Me sorprende lo intenso que suena después de todo lo que ha ocurrido.

—¡Mia!

Mi nombre impacta en el agua de la bañera como un recuerdo. Me incorporo y compruebo que la puerta está cerrada. Lo está. Mis muletas reposan apoyadas en ella. La voz me llega flotando por la ventana.

—Estoy bien —le digo a Zac, aunque no es cierto. No estoy bien. Estoy cansada. Dolorida.

No tengo energías para Zac. No tengo energías para nada. Sólo me siento capaz de cubrir el trayecto diario de mi habitación al cuarto de baño, envuelta en el enorme albornoz de Bec. Estoy más cansada que nunca. ¿Cómo se las apaña Zac para levantarse e ir a alimentar a los animales, haciendo bromas como si el mundo fuera exactamente como debería ser? Quizá lo sea para él. Puede que su médula espinal sea de otra persona, pero al menos tiene dos piernas.

Joder. Vuelvo a darles demasiadas vueltas a las cosas. Después de todo este tiempo, sigue cogiéndome desprevenida. Me sumerjo una vez más. ¿Cuánto tarda el cerebro en adaptarse? Cada mañana abro los ojos y mi lamentable estado me zarandea.

Debo acordarme de no mirar hacia abajo. Debo abrocharme esta cosa y vestirme con rapidez, para ocultar la prótesis

161

temporal que roza la herida hasta hacerla sangrar. Esto escuece una barbaridad, pero debo llevarla puesta y escondida, y desabrocharla únicamente a la hora de bañarme o de dormir. Al menos dentro del agua las heridas no me duelen tanto.

Qué palabra tan bonita: «cicatriz».

La más fea es «cojera». Al despertar, tras la operación, ya estaba ahí. Los médicos se felicitaban los unos a los otros por haber salvado la rodilla y parte de la espinilla. Alardeaban sin descanso de lo afortunada que era.

¿«Afortunada»?

Mientras mis amigos estaban bailando en el festival de música de Summadayze, yo me encontraba en observación con morfina intravenosa. Entraba y salía del mundo, recibiendo visitas de psicólogos que intentaban hablarme de cambio, perspectiva, imagen corporal y suerte. Luego me dieron más quimio. No podía comer, no quería hablar, y me negué a mirar cuando me sacaron las grapas y la venda de la herida. Intenté engañarme a mí misma abstrayéndome de mi cuerpo machacado, saltando de un sueño vívido al siguiente, hasta que me retiraron la morfina y me dejaron viviendo en estas condiciones.

Contra mi voluntad, mi cuerpo sale a la superficie. Reclino la cabeza a un lado de la bañera. Desde este ángulo veo todas las vigas del techo. Hay dieciséis. Desde este ángulo no tengo por qué verme a mí misma. Mi cuerpo puede ser perfecto. Puede ser lo que mi imaginación desee.

De manera que me paso horas en la bañera, escuchando a los animales, oyendo cómo los tablones del suelo crujen bajo el peso de Bec. En esta casa, la madera se dobla y cede. Hasta las paredes parecen curvarse para adaptarse a los que la habitan. Nunca había estado en una casa tan acogedora. Para mi sorpresa, Bec también se muestra amable. Ayer me preguntó qué opinaba de unas muestras de colores. «Una nueva mano de pintura para una nueva alma», dijo, abriendo un bote de color verde oliva.

Bec tararea mientras pinta. A lo largo del día, me trae bocadillos y peras cortadas. A cambio, no espera nada más que el bienestar de su hermano.

Puede estar tranquila: no he venido aquí para hacerle daño a Zac. Tampoco quiero ya su dinero. Tengo suficiente para llegar hasta Adelaida, como mínimo. Suficiente para dejar este lugar.

Debo volver a empezar o quedarme como estoy.

23

ZAC

Golpecito, palmada, pausa. Golpecito, palmada, pausa.

La secuencia procede del interior de la casa de Bec. Me recuerda a Mia con sus muletas. Pero ¿ya ha salido del cuarto de baño?

Rodeo el exterior de la casa, pasando por delante del cuarto del bebé, que tiene las ventanas abiertas para airear el olor a pintura. Me detengo a escuchar los sonidos que provienen de la habitación de invitados.

Golpecito, palmada, pausa. Golpecito, palmada, pausa.

Hay un hueco entre la ventana y el marco, por lo que aparto un poco la cortina. Reconozco la punta de una cola marrón. La cola va impactando contra el suelo, y luego se pierde de vista.

—Sal de ahí —susurro, abriendo un poco más la ventana. Me asomo para intentar atraer hacia mí a la cría de canguro—. Ven aquí.

No me hace caso, de modo que me deslizo por la ventana. Una vez dentro, me agacho y chasqueo los dedos para llamar la atención de la cría, que está olfateando el contenido de la mochila de Mia, esparcido por el suelo: un revoltijo de ropa, un tubo de gel, un teléfono...

—Ven...

No es el desorden que reina en la vida de Mia lo que me frena en seco. No son los frascos de pastillas vacíos.

Es la media pierna en una esquina de la habitación. Arranca en forma de cavidad de color carne, al modo de una copa de champán de gran tamaño. Luego se extiende uniéndose a una varilla con tornillos y un arnés. Un poco más abajo, veo un calcetín a rayas que termina en un zapato de color azul, cuyos cordones, perfectamente atados, acaban coronados por un lazo blanco.

Me sacude con una fuerza inesperada. Mia. La cavidad hueca. Los diversos cierres. El inmaculado lazo blanco, que parece fuera de lugar.

Una mano en la espalda me sobresalta. Bec se pasa el otro brazo por la barriga, como si intentara proteger a su bebé de cualquier mal que pudiera llegarle.

Cojo aire, y Bec aumenta la fuerza con que nos sujeta a los tres, acercándonos.

—Lo sé —dice—. Lo sé...

Cerramos la puerta del dormitorio y sacamos a la cría de la casa. Se aleja dando saltos con indiferencia. Las cabras balan y el cielo brilla en exceso, su azul es demasiado intenso tras lo que acabo de ver.

—Creo que tal vez... —empieza Bec—. Creo que necesita a su madre.

Me refugio en el frescor del cobertizo, agradecido de poder estar solo. Esparcidos por el suelo, me rodean los listones de madera y los esbozos que he hecho de la cuna. No tengo prisa por acabarla: el bebé tardará, por lo menos, seis semanas en llegar.

Con un cincel empiezo a labrar la cabecera en un tablón, desprendiendo espirales de madera. Mis incisiones se transforman en vides que trazan curvas, retorciéndose y enredándose de arriba abajo. Tallo pequeñas hojas. En cada una de ellas, grabo los nervios. Me recreo en los menores detalles, aunque estoy perdiendo el tiempo. Nada de lo que haga conseguirá que ella se sienta mejor. Nada de lo que diga enderezará la situación. Este cincel, este martillo, estos clavos son inútiles. Mia no es lo suficientemente fuerte para soportarlo. Para soportar algo así. Esa pierna mutilada... Durante todo este tiempo lo había sospechado, si bien nunca tuve la certeza. «Me desgarré un ligamento jugando a *netball*», solía decir. Qué fácil resultaba creerla.

—Últimamente casi no veo a Bec...

Mamá está en la entrada. ¿En qué momento ha empezado a oscurecer?

—¿Y tú? —me pregunta.

—Dice que las piernas se le han hinchado. «Tobillos de elefante», lo llaman, o algo así.

—¿Te ayudo a limpiar los excrementos?

—¿Qué?

—Hoy es viernes, Zac.

Extraigo el cincel, que rueda a lo largo del banco de trabajo.

—No, se lo pediré a Bec.

Como esperaba, la puerta principal está cerrada con llave, pero no llamo. No quiero volver a aguarles la fiesta a los de dentro. Espero unos segundos, y me doy la vuelta para marcharme.

Entonces, «¡No!», grita una voz desde el interior.

Me detengo. «¿No?» ¿Ha sido Bec? ¿Está dirigiéndose a mí?

—¡No lo hagas!

Es Bec, no cabe duda. Jamás he visto a mi hermana tener miedo de nada.

Pego una oreja a la pared y oigo un «¡Joderrr!» que resuena por toda la casa. «¡Joderrr!»

Pero ¡qué host...! ¿Bec? ¡Mia! Debería haber sabido que acabaría ocurriendo algo.

Rodeo la casa a toda prisa y subo de un tirón los listones del cuarto de baño, pero el espacio entre ellos es demasiado estrecho para poder colarme. La voz de Bec me llega cada vez más encolerizada.

—¡Ni te atrevas!

Me decido por la habitación de Bec. Subo la ventana. Mi pánico aumenta mientras me meto dentro, me incorporo y salgo disparado en dirección a la cocina, el epicentro del ruido —«¡Joder! ¡Mierda! ¡Joder! ¡Mierda!»—, donde los gritos se alzan al verme entrar blandiendo dos palos de golf. Me agarro al fregadero para frenar el patinazo y me mantengo sujeto, intentando comprender la escena que tengo ante mí.

Esperaba encontrarme con dos mujeres peleándose, pero no con esto: Bec, tumbada sobre la mesa de la cocina con la barriga apuntando al techo, igual que una ballena varada en una playa bajo una toalla. Mia, inclinada encima de ella, con la cara hundida entre las manos.

—¡Zac! —Bec jadea, visiblemente histérica—. Oh, Dios mío, ¡Zac!

—¿Qué demonios...? ¿El bebé está de camino?

—Dios, ojalá.

—¿Qué pasa?

—Hazlo ya. ¡Rápido!

Mia se aparta las manos de la cara, las dirige hacia la pantorrilla de Bec y arranca con violencia una tira. Bec se retuerce como si hubiera recibido una descarga de tres mil voltios tras tocar una verja electrificada. Lanza todas las maldiciones que me ha enseñado y alguna más.

Los dos palos de golf se me caen al suelo.

—Qué demon...

Bec es un búfalo que se revuelve y agita con un vocabulario que sólo abarca palabras malsonantes. Por su rostro, contraído por el dolor, corren las lágrimas. ¿También... de risa?

—¡Me dijo que no me dolería!

—¿El qué?

Emite un gruñido propio de una mujer de las cavernas y, a continuación, ladea la cabeza para mirarme a los ojos.

—Estoy intentando impresionar a Anton. Y ni siquiera hemos empezado con la línea del bikini, ya sabes.

A su lado, Mia forma un cuenco con las manos e inhala dentro de él —tomando bocanadas de aire y riendo—, y es la cosa más maravillosa que jamás he visto.

—¿Quién pasa por esto? Por favor, dime que el parto es menos doloroso.

—Tienes que ser más fuerte —le digo, aunque nunca le he estado más agradecido a mi hermana.

—Ah, esta chica es cruel, Zac. Tiene un bote entero de cera esperándome. —Bec mueve la cabeza cuando la miro—. Ah... Zac. Ah, mierda, esto duele.

—¿Te has intoxicado inhalando demasiada pintura?

—Ah... Zac, no tienes ni idea de lo que es esto. Ahora estamos bien jodidos.

Me río.

—¿«Estamos»? No soy yo el que está cubierto de cera caliente.

—¿De qué os reís? —pregunta mamá desde la puerta—. Además de reíros de mí, por supuesto.

—No puedes quedártela...

—Lo sé.

—No es un animal.

—Mamá, hablas igual que Bec.

—¿Y bien? ¿Por qué no me lo dijo nadie?

Bec y yo cruzamos una mirada.

—¿Qué me decís de sus chequeos y análisis de sangre? ¿Está al día?

—No es un animal —nos recuerda Bec a todos—. Me ha hecho las pestañas y las cejas. No está mal, ¿eh? Aunque también es verdad que hubiera preferido saltarme la depilación a la cera de las piernas.

Mamá suspira.

—No seas frívola, Bec. Alguien debe avisar a su madre.

24

MiA

Salgo a la oscuridad. Éste era un final anunciado: «¿Quién va a cuidar de ella?», «¿quién va a demostrar un poco de sensatez?».

Alfileres y agujas me pinchan el pie, aunque ya no exista. Dolores fantasma, la broma más jodidamente cruel. Dicen que el cáncer te hace más fuerte. No es así. Juega con tu cabeza. Te produce un picor que no puedes rascar, y machaca tu corazón, que no dejará de dolerte.

Debo marcharme, pero ¿adónde? No a los brazos de amigos que me miran de reojo o a los de la madre que me traicionó. Ni a los de médicos que emplean motosierras y mienten. ¿Qué más querrán cortarme?

Mierda, no fue el Plan D lo que me trajo hasta aquí. El Plan D ya había fracasado semanas atrás.

Venir aquí era el Plan Z. Zac era mi última oportunidad.

Aunque no nos conociéramos, había sido más real que cualquier otra persona del Pabellón 7G. Aquel chico pálido y extraño que golpeaba la pared fue el único capaz de decirme lo que necesitaba.

—¿Sabías que las gallinas deciden en qué orden van a picotear? —Zac está a mi lado, con los brazos cruzados por encima de la valla.

—No.

—Mamá y Bec están haciendo lo mismo allí dentro.

—Lo siento. Mañana me marcharé.

—¿A casa?

Niego con la cabeza. Mamá es la máxima responsable de lo que me ha ocurrido. Una cabra me acaricia con el hocico, por lo que hundo la mano en un cuenco de pienso y se lo ofrezco en mi palma. Su lengua es seca y áspera.

—¿Pues adónde vas a ir?

Me encojo de hombros. No importa.

—No dejo de pensar que, si me subo a un autobús y me alejo lo suficiente, habrá un momento en que llegaré hasta el borde del mundo y me caeré.

—Odio tener que decirte esto, pero... —Zac dibuja una esfera con las manos.

—Eres un aguafiestas. Sólo quiero desaparecer.

—No te enfrentaste a la quimio para acabar desapareciendo.

—¿Recuerdas lo furiosa que estaba por perder el cabello? Y pensaba que eso era una tragedia... Al menos el cabello vuelve a crecer...

—Sin embargo, luchaste. —Lo dice como si fuera un motivo de orgullo.

—Sólo quería ser normal.

—Lo eras... —dice—. Lo eres...

Pobre Zac, liándose todavía con los tiempos verbales. Ya sabe lo de mi pierna. Debería darse cuenta de que la palabra «normal» pertenece al pasado.

—Si soy tan normal, ¿por qué todo el mundo me da folletos para que me apunte a jugar al baloncesto en una jodida silla de ruedas? Nunca me ha gustado el baloncesto, pero ahora que soy una tullida...

—No lo eres.

Tiro al suelo el resto de la comida.

—Soy un monstruo.

—Mia, no sabes...

—Tú eres el que no sabe, Zac.

—No, tú no sabes lo guapa que eres.

La palabra hace que me tambalee. «¿Guapa?» Cierro los ojos. La tierra parece abrirse bajo mis pies.

170

—Eres guapa, Mia. Lo eras y lo eres, y siempre lo serás.

—No digas eso.

Utilizo la valla para mantener el equilibrio. Zac está arruinando la noche con sus mentiras.

—Si fueras a mi colegio, no me atrevería a hablar contigo. No sería capaz. Mírate, eres preciosa. Incluso con esa peluca rubia, sigues estando más buena que todas las chicas que conozco. Eres un nueve sobre diez.

—¿Ahora soy un número?

—En la escala universal de la guapura, llegarías fácilmente al nueve. Yo me muevo sobre el seis y medio.

—Eres idiota —le digo, abriendo los ojos para no perderme su sonrisa.

—De acuerdo, estoy más cerca del seis. Y los seises no hablan con los nueves, ésas son las reglas.

—No eres un seis, Zac. Y no hay duda de que yo no soy un nueve.

—¿Sabes? Sólo hay una cosa que me ha impedido concederte un diez.

—Vaya, me pregunto qué será...

—Pues que tienes muy malas pulgas.

Le doy un puñetazo flojo. Dibuja un «ay» con los labios mientras se frota el hombro.

—Me va a salir un morado.

—Si tu ridícula escala universal existiera, Zac, que no existe... la verdad es que estarías muy por encima de mí. Ahora tú eres el normal.

—¿Quieres apostarte algo?

—Claro.

Es una apuesta que no puedo perder. Con una muleta golpeo sus dos botas de goma. Una y dos.

—Entendido, pero ¿qué me dices de todo el resto? Estoy atrapado aquí, repitiendo curso, mientras mis amigos siguen adelante con sus vidas. Tomo once pastillas al día, y cada semana me cuentan el número de plaquetas. No puedo hacer nada medianamente interesante. Han llegado a prohibirme recolectar aceitunas, maldita sea. Ésta no es una vida auténtica, es el limbo.

—Al menos aparentas ser normal. La gente no se queda mirándote.

—Sólo soy un cincuenta y cinco.

¿«Un cincuenta y cinco»? ¿A qué escalafón se refiere ahora?

Entonces me doy cuenta de la fuerza con que se agarra a la valla. Se le marcan los tendones de los nudillos. Los músculos de sus antebrazos están en tensión.

—No te entiendo, Zac. ¿Qué significa un cincuenta y cinco?

Coloca un pie en un escalón y se sube a la valla, quedando por encima de mí. Un escalofrío me recorre el cuerpo, y me pregunto si a él le ocurre lo mismo. Comienza a temblar.

—¿Zac?

—Cincuenta y cinco por ciento. Mis probabilidades de no recaer en los próximos cinco años.

Nunca he sido buena con los números, ni he tenido necesidad de serlo. Sin embargo, éste sí que lo entiendo. El cincuenta y cinco cae limpiamente dentro de mi cabeza, igual que una moneda por la ranura de una hucha. Los números son lo que son. No es posible discutir con ellos.

Todo se evapora, a excepción de este frío número y de un chico que mira las estrellas como si las conociera.

—Zac, eso no puedes saberlo.

—Búscalo en Google.

Me había imaginado que, una vez fuera del hospital, habría dejado de obsesionarse con las estadísticas. No pensaba que los números lo hubieran seguido hasta aquí. Quizá los números lo atormenten del mismo modo que a mí me atormenta mi pierna. Quizá las vidas de ambos sólo sean eso, fracciones.

«Cincuenta y cinco es un aprobado», pienso. Un cincuenta y cinco por ciento en matemáticas o lengua sería suficiente para mí. ¿Debería decirle que no está mal?

—Mia, a estas alturas tú debes de ser un noventa y ocho.

«Bueno, preferiría ser un cincuenta y cinco con dos piernas que un noventa y ocho con una», decido, como si esto pudiera hacerlo sentir mejor. Pero el viento se lleva las palabras de mis labios y las arroja en otro lugar. Me alegra que hayan desaparecido.

Continúa mirando hacia arriba, donde miles de estrellas llenan el arco del cielo. Con tanto azar e incertidumbre como hay en el universo, ¿cómo puede un chico estar tan seguro de un solo número?

—Tienes el resto de la vida para enfadarte, Mia. Yo... yo no sé lo que tengo.

—¿Has visto eso? —señalo, desesperada por traerlo de vuelta—. Una estrella fugaz.

—Un meteorito incandescente.

—Entonces... ¿no puedo pedir un deseo?

Se encoge de hombros.

—Si quieres pedirle un deseo a un meteorito incandescente, eres libre de hacerlo, pero...

Le doy un golpe en el muslo.

—Aguafiestas. Échame una mano.

Zac me sujeta mientras coloco el pie bueno en la valla y, ayudándome de su brazo, levanto la otra pierna. Me siento a horcajadas, mirándolo de frente, sin fiarme de poder mantener igual de bien el equilibrio. Bajo los tejanos, la sangre me recorre la cicatriz, provocando que la herida palpite. La cabeza me da vueltas, pero merece la pena poder estar a su altura. Percibo el gris en sus ojos. La angulosidad de su mandíbula.

—Eh, se suponía que eras tú quien debía animarme a mí, ¿recuerdas?

—¿De veras?

—Está en tu lista de tareas. Ambos no podemos estar hundidos, las cosas no funcionan así. —Chasqueo los dedos—. De modo que céntrate.

—Lo intentaré. ¿Dónde me he quedado?

—Estabas a punto de desearme *bon voyage* para el viaje en autobús. Y yo iba a prometerte que te enviaría una postal.

—Le doy un codazo en broma. Luego le doy un golpe en el pecho en serio—. ¡Ven conmigo!

—¿Qué?

—¿Por qué no? Tú y yo en un autobús Greyhound. —La idea y la libertad que implica estallan en mi mente.

—¿Adónde?

—No lo estropees con detalles, simplemente ven.

—¿Hablas en serio?

Asiento, pero él se ríe y aparta la mirada.

—Joder, Mia, no puedo marcharme.

—Sí que puedes.

—Tengo un curso escolar por delante... y a mi madre. Y a los demás. Después de todo por lo que han pasado...

—Lo entenderían.

—Me necesitan aquí, en la granja. Me necesitan... mucho.

«Yo también te necesito», pienso, pero no abro los labios, por si acaso.

Zac desliza una mano sobre la mía y entrelaza nuestros dedos. No pensé que su piel fuera tan cálida y tampoco había imaginado lo mucho que esperaba su contacto. Su mano me calma. Detiene el latido de mi pierna. Fija las estrellas.

Antes de decir nada, parece escoger las palabras con cuidado.

—Sé que no me crees, Mia, pero eres afortunada. Me cambiaría por ti si pudiera.

Me produce un estremecimiento. No es posible.

—No lo harías.

—Si pudiera prometerles a mis padres un noventa y ocho, lo haría.

—Yo también me cambiaría por ti —contraataco, pero él me aprieta la mano hasta hacerme daño.

La madre de Zac nos llama para que entremos, pero no nos movemos. Balancearnos sobre la valla, con los dedos entrelazados, es la única forma que tenemos de mantener el equilibrio.

· · ·

Más tarde, cuando el frío de la noche nos ha calado los huesos, nos desenredamos. En esta ocasión sigo a Zac hasta la casa. Avanzo a su lado, en silencio, ayudándome de las muletas. Una alpaca gruñe a nuestro paso. Zac me echa una mano para entrar por la ventana, y luego baja las cortinas, dejando atrás el universo.

Cuando me meto en la cama de Zac, no me quito la prótesis. Me dejo puestos los tejanos, igual que él. Ambos apestamos a comida para animales y tierra, y las sábanas no tardan en oler igual que nosotros. Me encojo y él hace lo mismo a mis espaldas, tejano contra tejano.

Esta noche quiero olvidar quién soy. Quiero estar en los brazos de alguien, a salvo de pesadillas: no soñar, dormir. Quiero ser algo más que una fracción.

En la oscuridad, nuestros brazos y piernas se enroscan hasta formar un todo.

25
ZAC

Me despierto al sentir a Mia pegada a mí, su pecho bajando y subiendo, su peluca desparramada sobre la almohada.

Son las tres de la madrugada. Sé que a 1.484 personas en todo el mundo van a diagnosticarles cáncer durante esta hora. Casi veinticinco sólo en este minuto.

Pero ¿qué probabilidades tenía yo de que fuera a ocurrirme algo así? La respiración compartida, el tacto de una piel suave, la asombrosa posibilidad de que la vida vuelva a merecer la pena.

Motas de polvo entran flotando, en busca de pedazos de piel sobre los que aterrizar. El aire caliente y el pesado edredón nos rodean.

—Odio tener que informarte de que has bajado a un ocho —susurro.

—¿Hum?

—Por roncar.

—Mierda. El lado positivo es que tú has subido a un siete.

—¿Siete?

—Tienes unos buenos brazos —me dice.

Vamos entrando y saliendo de la conciencia, hasta que llaman a la puerta. Mia se pone rígida.

Suena la voz de Bec.

—Zac, se ha marchado... pero sus cosas siguen en su habitación.

—Eso significa que volverá.

Aunque nuestros estómagos rugen y la luz del sol atraviesa las cortinas, nos quedamos en la habitación.

—Rectifico —digo—. Vuelves a ser un nueve.

Mia levanta una ceja, sin ser consciente de cómo la veo en estos momentos: sin su peluca rubia, una pelusilla de cabello castaño enmarca su pequeño rostro. Con un dedo le toco un rizo junto a la oreja.

—Es igual que el de Emma Watson después de *Harry Potter*. ¿Por qué diablos me lo has ocultado?

Mia esconde la cara bajo la almohada, y yo voy a su encuentro.

Refunfuña.

—Está demasiado corto.

—¿Has visto a Emma Watson?

—No tanto como tú, evidentemente...

—Está buena.

—Entonces, ¿por qué me das sólo un nueve?

—Sigues teniendo muy malas pulgas.

—Cállate y cuéntame un cuento. Quiero volver a dormirme.

Bajo el edredón, le hablo de la cuna para el bebé, que aún está por montar. Le describo a los últimos mochileros que pasaron por aquí y los intentos de Evan por enamorar a una francesa. Le cuento que, hace un año, un recolector de aceitunas holandés se comió un pollo entero del colmado del pueblo y acabó con una intoxicación alimentaria. Recorrió la granja de un extremo al otro, parándose a cagar cada cinco árboles.

—Luego Bec le ofreció a Anton *Gastro-Stop* una de las habitaciones para invitados, y, por algún extraño motivo, se enamoró de él.

—¿Dónde anda ahora?

—Explorando la región de Kimberley durante otros quince días. Bec le dijo que se sacara el virus del organismo antes de la llegada del bebé. El virus de viajar, quiero decir. Él no quería irse, pero ella acostumbra a salirse con la suya.

—¿Es majo?

—Sí, aunque seguimos haciéndole sentir como una mierda acerca... del incidente de la mierda. Dice cosas de lo más extrañas. Por ejemplo, si algo le parece fácil, va y suelta «Pequeña manzana, pequeño huevo».

Mia lo repite.

—¿Qué más?

Al sonreír, advierto que Mia no necesita cruzar Australia, sólo escapar de sí misma durante un tiempo. De manera que le cuento todo lo que se me pasa por la cabeza: cómo Johnno Senior nos dejó en herencia una oveja a todos los hermanos, y cómo eso nos llevó a comprar una cabra y dos alpacas.

—La gente venía a comprar aceite, pero se quedaba un rato acariciando a los animales. Papá se animó, y la granja para niños surgió de ahí. Eso me convirtió en un chico popular. Más popular, quiero decir.

—¿Cómo eras cuando ibas a primaria?

—No tan guapo como ahora, obviamente. Estaba obsesionado con llegar a ser campeón del mundo de balonmano.

—¿Y lo conseguiste?

Abro los ojos para comprobar si los suyos siguen cerrados. Lo están. Tiene los labios abiertos, y veo un pequeño hueco entre los dientes delanteros.

—Por supuesto. ¿Acaso tú no?

—Fui campeona de rayuela durante un tiempo. Cuéntame más cosas.

Le cuento las peticiones de aceites más raras que hemos tenido, como aquella con sabor a langosta o la infusionada con chocolate. Y le hablo de Macka, mi entrenador de críquet, a quien le dio un ataque cuando explotó su calabaza gigante dos horas antes de un concurso en la feria de Albany.

—¿Sabías que los cerdos son igual de inteligentes que los niños de cuatro años?

La voz de mamá rompe el encantamiento.

—Zac, ¿todo bien por ahí dentro?

—Sí, estoy leyendo el capítulo nueve.

—De acuerdo, coge el libro. Tu cita es dentro de veinte minutos, así que tenemos que salir dentro de diez como mucho.

Mia se sacude de encima el edredón, y yo reacciono demasiado tarde para impedirle decir:

—Todo en orden, señora Meier, yo lo acompañaré. Pequeña manzana, pequeño huevo.

26

MiA

La recepcionista ve mis muletas y me confunde con una paciente.

—He venido con Zac.

—Ah, ¿y dónde está hoy Wendy?

Me encojo de hombros para indicarle que no lo sé, y me pongo a hojear artículos de revistas dedicados a celebridades que están embarazadas, con el corazón destrozado, gordas o anoréxicas. El simple hecho de entrar en este edificio ya ha sido bastante estresante, por lo que ni de broma voy a meterme en la consulta con Zac. No necesito a ningún médico husmeando cerca de mí. Sé perfectamente lo que me pasa.

Cuando sale, lo acompaño a Patología, pero me quedo esperándolo fuera mientras le hacen los análisis de sangre. Saco el móvil de mi bolsillo. Debería aprovechar la oportunidad para llamar a la compañía de autobuses y reservar mi billete para ir hacia el este. Tengo que marcharme —quiero marcharme—, ¿por qué no consigo entonces marcar el número? No hay nada que me impida subirme hoy mismo a un autobús.

Nada a excepción de una infantil Mia que me pregunta bajito: «¿Qué me dices de anoche?»

Acurrucarme junto a Zac es lo mejor que me ha pasado en mucho mucho tiempo. Pero ¿cómo sé si ha significado algo o ha sido por mera conveniencia? ¿Un cuerpo cálido en una noche fría?

Marco el número y aguardo a que la lista de opciones automáticas acabe: «Marque uno para reservas, dos para horas de llegada, tres para horarios. Para otras opciones, manténgase a la espera.»

Me mantengo a la espera, pero, cuando responde una voz de mujer, cuelgo.

«¿Qué hay de anoche? ¿Qué pasó?»

En ese momento, Zac sale de Patología y me conduce al otro lado de la calle. No para de hablar sobre el mal aliento de la patóloga y de lo incapaz que era de encontrar una vena buena.

—Les ponen nombres, ¿lo sabías? Hoy hemos tenido que despertar a Chuck Norris.

—Raro.

Si Zac está dándole vueltas a lo de anoche, no lo demuestra. Siendo honesta, no parece estar pensando mucho, en general.

En la farmacia, mientras esperamos a que nos entreguen sus medicamentos, Zac hace rodar el expositor de gafas de sol. Lo observo atentamente, intentando captar alguna señal. «¿Qué me dices de anoche, Zac?» ¿Por qué no dice nada que me ayude?

—¿Qué te parecen? —Se ha puesto un par de gafas de sol negras de un tamaño exagerado.

—Son feas —me limito a contestar. Es cierto, y además le dan aspecto de mosca.

—¿Éstas también? —Me enseña unas con forma de estrella y de un amarillo fluorescente—. Sólo dos dólares. Tú podrías quedarte las rosa para ir a juego.

—¿Lo dices en serio?

—Eh, ¿y si le compro a Evan un tubo de esto? Podría esconderlo en su habitación para cuando se traiga a una mochilera a casa. ¿Cómo se dirá «hemorroide» en francés?

—*Le hemorroid.*

Zac se ríe y, a continuación, prueba todas las muestras de loción para después del afeitado. Esto me recuerda quién es; el inofensivo e ingenuo Zac. Sólo un chico con unos buenos brazos.

Ocurriera lo que ocurriese anoche, no fue real. La vida real es una pierna de metal y una infección que no deja de empeorar.

Decido que lo mejor es acercarme sola a la sección de cosméticos y, una vez allí, marco otra vez el número de la compañía de autobuses. Me mantengo a la espera, un tanto alterada por esa rubia que me devuelve la mirada desde el espejo rectangular que tengo delante. Nada de esto es real. Cuando por fin puedo hablar con la operadora, le doy mis datos. Hoy lo tienen lleno, pero me confirma un asiento para mañana. Luego vuelvo a meterme el móvil en el bolsillo.

Solía pasarme horas en las secciones de cosméticos. De niña rebuscaba entre lápices de labios, sombras de ojos y maquillajes. Me quedaba absorta ante la variedad de cremas hidratantes, bronceadores y kits de pedicura.

Hoy mi mente sólo piensa en una cosa, de modo que me dirijo hacia lo único que me atrae: las hileras de analgésicos de detrás del mostrador, que sólo se dispensan con receta. Ya he saqueado los armarios de Bec, pero voy a necesitar algo más fuerte para el viaje. Antes de que las cosas se pongan feas.

Cuando Zac ha pagado lo suyo, me inclino para pedir el medicamento más fuerte que dispensan sin receta. «Para mi desgarro del ligamento», le digo a la chica. De vuelta en la furgoneta, rompo el envoltorio.

Zac se saca las gafas de sol amarillas.

—Espera. Necesitas comer algo antes de tomarte eso.

—No.

—Sí. Espera un momento, conozco un sitio...

Las pastillas comienzan a pegarse en la palma de mi mano mientras Zac conduce hacia las afueras del pueblo, tomando un desvío lleno de baches que desemboca en un aparcamiento medio lleno. Luego me conduce al interior de La Cooperativa de la Vaca Satisfecha, donde se abre camino entre los turistas para conseguir unos cuantos palillos y, con la habilidad de un ninja, empalar al azar diversos tacos de queso.

—*Panadeine forte* y *kebabs shish* con queso cheddar. ¿Qué más podría uno pedir? Bueno... quizá un chupito de hidromiel. —Me entrega un vaso de plástico y luego lo hace chocar con el suyo como si brindáramos.

—Uau, un sitio con clase.

Me tomo las pastillas. Sé que no me quitarán el dolor, pero me aliviarán durante un rato. Me paso la lengua por el dulce líquido que se me ha quedado pegado a los labios. Está bueno.

—Queso gratis, hidromiel gratis... De verdad que vosotros, la gente de la ciudad, no sabéis lo que os estáis perdiendo.

—Hablando en serio, creo que... puede que... Me marcho, ya sabes.

—¿Ahora?

—Mañana. Ya he comprado un billete.

—Eso nos deja con todo el día de hoy. —Mira el reloj—. Entenderás que me sienta moralmente obligado a enseñarte qué es exactamente lo que has estado perdiéndote.

—No creo que exista nada comparable a La Vaca Satisfecha.

Arroja los palillos al suelo y me coge de la mano.

—No creas haber tocado techo tan pronto. Vamos.

Durante lo que queda de tarde, Zac me lleva por todos los caminos de cabras al final de los cuales se nos promete queso, vino, cerveza, nueces, sidra y conservas agridulces. Frente a cada mostrador, somos como un par de turistas más, fingiendo tener preferencias ecológicas y gustos de gourmet. Yo me tomo cada vaso de sidra y de vino que me ofrecen, pero Zac, que tiene que conducir, sólo los cata y luego los escupe en unos recipientes. Aprendo más cosas de las que creía posible acerca del *dukkah* —una palabra que me parecía inventada—, de los quesos azules y del dulce de membrillo. Mi estómago no tarda en revolverse con un *veritable melange* de sabores. Hasta el momento, he conseguido olvidarme del dolor. Mis pensamientos burbujean como el vino espumoso.

El móvil de Zac suena y, por tercera vez, no responde.

—Sé lo que estás haciendo, Zac.

—¿Comportándome como un anfitrión y un guía turístico excelente?

—Además de emborracharme, estás evitando volver a casa con tu madre.

—¡Qué dices! ¿Quieres un dulce de leche?

Me encojo presionándome el estómago con los dedos.

—Dios, no.

—Conozco un sitio...

Zac me lleva por otras zonas que rodean la costa, y luego cruzamos un barrio abandonado hasta llegar a un mirador con vistas a un puerto lleno de rocas. Pequeñas aves se columpian sobre el mar agitado, zambulléndose en su espuma.

Ni rastro del dulce de leche. Estamos solos. Cuando Zac apaga el motor, pienso que el objetivo final de esta tarde era acabar aquí. Lo tenía muy bien planeado, el lugar perfecto, lejos de las multitudes y de la familia. Comprenderlo me tranquiliza. Me limpio los dientes con la lengua y me peino pasándome los dedos por la peluca. Después de todo, quizá lo de anoche significó algo para él. Quizá...

Zac tamborilea sobre el volante y contempla el oleaje tras sus gafas de sol con forma de estrella.

—¿Qué te parece?

—Es... bonito.

¿Por qué demonios estoy tan nerviosa?

—Sabes cómo utilizar una caña de pescar, ¿no?

—¿Una caña de pescar?

—Tengo una de dos metros, pero creo que hay otra de metro y medio, que es más fácil de manejar.

Jamás había estado en un mirador con un chico y me ha propuesto pescar. Nunca.

—No creo que...

—Voy a mirar atrás. Puede que haya sedal.

—No.

No quiero pescar. Detesto el olor a cebo, y, además, esas rocas me exigirían un gran esfuerzo. Quiero regresar, ahora mismo. Me duele la pierna y, lo que es peor, me arde la cara, y odiaría que lo notara.

No puedo creer lo capulla que estoy siendo.

—Está demasiado agitado... —le digo.

—No para los peces. En un día así podemos atrapar unos doce arenques. Venga, será divertido.

—No para los peces.

Se ríe.

—Mañana me marcho —le recuerdo.

Zac se coloca las gafas de sol en la cabeza. Sus ojos parecen más azules que grises.

Si ahora me besara, quizá creería algunas de las cosas que me dijo anoche: que soy un nueve... que soy guapa, todavía... Si me apretara contra el asiento y me agarrara y me deseara, no tendría ninguna duda.

Pero no lo hace. Se limita a colocarse de nuevo sus ridículas gafas y encender el motor.

Soy una completa idiota. Todos los halagos del mundo no significan nada, a menos que actúe en consecuencia.

Zac es sólo un buen chico. Un buen chico intentando que me sienta mejor.

Y yo soy jodidamente tonta por creerle.

Lleno la bañera hasta el borde, con agua muy caliente para que todo el cuerpo, y no sólo una parte, se escalde.

En el comedor, Bec está hablando por Skype con Anton. Oigo cómo se ríen de las sacudidas y las pataditas inesperadas que recibe su barriga. En la voz de Anton percibo cuánto la echa de menos.

La sangre ha teñido la bañera de rosa. Durante la quimio, me dieron un medicamento para detener la menstruación: las enfermeras me dijeron que iba a necesitar toda la sangre posible. La regla, un sobresalto de color rojo oscuro, no me había vuelto a venir hasta esta noche. Sin duda cree que mi cuerpo ya se encuentra bien, pero se equivoca. Si de verdad supiera...

Coloco una mano entre los huesos de la cadera, ahí donde se hunde el vientre. La menstruación pierde el tiempo conmigo. Nunca me crecerá una barriga como la de Bec, porque nadie querrá jamás tener relaciones sexuales con lo que queda de mí. Nadie será capaz de amarlo.

Durante toda mi vida, únicamente he sido la chica guapa... Es cuanto he necesitado. ¿Y ahora qué se supone que soy con una sola pierna? ¿Sin mi melena? ¿Sin mis enrollados amigos del instituto con los que salir por ahí? ¿Cómo va a mirarme nadie si no es con asco? Zac es el tipo más decente que conozco, y ni siquiera él se siente atraído por mí.

Sin mi atractivo, ¿qué me queda? No soy inteligente ni amable ni talentosa ni creativa ni divertida ni valiente. No soy nada.

La bañera se enfría. Cuando me incorporo, mis dedos están arrugados. Tengo que apoyarme en el lavabo para poder salir. Una sola huella húmeda en el suelo. Me pongo el albornoz de Bec y le robo algunos tampones del primer cajón. Me coloco uno y atravieso el pasillo balanceándome con las muletas hasta llegar a mi cuarto, donde cierro la puerta a mis espaldas. Allí me siento en la cama para ponerme la ropa interior y luego salto a la pata coja para coger una camisa.

La llamada a la puerta llega muy rápido. Zac ha entrado enseguida, sin pensar ni esperar. No tengo tiempo de esconderme, ni él de ocultar una mueca de sorpresa que diría muy cercana a la repulsión. Se da la vuelta mirando a la pared, y yo me pongo a gritar y me cubro el pecho... como si importara, como si eso fuera lo que lo ha asqueado. No deja de decir «Lo siento, lo siento, lo siento, no pasa nada...», pero sí que pasa, porque me ha visto, y yo he visto su cara y no puedo dejar de chillar, incluso después de que él le haya dado una patada al albornoz para acercármelo y yo me haya cubierto con él. Avanza lentamente en mi dirección con las manos por delante, diciendo «No pasa nada, no pasa nada, no pasa nada, no pasa nada», y yo le grito que no se acerque más. Deseo saltar por la ventana y echar a correr, pero no puedo. Estoy atrapada, y él está cerca, demasiado cerca, de modo que empiezo a golpearlo.

—¡Uno no hace eso! ¡Uno no entra sin más...!

—Lo siento.

—¡No puedes verlo! ¡No puedes mirarme...!

—No pasa nada.

—¡Sí que pasa! Te odio.

Lo empujo con tanta fuerza que se golpea contra el armario. Las perchas repican en el interior, y me dice:

—No me odies, Mia...

—Te odio a ti y este lugar, y a Bec y a tu madre y a todos los que fingen ser tan atentos y que todo es normal... cuando en realidad es una gran mentira. Te odio y tú me odias a mí...

—Yo no te odio.

—¡Te doy asco!

—¡Yo no...!

—Bueno, pues deberías verte la cara.

Exhala como si le doliera.

—Eres un nueve.

—Entonces, ¡¿por qué no quieres follarme?!

—¿Qué? Yo no... Así no.

En un arrebato, desenchufo la lámpara y se la tiro. No se aparta, deja que se estampe contra su hombro. Permite que le haga daño. Acto seguido, se pone a recoger todos los pedazos y abandona la habitación.

En el pasillo, Bec se preocupa por lo ocurrido.

—Ha sido culpa mía —le explica—. He entrado antes de que... Quería contarle lo de la cría de *Sheba*.

Lo odio.

Más tarde, Bec llama suavemente a la puerta.

No respondo. La puerta está cerrada —he aprendido la lección—. Me siento en el suelo y pienso en maneras de hacerme daño.

—Una de las alpacas ha dado a luz esta noche. Es una hembra. ¿Quieres venir a verla?

Los odio a todos.

27
ZAC

Salgo temprano hacia el corral para a ver a la cría de alpaca. Su pelo es esponjoso como el plumón de los pollitos. Con apenas diez horas de vida, ya es capaz de levantarse con sus largas patas torcidas.

Revisando el resto de los animales, encuentro un gallo muerto. Ya era mayor. Abro el corral y lo saco. Luego cruzo el sendero hasta la verja del fondo, y arrojo su cuerpo por encima de ella, hacia la maleza. Hoy no espero a que llegue la zorra, aunque sé que estará cerca.

—Mantente lejos —digo cuando ya me he dado la vuelta, como si uno pudiera hacer tratos con los zorros—. Quédate el ave, pero mantente lejos de la cría.

Me engaño pensando que los asesinos tienen conciencia.

Algunos tal vez sí.

Pero no todos.

A algunos no les importa la edad ni la decencia. Algunos actúan a plena luz del día un domingo por la mañana. Atrapan a un hombre que regresa a su casa de la playa, con arena en los pies y sal en la tabla de surf que transporta en la parte trasera de su furgoneta. Un hombre con una cicatriz en forma de «c» en un lado de la cabeza. «C de Cam. Por si lo habías olvidado.»

Estoy en el cobertizo, aplicando barniz a la madera, cuando mamá viene a contármelo. Mi padre y Evan están cargando el remolque.

—Ha llamado Nina... Ha pensado que querrías saberlo. Fue rápido.

Me rasco un trozo de barniz seco de la palma de la mano. No estoy seguro de haber entendido bien a mamá.

—Sabías que Cam tenía... pocas probabilidades.

Sí, pero eso da igual. Se suponía que no iba a ocurrir tan rápido. Se suponía que iban a quitárselo durante otros doce meses con radioterapia, cirugía, análisis... manteniendo siempre una dosis de esperanza. Nadie dijo que iba a darle un ataque al corazón repentino —«fallo de los órganos vitales»— a tres kilómetros de su hogar. ¿Pudo frenar? ¿Detenerse a un lado de la carretera? ¿Fue consciente de la canción que estaba sonando por la radio?

—Por lo menos disfrutó de un último día de surf... —Los vapores del barniz comienzan a marearme.

—Siempre le gustaste. —Mamá me aprieta los hombros, y doy un respingo—. ¿Qué ocurre? —Encuentra la magulladura reciente, y cuando la toca noto cómo se estremece—. ¡Zac!

—No te alteres, fue un accidente.

—¿Cómo te lo has hecho?

—¿Habrá funeral?

—Nina ha dicho que la ceremonia será mañana.

—¿En Perth?

—Scarborough Beach. ¿Seguro que estás bien?

—Voy a ir.

—De acuerdo —dice mamá, que ya empieza a hacer planes—. Podemos dormir en casa de Trish...

Veo que una cerda del pincel ha quedado pegada en una de las tablas. La arranco como si fuera una astilla.

—Iré con Mia.

—Pero no va a...

—No.

No es la herida abierta de su pierna lo que me persigue. Es la expresión de su rostro. Dijo que me odiaba, pero no fue odio lo que vi. Fue terror.

No tengo miedo de ella, tengo miedo por ella. Tengo miedo de todo lo que puede llegar a hacerse a sí misma. Sé que va a huir. Huirá de todos aquellos que se preocupen lo suficiente.

Y yo me preocupo lo suficiente.

Cam murió ayer, y no pude hacer nada al respecto. Sin embargo, con Mia...

—Voy a llevarla de vuelta a su casa.

Pero Mia ya se ha marchado. En la habitación de invitados, Bec está deshaciendo la cama.

Todas las pertenencias de Mia han desaparecido, excepto su teléfono móvil, que sigue enchufado al cargador. Lo saco del enchufe para encenderlo. Emite tres pitidos mientras me dirijo al coche de mamá. Leo los mensajes nuevos.

> Mia, ven a casa. Podemos arreglarlo. Sigo siendo tu madre.
> No me odies. Yo no tengo la culpa.
> Te quiero, Mia.

La busco en la parada del autobús, pero los asientos están libres. Aún quedan dos horas hasta que llegue su autobús.

Entonces decido peinar todas las calles del pueblo. La peluca rubia es fácil de distinguir, y, para tratarse de una chica que pretende pasar desapercibida, ha ido a escoger un sitio muy extraño en el que detenerse. Aparco el coche y la observo.

Apoyada en las muletas, está leyendo los carteles colgados en la ventana de la comisaría de policía. Da la impresión de estar buscando a alguien. Entonces me doy cuenta de que, a pesar de cuanto dice, Mia quizá quiera ser encontrada.

Cruzo la carretera y me acerco hasta ella. A su lado, me pongo también a leer los carteles, preguntándome si estas personas desean seguir desaparecidas o si son demasiado orgullosas o les da demasiado miedo regresar.

—Cam ha muerto.

—Lo conocía —dice después de un rato—. Me propuso jugar al billar.

—¿Y jugaste con él?

—No. Debería haberlo hecho. Era... dulce. Lo siento.

Estamos hablándoles a nuestros reflejos en el cristal. Podríamos ser fantasmas.

Le cuento que voy a ir a la ceremonia.

—¿Por qué?

—Era mi amigo. Es en Perth. Hay sitio para ti.

Cierra los ojos y agacha la cabeza. «No puedo», dice con los labios.

Mia está demasiado bloqueada para tomar una decisión. Tengo que tomar ésta por ella.

Le cojo las muletas y las apoyo contra la ventana, luego le paso un brazo por debajo de las rodillas y la levanto. Me deja llevarla hasta el coche. Pesa más de lo que esperaba. Su piel es cálida y está algo sudada. No me había dado cuenta de lo enferma que estaba.

Corro de vuelta para coger las muletas y es entonces cuando veo la foto en el lado izquierdo de la ventana. La chica me sonríe, con los labios pintados, los dientes perfectos y un pelo oscuro reluciente.

«Desaparecida: MIA PHILLIPS, 17 años, mujer. Con una amputación, necesita tratamiento. Vista por última vez en la casa de una amiga en Perth.»

Conduzco hasta casa para coger una muda de ropa. Mia se queda en el asiento delantero. Al regresar, encuentro a mi madre junto a la puerta del conductor. Le prometo que estaremos bien. Sí, tendré cuidado con los canguros. Conduciré con prudencia, pararé a menudo y me quedaré a dormir en casa de la tía Trish. Mamá me abraza a través de la ventana y me entrega el estuche con las pastillas. No hay nada más que pueda hacer.

—Espero que te mejores, de verdad —le dice a Mia, pasándole una bolsa con peras—. Son para tu madre. Y para ti. Están ricas... —Mamá quiere decir algo más, pero se muerde la lengua. Se limita a darme un beso. Estoy orgulloso de ella—. ¡Nos vemos pronto!

He hecho este viaje hacia el norte centenares de veces, pero siempre con mamá llenando las horas con su cháchara. En esta ocasión conduzco con Mia al lado. Se pasa la mayor parte del tiempo echando cabezadas. Cuando se despierta, el silencio me resulta agradable, como si nos cubriera una vieja manta.

Lleno el depósito en una estación de servicio, y compro rollitos de huevo y beicon y café helado. Se bebe el suyo con una pajita, mirando el campo punteado de vacas.

Cada vez que nos acercamos a un pueblo, busca las frecuencias de la radio. Escuchamos lo que encuentra, hasta que la recepción vuelve a perderse y la apaga.

Pienso en Cam. El año pasado, durante el tiempo en que coincidieron nuestros tratamientos de quimio, intentó «refinar» mis gustos musicales mientras jugábamos sesiones de billar maratonianas. Me contaba historias sobre chicas y surf. Siempre empezaba con la frase «Yo, a tu edad...». Sólo tenía treinta y dos años. Sabía mucho sobre budismo. Aseguraba que lo ayudaba a poner las cosas en perspectiva. Colocaba el taco frente a la bola blanca y lo dejaba ahí, inmóvil, durante muchísimo rato. Sabía mantener la compostura cuando era necesario, incluso con ese tumor expandiéndose y agarrándose.

—No debería ser tan silencioso —digo en voz alta de forma inesperada.

Mia me malinterpreta y busca el dial de la radio.

—Me refiero al cáncer.

La palabra que empieza por «c».

Con toda la destrucción que causa, el cáncer tendría que entrar a gritos en el cuerpo, con sirenas aullando y luces centelleantes. No debería poder ocultarse y echar raíces en el cerebro de alguien de esa forma, agazapado entre los recuerdos.

—Ya...

Aunque Mia no hable mucho, agradezco que esté conmigo. Nuestras decisiones son de lo más sencillas. «¿Paramos

192

para ir al baño en esta zona de descanso o esperamos a la siguiente?» «¿Doritos o patatas fritas onduladas?» «¿Coca-cola o café helado?»

Mia vuelve a decantarse por el café helado. Mientras hago cola para pagar, la veo arrugar el ceño delante de un mostrador con comida en recipientes de metal.

—¿Tienes hambre? —le pregunto.

—¿Eso es comida?

—Quizá el cuarenta por ciento. En cuanto al resto... no estoy seguro. ¿Nunca has probado el perrito caliente envuelto en aritos de cebolla?

Mueve la cabeza.

—¿Y el Chiko Roll?

—No. ¿Y tú?

—Ninguno con esa pinta de... llevar ahí tantas semanas.

—Gallina.

—No estoy seguro...

—Me refiero a ti —me dice, como retándome.

De manera que compro dos Chiko Rolls, aunque no cabe duda de que tienen un sitio reservado en mi lista de alimentos prohibidos. El chico nos los calienta y envuelve, y se fija en las muletas de Mia.

—¿Qué te ha pasado?

—Un tiburón —le dice, antes de que pueda impedírselo, mientras vierte salsa de tomate por encima de su Chiko Roll.

—Guau.

Mia le guiña un ojo.

—Yo que tú me lo pensaría dos veces si vas a mearte en un traje de neopreno.

La expresión en la cara del tipo mientras Mia se aleja balanceándose es impagable.

No sé qué ocurrirá mañana. No sé si finalmente regresará a casa, si volverá al hospital, o incluso si se irá directa a la estación de autobuses para continuar huyendo a ningún sitio.

Hoy, sin embargo, nos comemos bajo el sol unos Chiko Rolls demasiado salados y reblandecidos que saben mejor que nada en el mundo. Mia tiene la habilidad de mantenerme anclado al brillante e imprevisible presente. Justo donde se supone que debo estar.

28

MiA

Odio Perth. Odio las afueras de esa ciudad, donde todos los rincones me torturan con recuerdos.

Odio que lleguemos y que se apague el motor, el picor en mi cuero cabelludo bajo la peluca sudada... Odio la idea de bajar de este coche repleto de bolsas de patatas y cuyo asiento ya se ha adaptado a mi figura.

—¿Sigue pareciéndote bien?

Me encojo de hombros. ¿Qué otra cosa puedo hacer?

—Si quieres, podemos buscar un motel. Tengo dinero suficiente.

—La casa de tu tía estará bien —respondo.

En estos momentos me preocupa el reloj del salpicadero. Calculo que me queda una hora y media antes del siguiente analgésico. Hasta entonces, no debería tomar decisiones precipitadas.

Hemos aparcado en una calle que atraviesa King's Park hasta llegar al río Swan. A ambos lados se levantan edificios de apartamentos altos, compitiendo por las vistas. Nunca he conocido a nadie que viva cerca de aquí.

—No me contaste que fuera una *yuppie*.

—Mi tía no es tan terrible...

Sonrío para dejar claro que estoy bromeando. Aunque no es más que un simple gesto, la expresión en el rostro de Zac contiene algo que me impide apartar los ojos de él. Por alguna razón, parece mayor... Mejor. La sorpresa me hace parpadear.

Zac se da cuenta de que lo miro fijamente.

—¿Qué?

Quizá su rostro sea como el cielo nocturno, que cambia cada vez que dejas de mirarlo un instante.

—¡¿Qué?! —Baja el espejito y se mira entre los dientes.

—Pareces... diferente.

—¿Diferente a causa del cansancio? ¿Diferente después de haber conducido más de quinientos kilómetros? ¿O diferente porque me cuelga un moco de la nariz?

No, es el Zac de siempre.

Me hace reír hurgándose la nariz. No sé cómo lo consigue... Cómo logra que me olvide del reloj y del dolor. A veces, aunque sólo sea durante unos pocos segundos, me hace incluso olvidar que mi vida se ha convertido en una auténtica mierda.

—Vamos, cabeza de moco. Tengo que hacer pis.

—¿Otra vez? ¿Me tomas el pelo?

—Es por culpa del café helado.

Me ofrece una botella vacía de coca-cola.

—Después de la operación, me colocaron un catéter —le digo—. Podía hacer pis en una bolsa siempre que quisiera, sin tener que abandonar la cama.

—Bonita imagen.

—La verdad es que me entristeció un poco cuando me lo sacaron. Ir al lavabo es una absoluta pérdida de tiempo.

—Bueno, si no bebieras tantos cafés helados...

—Gracias por pagármelos. Te los debo.

—Lo sé, llevo la cuenta. Al Chiko Roll, sin embargo, invito yo.

Cruzamos la verja de acceso y un frondoso jardín. En el centro hay una fuente circular con un pez de hormigón a modo de surtidor. Expulsa un chorro de agua por la boca, y tenemos que pasar rápido para no mojarnos. Nos dirigimos a la entrada, donde Zac llama al interfono. La respuesta nos llega desde un balcón situado seis pisos por encima.

—¡Zacchi! —Una mujer nos saluda, asomándose peligrosamente—. El ascensor está estropeado. Subid andando.

Zac se da la vuelta hacia mí.

—¿Estás bien?

—Quizá —le respondo, mirando hacia arriba.

Me coge la mochila y abre camino por el vestíbulo hasta las escaleras.

—Tómate tu tiempo —me dice, como si tuviera elección.

A cada escalón, las muletas se me clavan con más fuerza en las axilas. El menor apoyo sobre mi pierna izquierda me provoca dolor. Ya me resulta imposible olvidar que tengo un cuerpo.

Después de los primeros diez escalones, me tomo un descanso en el rellano. Me tiemblan los brazos cuando me aparto los pelos de la peluca de los labios.

—Mia...

Mi nombre se repite por el hueco de la escalera, mientras Zac baja tres escalones de un salto.

No quiero que me vea así, sudada y agobiada. No quiero que vea lo mucho que me duele. Cada escalón supone un suplicio.

—Estoy bien.

Cuando llegamos al tercer piso, Zac me ayuda ofreciéndome el apoyo de un brazo. En el cuarto ya me recuesto en él.

—Voy a llevarte en brazos —se ofrece cuando alcanzamos el quinto.

—No eres lo suficientemente fuerte —me burlo de él, cerrando los ojos por el dolor.

Bajo mis tejanos, el muñón palpita como si hubiera doblado su tamaño. Parece que esté a punto de quemarme viva.

En el sexto piso, la mujer nos espera con la puerta abierta.

—¡Madre mía! —dice al ver mis muletas—. Bien hecho, Zac. ¿Es el tobillo?

—Me lesioné jugando a *netball*.

—Qué mal.

Trish es atlética y está bronceada. Va descalza y lleva puesta una falda gris, una blusa de color crema y un fino collar de oro. Huele un poco a ese tipo de flores que te obligan a inclinarte para olerlas. Abraza a Zac y luego me da la mano.

—Encantada de conocerte. Zac me ha hablado mucho...

—No mucho...

—...Un poco de ti. ¿Has pasado un tiempo en la granja?

—Mia es una vieja amiga. —Zac contesta por mí.

Mi respiración se normaliza, pero el mareo persiste. Esta estúpida pierna no debería dolerme tanto, ¿no?

—Siento lo de Cam, Zac. No es justo...

Zac se tamborilea en el estómago.

—Me muero de hambre. ¿Tú no, Mia?

Asiento, aunque el mero hecho de pensar en comida me produce náuseas.

—Estoy hambrienta.

—Zac ya sabe que no soy muy buena ama de casa, de modo que he pensado en esto. —Trish nos enseña tres menús para llevar como si fueran premios—. Mexicano, vietnamita e italiano.

—¿Mia? —Zac está a mi lado.

Estoy sudando mucho, y él se ha dado cuenta. Me ayuda a sentarme en el sofá. Yo le dejo hacer.

—Jesús... ¿Necesitas algo?

Alejo a Trish con un gesto de la mano.

—¿Mejicano...?

—Son diez minutos caminando.

—Yo prefiero esperar aquí... —Soy incapaz de moverme—. Podéis ir vosotros. ¿Preparan fajitas?

—Las mejores.

Zac se pone de cuclillas para mirarme a los ojos, aunque yo soy incapaz de devolverle la mirada.

—¿Qué necesitas?

—Aguacate. Extra de queso.

—¿Qué más necesitas?

Respiro hondo. Lucho contra las lágrimas que intentan salir.

—¿Tu tía... tiene bañera?

Zac niega con la cabeza.

—Es un apartamento pequeño.

—En ese caso, un vaso de agua y mi mochila.

El apartamento es bonito, pero lo que más me impresiona son los enormes ventanales que cubren por completo una de las paredes. Me acerco cojeando y abro la puerta corredera. Una refrescante brisa me da en la cara. Desde el balcón, veo a Zac y Trish caminando calle abajo.

Siempre he vivido en Perth, pero nunca había tenido ocasión de contemplar la ciudad desde esta perspectiva. Hay ciclistas pedaleando junto al río en parejas o en tríos, y algunos corredores solitarios que trotan por el asfalto. Los pájaros despliegan sus alas como si fueran exhibicionistas. Los barcos discurren sobre las anchas y planas aguas, apresurándose hacia la luz de los hogares.

A lo largo de la autopista, las encarnadas luces traseras de los coches se encaminan hacia el sur. En sentido opuesto, las luces blancas de los vehículos que llegan a la ciudad cruzan el puente en dirección norte. Desde aquí, puedo ver la disposición de los barrios; incluso me parece distinguir el mío... El de mamá. Tiene que ser aquella zona de allí, al sudoeste, lejos del río, bien metida en el interior después de haber cruzado la autopista. Una vez has pasado la universidad y atravesado Manning Highway, son cuatro calles hacia abajo y luego dos a la derecha. Una calle sin salida, pequeña y donde apenas hay árboles que den sombra, con setos demasiado crecidos y casas bajas de color naranja que ocupan estudiantes extranjeros y madres solteras.

Con un telescopio, probablemente podría reconocer mi casa desde aquí. Vería el patio con sillas de plástico y el tendedero con tres filas de uniformes colgando. Y, si pudiera ver el interior, quizá descubriría a mi madre abriendo la puerta de una despensa en la que no hay nada que merezca la pena comer. ¿Estará la lavadora haciendo ese ruido infernal? Tal vez la casa parezca más pequeña con una sola persona viviendo en ella.

La gente y los pájaros se transforman en meras siluetas. El cielo cambia con cada latido del atardecer. Conozco bien estos colores. Pliegues rosados y rojos ardientes. Calientes y suaves al tacto. El horizonte tiñéndose de escarlata. Una sinfonía de infección y dolor. A continuación, el violeta desciende lentamente como un gigantesco moratón, hasta que todo se uniformiza. Con la oscuridad, llega una especie de paz. Respiro con alivio. Sin la rabia que trae el día, no queda nada por sentir.

El tráfico en la autopista se vuelve fluido. Las luces parpadean. Los coches fluyen hacia sus lugares de origen.

Seis pisos más abajo, se encienden las luces del jardín. Me asomo al balcón, apretando el torso contra la barandilla de aluminio, igual que hizo Trish. El enorme pez de color gris continúa escupiendo agua en su estanque. Contemplo el agua trazar un arco, burbujeando y deslizándose hasta la base circular. Tiene pinta de estar fría, y me imagino el alivio que supondría para mi pierna. Apagaría el fuego. Probablemente, haría algo más.

Si cayera desde donde estoy... Seis pisos bastarían, ¿no es cierto? Si me precipitase sobre ese frío estanque de hormigón, dejaría de arder. No sería fea. No sería tan horrible e inútil.

Sin embargo, me encontrarían Zac y Trish, y no puedo hacerles eso. No quiero que Zac acabe igual de destrozado que yo.

No sé cómo terminará todo esto. El cáncer no me mató, pero debería haberlo hecho. Quizá vuelva para enraizar en otro sitio, como le ocurrió a Cam. Tal vez la infección en la pierna acabe conmigo, vertiendo suficiente veneno en mi torrente sanguíneo. O quizá un autobús me conduzca tan lejos que acabe cayendo por un precipicio sin que Zac esté cerca para recoger los pedazos.

Lo veo subir calle arriba junto a su tía, iluminado por las farolas. Lleva una bolsa con fajitas mexicanas con extra de aguacate y queso.

Pobre Zac. Sigue pensando que puede salvarme.

. . .

Tumbada en un lado del sofá, veo los faros de los pocos coches que trazan las curvas junto al río.

Trish me ha ofrecido la cama, pero he insistido en quedarme en el sofá. Necesitaba la brisa fresca que entra por el balcón. He dejado la puerta de cristal abierta. Sigo despierta a la una de la madrugada, recostada con una camiseta y unas braguitas. El efecto de los últimos analgésicos ya ha pasado por completo.

No quiero utilizar mis reservas, de modo que me las apaño para llegar hasta el cuarto de baño, donde cierro la puerta y enciendo el fluorescente. El armarito está debajo del lavabo. Me deslizo hasta el suelo y me siento. Está repleto: seis cajas de analgésicos, cinco de codeína, antiinflamatorios y montones de pastillas para dormir. No puedo creérmelo. Con lo que hay aquí se podría insensibilizar a un ejército. Incluso acabar por entero con él.

—Hay más si lo necesitas.

Me abalanzo hacia mi pierna, pero es demasiado tarde para ocultarla.

—Cierra la puerta... —le digo enfadada, dándome la vuelta. La luz es demasiado cruda. Necesito mis tejanos. Mi peluca—. ¿Qué haces?

La respuesta de Trish me coge por sorpresa.

—Lo siento, Mia. Me he quedado sin antibióticos.

Tiro de una toalla que hay colgada para taparme.

—Necesito codeína.

Trish coge una caja del suelo, la abre y saca dos pastillas de un frasco.

—Tómalas. Pero mañana tienes que ir a ver a un médico.

—Los médicos son unos gilipollas —contesto—. Tú no eres uno de ellos, ¿verdad?

Niega con la cabeza.

—Abogada. También hay muchos gilipollas entre los abogados.

Se acerca al lavabo, que queda por encima de mí, y llena un vaso de agua. Luego se agacha para ofrecérmelo. Me trago las pastillas.

—No va a dolerte siempre tanto —me suelta—. Mejora.

¿Qué mierda es ésta? No puede hablar en serio. Lo último que necesito ahora es un sermón.

—Uno aprende a vivir...

Miro las baldosas, incrédula. ¿Qué sabrá esta mujer, que se ha hecho la pedicura y tiene unas pantorrillas torneadas? ¿Quién se ha creído que es para darme consejos acerca de «aprender a vivir»? ¡Se atreve incluso a no apartar los ojos de mí! Ni siquiera tiene la decencia de dejarme sola en el baño.

Debe de formar parte de una especie de conspiración. Seguro que la madre de Zac la ha llamado por teléfono. «Vigila a la chica, arrasará con tu botiquín, igual que hizo con el de Bec. Dile que vaya a hacerse los chequeos y que regrese con su madre. Mantenla alejada de mi hijo.»

La ira me impide hablar. Y la vergüenza.

Trish se sienta en las baldosas que quedan junto a mí. Apoya la espalda contra la mampara de la ducha y estira las piernas hasta tocar la pared. A continuación, coge otras dos pastillas del frasco, se las lleva a la boca y se las traga a palo seco.

Noto que la luz del fluorescente tampoco la favorece mucho. Entonces me doy cuenta de que su camiseta cuelga de un modo extraño, aplanada contra el pecho de un modo que no debería, como si quisiera hundirse en una superficie casi cóncava. Donde reposaba su fino collar de oro, encima de sus pechos, ahora no hay... nada.

—¿Has oído la historia de la familia que se mudó de Melbourne a Darwin? Seis años después, su gato se presentó en su nueva casa, como si nada hubiera ocurrido.

Niego con la cabeza. Bajo esta luz, su piel se ve pálida y desigual. Llena de pequeñas cicatrices en la cara interna de los brazos... en la zona del cuello. Como la de Zac. Como la mía.

—Incluso seis años después, sigo pensando que hay un gato dirigiéndose a mi puerta.

La codeína se esparce por mi torrente sanguíneo, trayendo consigo la promesa del alivio.

—Persisten los dolores de cabeza. El insomnio. Sigo preocupada. Pero ya no me... ya no me duele de aquella forma. Ya no me duele... como a ti.

Las palabras salen de mis labios como una confesión.

—A mí me duele todo el rato.

—Hay cosas que no puedes cambiar —me dice Trish, inspeccionándose los brazos—. Y hay cosas que sí puedes cambiar.

La codeína me invade, entra al asalto en mi pierna... machaca el dolor. Pero el pecho me sigue ardiendo, joder.

—No es justo, cariño. —Trish me habla en el mismo tono que Zac—. No es justo.

—No es...

—No, cariño, no es justo.

—No es...

—No es justo...

Nuestras voces se solapan, y yo dejo que las lágrimas fluyan, mientras me acuna como a un bebé, bajo una luz horrenda.

Por la mañana, me coloco la pierna, me pongo los tejanos y peino la peluca. Robo más analgésicos y luego descubro que hay dos cajas nuevas dentro de mi mochila.

Trish trae cafés con leche y tortitas a la terraza. Ha recuperado su condición de mujer poniéndose un jersey de lana, pero me doy cuenta de que no puedo mirarla a los ojos. En la mesa, Zac y su tía se pasan platos y el sirope de arce. Hablan del colegio, de la cría de alpaca y de un nuevo molinillo italiano de café, como si tuviera alguna importancia. Yo me quedo mirándolos, dos parientes con genes desafortunados que intercambian comentarios sobre granos de café.

¿Cómo diablos lo consiguen? Él lleva la médula espinal de otra persona, y ella tiene el torso destrozado. ¿Cómo pueden seguir adelante día tras día, con esta ilusión de tener las cosas bajo control? Desde que me operaron, todo cuanto he hecho ha sido saltar de la autocompasión a la rabia. De la autocompasión a la rabia. ¿Qué otra cosa puedo hacer? Mire a donde mire, todo me recuerda aquello que me falta.

Mi instinto me empuja a aullar a los corredores de allí abajo. Me imagino rompiéndoles las piernas y arrancándoles el pelo. ¿Por qué tienen que ser tan afortunados? ¿Tan inconscientemente afortunados? Y a esos ciclistas que ruedan de forma tan perfectamente simétrica, me gustaría bajarlos de la bici a golpes. Me gustaría golpear a cualquiera que se atreva a ser feliz.

Veo a Trish juguetear con su collar y me pregunto dónde esconde toda su ira. Estudio su rostro y sus manos, pero soy incapaz de hallar vestigio alguno. ¿Ya ha olvidado cómo es? ¿O se ha convertido en una experta en fingir?

Me pone una tortita en el plato.

—Vamos. Es lo único que sé cocinar.

¿Qué pasa si todo esto —el mantel de hilo, los rituales del desayuno y la conversación intrascendente— no es más que pura apariencia? ¿Zac también está en el ajo, fingiendo normalidad? De ser así, el mundo entero debería ponerse de pie, aplaudir y darles sendos premios de la Academia. ¡Un Óscar para Trish y Zac Meier!

Intento seguirles el juego. Me trago el café. Está muy fuerte, pero no me quejo. Le añado más leche. Mantengo la boca cerrada. Cuento hasta diez. Hasta veinte. Imito la forma en que untan la mantequilla y vierten el sirope de arce. Me corto otro triángulo de tortita. Me inclino hacia delante, apoyándome en los codos, e, igual que ellos, dejo que el sol me dé en la cara. Finjo una sonrisa que creo que cuela.

Antes de marcharnos, me pongo brillo de labios y una expresión de valentía en el rostro. Cojo las muletas, como si fueran un arma. Hoy debo fingir, porque hoy la cosa no gira en torno mí. Este día pertenece a Zac y a los recuerdos que tiene de Cam. Yo sólo soy su compañera de viaje.

29

ZAC

Cincuenta metros mar adentro, hombres y mujeres están sentados sobre sus tablas con los pies colgando en el agua. Son una presa fácil, pero los tiburones harán bien en no salir hoy a cazar por esta costa.

La ceremonia por Cam está teniendo lugar allí, pero Mia y yo nos hemos quedado en las dunas. Ella no deja de atascarse en la arena.

Al final, tira las muletas.

—¡No sirven para nada!

—Necesitarías unas con tracción a las cuatro ruedas.

Se deja caer en la arena, y me uno a ella.

—No, Zac. Ve con ellos antes de que se acabe.

—He dicho.

—Hemos venido hasta aquí, ¿no?

Para ser sincero, no me apetece unirme a ese grupo en el mar. Serán viejos amigos de Cam, gente que lo conocía antes de que le diagnosticaran la enfermedad.

Me los imagino diciendo: «Era un buen amigo»; «Todo un personaje»; «Una leyenda...». Me sentiría un farsante.

—Venga. A él le gustaría.

—¿A quién?

—A Cam.

—¿Cam? A estas alturas, ya estará a medio camino de Rotto.

Mia pone los ojos en blanco.

—No digas eso...

—No puede oírnos.

—Chis. Sí que puede.

—¡Cam! —grito, asustando a un tipo que pasa por delante—. ¡Buen viaje, amigo! ¡Envíame una postal desde Indonesia!

Mia me da un golpe.

—Eh, Cam, ¿te acuerdas de la piba de la habitación número dos? Sí, la que siempre estaba armando escándalo y que pega como una nenaza.

Mia se cubre la cabeza con una toalla, como si fuera un tipi.

Le doy un codazo.

—Cam te envía saludos...

Sin embargo, ahora no puedo ver la expresión de su rostro.

La cuestión es que he lanzado suficientes cadáveres por encima de la verja como para saber que, después de la muerte, no queda nada de nada. No hay trompetas ni espíritus ascendiendo. Las ovejas no van al cielo ni las cabras al infierno. Sólo son carne que se enfría y que está a punto de convertirse en un escalón más de una cadena alimentaria en la que nada se desaprovecha. No hay nada misterioso en la muerte y en lo que viene después. Simplemente, no hay nada. Quede lo que quede de Cam, se dirige hacia el noroeste, arrastrado por la corriente de Leeuwin, convirtiéndose en pasto de los peces.

—Después de morir, mi abuela vino a visitarme. —La voz de Mia sale desde algún rincón de la toalla—. Me levanté en mitad de la noche, y ahí estaba.

—¿Tu abuela?

—Su sombra, pero sabía que era ella. Sentí que había regresado para ver cómo estaba. Le dije: «¿Abuela?» Entonces se dio la vuelta hasta... desvanecerse. No sé qué ocurre, pero sí sé que hay algo más que esto. La gente permanece durante un tiempo. A veces hay demasiada energía en una habitación. Cam sigue por aquí.

—En ese caso puedes ir a jugar al billar con él.

Mia golpea la arena con el pie derecho.

—Cam está aquí y piensa que estás comportándote como un idiota.

Me río. Por lo menos tiene razón en algo. Me reclino en la duna, con las manos detrás de la cabeza, y miro el mar. Debería sentirme agradecido por todo esto: una playa, conducir el coche, estar con Mia, que sólo intenta ser amable...

—Lo echo de menos —le confieso al océano—. Ojalá hubiera ido a surfear con él.

Dos chicas en bikini dan un rodeo para pasar cerca de nosotros y, cuando llegan a nuestra altura, se ponen a cuchichear. Mia las sigue con la cabeza sin sacarse la toalla de encima, y luego se tumba boca arriba, cubriéndose totalmente.

—¿Mia?

—No utilices mi nombre.

—¿Las conoces?

—Ellas me conocen a mí. Son del colegio.

Las chicas se alejan un poco antes de detenerse y sentarse. Mia las espía por una rendija de la toalla.

—Celulitis.

—No me he fijado —le contesto.

—¿Crees que son monas?

—No tienen nada de especial.

—¿Te gustan?

—No.

Se le cae la toalla. Bajo el flequillo rubio, los ojos castaños de Mia me miran fijamente.

—¿Por qué te gusto yo?

Con la palma de la mano, aplano montoncitos de arena.

¿Por qué me gusta Mia?

Me gusta que sea dura conmigo porque sabe que puedo soportarlo. No les da la espalda a las cosas malas, ni oculta lo que le pasa por la cabeza. Si siente algo, lo suelta. Lo muestra. Dice y hace cosas que el resto de nosotros se censuraría. No es previsible ni juega sobre seguro, y no suelta estupideces, como hace la mayoría de las chicas. Y a pesar de todo, está viva, dando patadas, gritando y maldiciendo. Sigue luchando.

—¿Zac?

—Porque no tienes celulitis.

Parpadea.

—¿Qué me dices de mi fantástico sentido del humor?

Sí, eso también me gusta. Sus comentarios afilados, que, igual que unos *nunchaku* de artes marciales, no los ves venir. Es más lista de lo que ella misma cree.

Durante un rato, se queda mirándome con los ojos entornados.

—A mí me gustas, Zac, porque me tratas como si estuviera aquí. —Con la mano hace un movimiento circular alrededor de su cara, como una de las azafatas de «El precio justo»—. Y no ahí abajo.

—Tú no eres tu pierna, Mia.

—Y la otra razón de que me gustes es por lo bueno que eres con tus amigos. Así que cierra la boca, levántate de una maldita vez, cruza la playa y despídete de Cam por los dos.

Hago lo que me dice, aunque a estas alturas la ceremonia ya se está acabando. La gente apunta con sus tablas hacia la orilla, algunos tumbados sobre ellas, otros de pie, hasta que las olas los levantan sobre las aguas poco profundas y los deslizan hasta la arena. Una vez allí, se incorporan y empiezan a secarse, entre risas.

Nina está en la orilla. Me recibe a medio camino, con los zapatos en la mano.

—Has venido, Zac.

—Sí.

—Qué bien que lo hayas hecho. Tienes un aspecto estupendo. —El rímel se le ha corrido bajo los ojos.

—Al final, Helga ha cumplido con su parte.

—Patrick me ha dicho que te han dado un «Pide Un Deseo». ¿Qué pedirás?

—Bueno, sigo confiando en que Emma Watson esté libre...

—Crucemos los dedos. Has hecho un buen trabajo, Zac. Cam estaría orgulloso de ti.

Es la palabra «orgulloso» lo que lo provoca. Por alguna razón, se me clava en la garganta. Intento tragármela, pero no puedo. Apenas puedo contener las lágrimas.

—Siempre le gustaste, Zac.

«C» de Cam no mereció morir, y no sé si nos estará mirando ahora, cuando por fin me dejo vencer y empiezo a llorar. Nina me abraza. Me lo imagino muriendo de forma rápida y violenta, todavía cogido al volante, con el pecho desgarrándosele. ¿Fue consciente de que aquéllos eran sus últimos y liberadores suspiros? ¿Se arrepintió de algo durante esos segundos, o sonrió y les dio la bienvenida, antes de marcharse sin miedo dondequiera que se encuentre ahora?

Dios, quiero que Mia tenga razón, por supuesto. Quiero creer que Cam permanece, que está con nosotros en este abrazo o, mejor aún, allá fuera cabalgando la próxima ola. En todas partes y en ninguna.

Nina me aprieta con fuerza. Diviso a Mia a lo lejos. Sosteniéndose de pie con las muletas, mira con miedo las dunas.

Espero frente a los comercios con dos kebabs, una coca-cola y un café helado en las manos. Mia lleva siglos en los lavabos públicos. Espero que no haya huido otra vez.

Por fin emerge con Nina.

Cuando consigue llegar hasta mí, le pregunto si le apetece ver una película. No estoy listo para llevarla a casa, ni a una estación de autobuses, ni a ningún sitio definitivo. Dice que no puede.

Cuando le ofrezco el kebab y el café helado, niega con la cabeza y baja la vista al suelo. Parece estar ya lejos de aquí.

—Estoy agotada, Zac.

—De hecho, conozco un sitio...

Pero ella se da la vuelta y desanda el camino hasta donde la espera Nina. Sus muletas me recuerdan al primer tac, tac, tac de sus nudillos golpeando la pared del hospital.

Un solitario código morse.

Esta vez, no hay nada que yo pueda responderle.

TERCERA PARTE

MIA

30

MiA

¿Dnd estás, Mia?
Con Nina
¿Dnd vas? Iré contigo.
Vuelve a tu ksa, Zac.

En Urgencias, un médico me toma la temperatura y examina mi pierna. Hace anotaciones en una carpeta y llama por teléfono para pedir una silla de ruedas.

Nina me conduce por la planta baja hasta un ascensor, en el que hay un mapa de las ocho plantas del hospital con diferentes colores para cada área. La de Oncología es verde lima, pero no nos dirigimos allí. Aprieta el botón de la tercera planta. Vamos al pabellón azul, el de las infecciones y los apéndices extraídos.

—Ya no eres una paciente de Oncología —me recuerda Nina.

Mi cáncer se ha ido. La ecografía y los análisis de sangre así lo demuestran, aunque necesitan más pruebas para estar seguros.

Me enchufan el gota a gota y luego llaman a mi madre. Después de todo, sólo tengo diecisiete años. Tarda apenas veinte minutos en llegar y decide quedarse. Pasará la noche en la butaca reclinable. No me pregunta dónde he estado, si volveré a huir ni si pienso hacerles caso a los médicos. Compra revistas para las dos. A veces se queda de pie, mirando por la ventana que da a la calle.

Le digo que puede salir a fumar, pero me responde que está intentando dejarlo.

Zac me llama, pero no tengo ánimos para coger el teléfono. No quiero que oiga lo triste que me siento. Me he pasado un siglo hablando de aventuras, y aquí estoy, de regreso en el hospital. Menuda tonta.

Un protésico toma medidas para hacerme una extremidad permanente y me ofrece otro folleto: «CÓMO CUIDAR TU NUEVA PRÓTESIS.» El primero que me dieron lo tiré a la basura. Me cuenta que, una vez fabricada, la nueva será mejor que la temporal. Se supone que sólo debo llevarla una hora al día durante la primera semana y, a partir de entonces, ir aumentando el tiempo semana a semana para que vaya acomodándose.

Examina la herida.

—Deberías haber ido a que te la miraran. La prótesis temporal no se adaptó bien.

Premio al eufemismo del año.

Un fisioterapeuta me enseña a vendarme yo sola. Me muestra cómo desplegar el revestimiento de silicona. Es joven y guapo, y muy cuidadoso cuando me toca la herida.

—Está bien —le digo—. Ha mejorado.

Una semana más tarde, me recetan antibióticos, antiinflamatorios y antidepresivos. Me dan el alta. Mamá me acompaña a la farmacia, paga los medicamentos y luego me lleva de vuelta a casa.

Mi madre sabe poco acerca de lo ocurrido en los últimos meses. Sabe que me dieron un permiso de fin de semana y que pasé una noche en casa antes de largarme con un puñado de analgésicos, dinero y una muda. Quedé con unas amigas, en casa de una de ellas. Me invitaron a té y tostadas, y luego salimos de marcha. Cuando regresamos, estábamos todas como una cuba. Me contaron sus sucios y vergonzosos secretos. A la mañana siguiente, y a pesar de la resaca, llamaron a mi madre para decirle que me encontraba bien. Sin duda se imaginaría que luego iría a casa de Rhys. Dormí en su sofá, ya que la pierna me dolía demasiado para compartir la cama. Rhys era el único que sabía la verdad, pero se alejó de mí. Se volvió distante. Le faltaron agallas para enfrentarse a esto. No fue el hombre que pensaba que era.

Cuando entro en mi habitación, me parece la de otra persona. Unos zapatos plateados de tacón reposan sobre la mesa en la que llevan trece semanas. Mi antiguo vestido, con sus cuentas centelleando, brilla en una percha colgada de la barra de la cortina, a la espera de que la vieja Mia se meta en él y se lo abroche, posando delante del espejo para examinarlo desde los ángulos más favorecedores. ¿De verdad adoraba este vestido? Ahora me parece demasiado... llamativo. Todavía lleva colgada la etiqueta.

Mamá cocina palitos de pollo con miel. Mi plato favorito de niña. Comemos delante del televisor, viendo cualquier cosa.

Es duro estar en casa, pero salir corriendo requiere esfuerzo. Ahora mismo, carezco de la energía suficiente. Ni siquiera soy capaz de pensar qué haré mañana. Sólo quiero dormir.

Mi cama se me hace extraña. La última vez que dormí en ella tenía dos pies al final del cuerpo. Soy como Ricitos de Oro en la casa de los tres osos. Todo es demasiado grande, demasiado pequeño, demasiado duro, demasiado blando.

Apago la luz. La habitación se funde a negro, pero enseguida una luz suave comienza a brillar junto a la cama. Veo cómo la estrella va adquiriendo forma en la pared. Debí de engancharla ahí la noche que regresé del hospital.

Zac. Por lo menos puedo contar con él.

Estoy volviéndome una experta en ver pasar el tiempo.

Once horas son para dormir (incluida una siesta al mediodía), tres para ver la televisión, dos para comer (una de ellas se va en levantarme, ir a ver qué hay en la nevera y volver a cerrarla), dos más para conectarme a Internet, una para leer revistas y otras dos para el DVD que mamá me trae a diario.

¿Y las tres horas restantes? No estoy segura. Quizá las dedico a soñar despierta. A imaginar la huella que deja mi cuerpo sobre la alfombra.

El ruido del cartero es lo único que me anima a salir de casa. Cada mañana, me coloco la peluca, agarro las muletas y me dirijo al buzón, que suele estar vacío. A veces veo a gente sentada en la parada del autobús cercana. Advierto la facilidad con que superan los cuatro escalones para subir a él. Jamás piensas en tus piernas cuando tienes las dos. Ya no odio a esa gente. No deseo rompérselas. Ya no es rabia lo que siento, ni autocompasión. Lo que siento es... nada.

Supongo que las semanas van pasando. No las cuento.

Me siento en el suelo de la habitación, con las puertas del armario abiertas. Las repisas están a rebosar de ropa, zapatos y un montón de cosas inútiles: puzles, disfraces, cartas de antiguos novios, cromos, maquillaje revuelto y otros extraños regalos de mis amigos. Lo tiro casi todo a la basura. Ordeno el armario y luego hago recuento de lo que queda. Me echo a llorar. Después vuelvo a sacarlo todo de la basura.

Una mañana, descubro una piscina hinchable para niños en un contenedor de basura del vecindario. Por la noche sigue ahí, de modo que le pregunto a mi madre si puede traérmela. Al día siguiente, me dedico a limpiarla en el patio y a llenarla de agua. No es tan larga ni profunda como la bañera de Bec, pero puedo tumbarme en ella, con las extremidades colgando de los bordes, y contemplar cómo las nubes cruzan el cielo. En ocasiones me pongo a leer un libro. Otras me quedo adormilada. No tengo nada que hacer.

Algunos días me siento en la cama de mamá y me miro en su espejo. Me pruebo sus pendientes y me echo su perfume. Ya tengo el pelo lo suficientemente largo como para probar sus horquillas. En su armario hay más ropa que en el mío. El lado izquierdo es para su ropa de trabajo. El derecho, para cuando sale. Los vestidos negros ya no son tan negros como antes. Hay marcas de pinzas en sus tops. ¿Por qué no se deshace de su ropa vieja?

Saco dos álbumes de fotos de las estanterías y me tumbo en su cama a mirarlos. Me tienen intrigada las versiones más jóvenes de mí: un bebé regordete con pañales desechables y un lazo rosa en el pelo. De tanto en tanto, aparece mamá. Sólo tenía dieciséis años, era más joven que yo. Sus ojos huyen de la cámara. Cuando me sujeta en brazos, por la expresión de su cara, parece que esté preguntándose: «¿De dónde has salido tú?»

Hay fotos muy antiguas de las vacaciones, la mayoría con la abuela, el abuelo y sus hermanos. Tengo siete u ocho años y estoy de pie junto a una pequeña embarcación conocida como «bote de aluminio». Me acuerdo de un tío abuelo de Queensland que me enseñó a pescar en el río con un cartón vacío de leche. Lo lanzábamos al agua, y, al tirar de una cuerda lentamente, descubría que lo que emergía chorreando era una jaula para cangrejos improvisada. Con frecuencia sólo contenía los enmarañados huesos que utilizábamos como cebo. A veces, sin embargo, aparecía un cangrejo encabritado, tan marronoso y turbio como los manglares. Mi tío abuelo —muerto hace ya muchos años— se ponía a gritar hurras como un loco. Él me enseñó a agarrarlos por detrás para cogerlos. Los cangrejos, enfadados, solían defenderse. Luego los lanzábamos a un cubo que se cerraba con una tapa. Podía oírlos repiquetear y bailar durante horas.

A veces, cuando sacábamos la jaula del agua, una pata o una pinza del cangrejo se quedaba atrás, enganchada en el cartón. Lo que hacíamos entonces era sumergir de nuevo la jaula con la intención de tentar a otros animales con esas partes descoyuntadas del cuerpo.

Por la noche festejábamos nuestra captura. Abríamos a golpes las enormes pinzas delanteras y sorbíamos el dulce jugo de las patas más delgadas. Incluso con las extremidades que faltaban, siempre disponíamos de suficiente comida que compartir. Quizá por eso los cangrejos tienen tantas patas (ocho) y pinzas (dos). Algunos nacen para que los desgarren.

En una calle cercana a la mía vive un hombre al que, hace mucho tiempo, una máquina de empaquetar carne le arrancó un brazo. En primaria nos preguntábamos cosas sobre él —«¿cómo se atará los cordones de los zapatos?», «¿cómo se tomará la cena?»—, con más curiosidad que horror. Intentábamos pillarlo en su jardín, para fijarnos en cómo se bamboleaba la manga de su camisa mientras regaba las plantas. También me acuerdo de la niña de la guardería que nació con muñones en vez de dedos, y de que, el año pasado, cuando acabaron los Juegos Olímpicos, vi desfilar en televisión a todo un ejército de paralímpicos, a pie o en silla de ruedas. En aquel momento no les presté mucha atención.

Todos somos cangrejos desfilando. Son tantas las piezas que nos faltan...

Apago el televisor y voy a inspeccionar la nevera. Vuelvo a comprobar el teléfono. Nada.

Ahora que domino el tema, resulta sencillo hacer que pasen veinticuatro horas.

31

MiA

Doy mi primer paso sin ayuda, pero no hay nadie que pueda verlo. Doy dos más y me agarro a la encimera de la cocina. Con casi dieciocho años, y aquí estoy, aprendiendo de nuevo a caminar. Va a ser más duro que la primera vez.

Mamá está trabajando, pero es con Zac con quien quiero compartir esto. «¡Mira, Zac, sin manos!» Él comprendería la trascendencia de este momento.

Durante la última semana, más o menos, ha habido otras cosas que he deseado compartir con él. La mayoría sin importancia, como una canción que ha sonado en la radio, o un programa de cocina donde han utilizado *dukkah* en una receta. Esta mañana, pensando en él, he preparado tortitas. He estado a punto de enviarle una foto.

Pero no lo he hecho. Después de dos meses de silencio, me ha parecido raro enviarle un SMS con la foto de una tortita.

Zac estuvo llamándome y enviándome mensajes a diario durante siglos, antes de tirar la toalla. Debí responderle, pero no lo hice. No tenía nada que decirle que mereciera la pena. «Vacía. Aún vacía.» Nadie quiere oír algo así.

Hoy, sin embargo, he dado tres pasos sin muletas y estoy deseando contárselo.

Me siento y escribo un mensaje de prueba. Acabo escribiendo hasta diez, y los borro todos. Ciento sesenta caracteres no serán capaces de hacer lo que quiero que hagan.

De manera que, por primera vez en más de dos meses, cierro la puerta a mis espaldas. Voy con muletas hasta la oficina de correos —recorrer un kilómetro sin ellas es exageradamente ambicioso—. Llevo puesta la peluca y un sombrero, por si alguien me reconoce.

En correos me tomo mi tiempo para inspeccionar el expositor de postales cursis. Escojo una con una foto de un río y un cisne negro.

Eh, Zac:

¿Cómo va todo por la granja? ¿Cómo está la pequeña alpaca? ¿O ya es una gran alpaca? ¿Cómo están los hurones y las gallinas locas? ¿Y Bec? ¿Ha tenido un niño o una niña?

Cumpliré dieciocho, igual que tú, dentro de cuatro días. Aún estoy pillándole el truco a esto de caminar, de modo que no me arriesgaré y me quedaré en casa. Salir de marcha podría resultar peligroso.

El otro día volví a conectarme a Facebook. ¿Dónde estabas tú, eh? Supongo que durmiendo, como hace la gente normal... Hace mucho que no actualizas tu perfil. ¿Ya no te interesa o es que el nuevo curso te tiene muy ocupado? Sea como sea, vuelve, ¿ok? ¿Con quién voy a chatear si no a esas horas tan ridículas?

Buena suerte con los exámenes.

Mia

Le pego un sello, pero hay muchos motivos para no echarla al buzón. ¿Qué pasa si la madre de Zac lee la postal y no se la entrega? ¿Qué pasa si no me echa tanto de menos como yo a él? ¿Y si me odia por no haberle respondido antes o, aún peor, se ha olvidado por completo de mí y quedo como una tonta?

Regreso a casa, con la postal burlándose de mí en el bolsillo.

Llego a mi pequeña calle en el mismo momento que el cartero. Sentado en su bicicleta, desliza el correo por cada una de las ranuras. Me saco la postal del bolsillo y, antes de que pueda echarme atrás, se la doy. La lanza a su bandeja como si fuera una entrega más y luego sale disparado. En la lejanía veo cómo va deteniéndose y reanudando la marcha, llevándose consigo mi postal. Mierda.

Quizá el coraje sea simplemente eso: actos impulsivos en los que, a pesar de que tu cerebro grita «¡No!», tu cuerpo sigue adelante.

Coraje o estupidez. Es difícil decirlo.

La voluntaria del Centro para Enfermos de Cáncer me sonríe como si se acordara de mí, pero no puede porque nunca he estado aquí. Fue mi madre quien vino a recoger unas cuantas pelucas para que me las quedara en préstamo. Todas eran feas, pero escogí la rubia porque era con la que menos me parecía a mí. Se suponía que no iba a tener que llevarla tanto tiempo.

La peluca se encuentra en bastante mal estado, por lo que la mujer la mete poco convencida en una bolsa.

—Espero que Rhonda se haya comportado.

—¿«Rhonda»?

—Es mona, pero problemática.

—¿Es que les ponen nombre?

En cabezas de porexpan sin rostro, hay pelucas de todos los tamaños, estilos y colores. Veo que cada una lleva una etiqueta: «PAM», «MARGUERITE», «VIKKI», «PATRICIA».

La mujer toca mi cabello como si fuera de propiedad pública.

—Es bonito. Pareces una actriz.

—¿Una actriz? ¿Cuál?

—Muchas.

Antes del cáncer, mis amigas y yo nos quejábamos, cada ocho semanas, de lo horrorosas que teníamos las puntas, del precio de los productos y los cortes, del daño que nos causaban las planchas para el pelo. El cabello era algo que dábamos por descontado.

Ahora, cinco meses después de la quimio, me ha vuelto a crecer, sano y fuerte. Diría que es de un color algo más claro que antes.

—Castaño almendra brasileña —dijo la peluquera ayer, pasándome los dedos por él—. Te queda bien. ¿Sólo cortar?

Asentí. No recordaba qué decir.

—¿Quitamos unos centímetros? ¿O quieres dejártelo crecer?

—Creo que voy a dejármelo crecer.

—¿Quieres que te lo escale por detrás? ¿Para que coja volumen?

Tartamudeé. Puede que soltara un bufido.

—Me da igual. —No esperaba que fuera a darme tantas opciones.

—¿Y un poco más alrededor del rostro para darle forma?

La peluquera no tenía ni la menor idea de por qué me reía. Y luego lloraba. Sin embargo, me cortó el pelo con mano experta, mientras yo me secaba lágrimas repentinas. No quería perderme detalle. Mechones «castaño almendra brasileña» aterrizaban en el suelo.

Y, aparentemente, hoy parezco una actriz. Tengo mechones que caen cerca de mis mejillas y algunos rizos en el cuello. Pese a todo lo que ha pasado, mi cabello está de vuelta. Mis cejas y mis pestañas son normales. La regla me viene con normalidad, y, cada vez que lo hace, me siento extrañamente agradecida. Incluso el chocolate ha vuelto a saberme a chocolate.

Una niña india, de unos diez años, entra por la puerta del Centro para Enfermos de Cáncer en silla de ruedas. Lleva la cabeza envuelta en una bufanda rosa. Detrás va su madre. En el regazo de la niña hay un ejemplar de *James y el melocotón gigante*.

Hace tiempo que tiene cáncer: conoce a la mujer por su nombre. A pesar de las sombras que se adivinan debajo de sus ojos, su piel es luminosa.

—Hola, Shani, ¿cómo te encuentras hoy?

—Bien.

—Veamos... ¿Quién deseas ser esta semana?

La niña se desanuda la bufanda, y yo me alejo, dejándolas que sigan con su juego de los disfraces.

Paso por delante de los folletos sobre baloncesto en silla de ruedas, consejeros, sesiones terapéuticas con arte, premios «Pide Un Deseo», grupos de amputados y ayuda en el duelo. Salgo y me dirijo a la parada del autobús, donde dos señores mayores y una mujer aguardan sentados.

«Veamos... ¿Quién deseo ser esta semana?»

Una mujer cruza por delante de mí subida a una vespa. Lleva un reluciente casco azul, y una bufanda a topos ondea a sus espaldas. Utiliza las manos para cambiar de marcha y frenar, y me fijo en que no necesita los pies para conducir la moto.

Y pienso que quiero ser ella. Quiero volver a estar en movimiento.

Han transcurrido cuatro días, y sigo sin respuesta. Quizá me equivoqué al escribir la dirección en la postal. Quizá Zac esté demasiado ocupado con los exámenes... O tal vez el cartero finalmente no la envió.

Compruebo mi móvil, pero no hay novedades. Sólo en Facebook encuentro un mensaje por leer.

Pero no es de Zac.

> Miiiia. Me he tomado unos cuantos combinados esta noche, pero sin ti no ha sido lo mismo :-(Ké tal por Sídney? Stás acabando el curso de cosmética? Yo he dejado el colegio, ¿lo sabías? Ahora trabajo en un banco, no muy lejos de dnd vive tu madre. El uniforme apesta, pero al menos me pagan ;-) Te echo terriblex de menos. Shay xx

Me doy cuenta de que yo también la echo de menos.

Dos días después, el buzón continúa vacío. Estoy disgustada, de modo que sigo caminando. Doy la vuelta a la manzana sin las muletas. Estoy de regreso tan pronto que vuelvo a hacerlo, y esta vez llego más allá de la oficina de correos y la hilera de tiendas.

Me detengo frente al banco y echo un vistazo dentro. Shay está de pie tras un mostrador. Le sienta bien el uniforme con el pelo echado hacia atrás. Parece diferente de esa mejor amiga loca que tuve en el instituto.

No me reconoce, ni siquiera cuando dice «El siguiente, por favor», y me planto delante de ella. La sonrisa se le queda congelada durante tres segundos.

—Joder. ¿Mia? ¿Eres tú?

—Hola, Shay.

—¿Qué haces aquí?

—He venido a pedir un préstamo.

—¿Lo dices en serio? ¿No estás en Sídney? Espérame, casi es mi hora del almuerzo. ¿Me acompañas?

En nuestra carrera hacia la cafetería, casi puedo seguirle el ritmo. Nos sentamos a una mesa, y un tipo nos toma nota. Más difícil que correr tras ella me resulta seguir el hilo de su monólogo sobre el banco, pero me esfuerzo por mostrar interés.

—Tienes un pelo estupendo. ¿Es tu color natural?

Asiento.

—Castaño almendra brasileña.

—Muy específico. Gracias a Dios que superaste esa etapa de rubia. Era excesiva, ¿sabes? Intensa. Luego te fuiste... Eh, sigo con Brandon.

—¿En serio?

—Le quiero. No te preocupes, Mia, sé que no eres su mayor... fan.

—Nunca he dicho eso. —¿O sí lo hice?

—Lo notaba.

No recuerdo que no me gustara Brandon o, por lo menos, no recuerdo haberlo demostrado en público. Era del todo inofensivo, cuando no se metía en nuestros asuntos cada cinco minutos.

—Se esforzaba mucho por impresionarte.

—¿A mí? —digo con un bufido—. ¿Por qué?

Shay frota un sobre de azúcar entre el pulgar y el resto de los dedos.

—Tal vez porque eras mi mejor amiga y... porque eras difícil de impresionar. Tú eras Mia Phillips. —Pronuncia mi nombre como si fuera especial—. Todo el mundo quería impresionarte. Ya lo sabes.

Niego con la cabeza. No, no lo sé. No lo sabía. Si Shay supiera por lo que he pasado desde entonces... Hoy son las cosas sencillas las que más me impresionan: despertarme sin dolor, artículos con encanto hallados en tiendas de segunda mano y descubrir que sigo teniendo una amiga.

—Sólo soy Mia. Sólo soy... normal.

En el instituto detestaba esa palabra. Hoy me parece una especie de premio. No el primer premio, si soy sincera, pero sí que es algo.

—¿«Normal»? Y una mierda normal, Mia. Sea como sea, ¿por qué te marchaste a Sídney? Tuvo que haber un chico de por medio.

Me bebo mi batido de vainilla. Por ahora, lo que hay debajo de mis tejanos y de mis botas de caña alta puede permanecer en secreto. Y Zac también. Dios, lo echo de menos. Sin embargo, aún no puedo enviarle un mensaje: le toca a él.

—Volviendo a lo del préstamo...

—Hablaré con los jefes. ¿Para qué lo quieres?

Sonrío.

—Quiero comprarme una vespa de color amarillo canario.

—¡Ja, te lo dije! Normal. Y. Una. Mierda.

32

MiA

Existen setecientos tonos de pintura mate en la ferretería. Ochenta y dos de ellos son azules. El azul opulencia es hacia el que me siento atraída todo el rato. Es un azul de primera hora de la mañana. Un azul que hace cacarear a los gallos. El mismo que vi en el cielo desde la ventana de Zac.

El día en que cumplo dieciocho años, pinto mi habitación de azul opulencia. Mamá se ofrece a ayudarme, y yo le enseño a proteger las cornisas y los marcos de la ventana con cinta adhesiva, tal como hizo Bec. «Una nueva mano de pintura para una nueva alma», dijo Bec al pintar la habitación del bebé de color verde oliva.

—También quiero pintar el techo.

Mamá lo hace por mí. Se pone de pie sobre mi cama, que he cubierto con papeles de periódico. Es más baja que yo, pero tiene más equilibrio. La pintura azul le deja manchas en el pelo y en la cara. Cuando se vuelve hacia mí para comprobar que lo está haciendo bien, le digo que parece un personaje de *Avatar*.

—¿De qué?

—Deberíamos pillar el DVD esta noche.

—Es tu cumpleaños —me dice, como si me hubiera olvidado. De hecho, está en lo cierto—. Puedes pillar también dos bolsas de Maltesers.

Una tarta casera reposa sobre la mesa de la cocina. Como todos los años, mamá ha escrito «Feliz Cumpleaños, Mia» con lacasitos.

Cuando cumplí ocho años, la tarta que me preparaba mamá empezó a mortificarme. Podía notar la forma en que mis amigas del colegio —acostumbradas a tartas con princesas y mariposas— intercambiaban miraditas. «¿Qué pone?», me preguntó una. Las últimas dos letras de mi nombre eran más pequeñas que el resto, y se apretujaban porque mi madre no había calculado bien lo que ocuparía la frase. Sobre un mantel de plástico había cuencos con queso y almendras saladas, pero las niñas querían pan espolvoreado con azúcar de colores, piruletas y Fanta de pomelo. Aquel día me di cuenta de lo pequeña que era mi casa. Por primera vez reparé en las manchas de la alfombra, en los ceniceros a la vista y en el óxido del lavabo del cuarto de baño. Me sentí avergonzada por la esmirriada pastilla de jabón del lavamanos y recordé que las otras madres tenían botellas de jabón líquido, acompañadas de esponjosas toallas. Mi madre era demasiado joven. Tendría que haber estado saliendo con los amigos, bebiendo cócteles y flirteando con hombres en los bares, no rodeada de escandalosas niñas de ocho años que piden jugar a pasar el paquete. Mamá parecía perdida. Entonces fue cuando tomé conciencia de que yo era más madura que ella.

El año pasado, por estas fechas, la tarta se quedó sin tocar, mientras yo celebraba los diecisiete en Freo con una docena de amigos y una mezcla de carnets de identidad auténticos y falsos. Nos emborrachamos, y me puse a bailar encima de una mesa hasta que nos echaron. Llevaba un vestido negro con un cinturón dorado. Me gustó el modo en que me miraban los hombres que esperaban fuera de la cafetería. Me sentaban bien los tacones. Me gustó que me gritaran cosas desde los coches, y la envidia que desperté entre las treintañeras que salían del cine con tejanos y chaquetas. Me gustó que el barman del siguiente club al que fuimos me invitara a vodka «¡Porque es mi cumpleaños!», y que Rhys le pagara al taxista para que nos dejara junto a un parque en el que entramos corriendo y riendo, y montárnoslo al lado de los columpios de los niños. Aquel día tenía el tobillo dolorido, pero pensé que se debía a que había estado bailando con los zapatos nuevos. Durante los cuatro meses siguientes, ignoré el dolor. No era más que un tobillo molesto en un mundo casi perfecto.

Shay me llama por teléfono, pero no consigue convencerme para que salga a tomar algo con ella. No quiero arriesgarme a encontrarme con viejos amigos, después de haberme pasado seis meses ignorándolos. No estoy para pensar en maquillarme o en tener que decidir qué me pongo.

Lo único que me apetece es vegetar frente a *Avatar*, pero ni siquiera esto resulta sencillo. Noto que mamá se pone nerviosa durante la película, y no creo que se deba a que se ha comido la mitad de la tarta y la mayoría de las Maltesers. Había olvidado que el protagonista principal no puede mover las piernas. En la Tierra es un parapléjico, mientras que en Pandora es capaz de correr a grandes zancadas. Se enamora de una alien azul y sexy, y no quiere regresar a la Tierra.

Mamá está angustiada porque hace dos semanas que se me acabaron los antidepresivos, y no he ido a que me dieran más. Me mira de reojo, temerosa de que la película me haga salir huyendo, aunque debo admitir que, de hacerlo, sería de una forma renqueante y a trompicones. Pero no, no es así.

Permanecer tres meses inmóvil, sin prácticamente moverme de casa, me ha enseñado que no soy una estrella de Hollywood. La Tierra es el único lugar a mi alcance, y estoy atrapada en él con una madre imperfecta y una pierna de fibra de vidrio. Soy consciente de que siempre me faltará el equilibrio, que tendré que enderezarme constantemente. Ahora lo sé. Huir no cambiaría las cosas. La costa este de Australia no se inclina en un ángulo diferente.

Más tarde, me conecto a Facebook. Leo a toda velocidad mi perfil, sorprendida por la cantidad de mensajes que me han enviado para felicitarme por mi cumpleaños. Ninguno es de Zac.

Puedo encontrar excusas para que no me haya escrito una postal, pero esto no tiene explicación posible. Seguro que se ha enterado de que hoy es mi cumpleaños. En Facebook, todo el mundo se entera. El único motivo por el que puede habérsele pasado por alto es obvio: se ha olvidado de mí.

Al parecer, sólo han sido necesarios tres meses para que aquello —buenos brazos, risas bajo las sábanas, su afecto tímido— se haya apagado. Quizá el tiempo devora todas las relaciones.

Quizá dentro de unos pocos meses seremos extraños.

Apago la luz. Zac quiere seguir adelante con su vida. Quiere que lo deje en paz.

Y esa maldita estrella sigue brillando como si nada hubiera pasado.

33

MiA

Me encuentro un ramo de rosas rojas en los escalones de la entrada, pero la tarjeta va a nombre de mamá. Al leerla, se lleva una mano a la mejilla.

—¿Quién es?

—Sólo un tipo...

—¿De Internet?

Se encoge de hombros y se da la vuelta.

—¿Cómo es?

—Está bien. No es nada especial.

Antes de que enfermara, mamá se citaba con todo aquel que se lo propusiera. Mantenía a esos hombres en secreto o, por lo menos, creía hacerlo. Para ellos era una candidata a novia de aire enigmático, aunque en privado era una ansiosa madre soltera, incapaz de controlar a su hija. De ella aprendí a fingir y a cambiar de cara, dependiendo de quien tuviera delante.

Para nosotras, nunca fue fácil compartir una casa pequeña. Si yo llegaba a casa feliz, los celos o el resentimiento la impulsaban a intentar borrarme la sonrisa de la cara. Y viceversa. Se producía un constante tira y afloja de emociones, con una de las dos siempre dispuesta a presentar batalla. Ella estaba resentida conmigo por haberle jodido la vida, y yo la odiaba por ser un desastre. Me avergonzaba en público, de manera que aprendí a mantener las distancias. En casa siempre estaba atosigándome: le parecía que era incapaz de hacer una sola cosa bien.

Ya en la cocina, mamá aspira el olor de las rosas. ¿Cómo es posible que a un hombre le sea tan sencillo hacer sonreír a mi madre, cuando a mí siempre me ha negado la más mínima sonrisa?

Al parecer, existe un hombre capaz de ver algo bueno en ella: una mujer de treinta y cuatro años que se limita a hacer lo que puede. Existe un hombre a quien le gusta lo suficiente como para comprarle una docena de rosas rojas, escribirle una nota y venir a entregarlo en persona a la puerta de casa. Hay que armarse de valor para hacer algo así.

Lleno un jarro con agua y coloco las flores. Deseo que sea feliz, aunque yo me sienta sola. Deseo que mi madre reciba amor, aunque yo nunca despierte ese sentimiento en nadie.

Entonces mamá me abraza, y pienso que quizá sí, quizá hay alguien que me quiera.

Cuatro días después, cuando salgo a mirar si hay correo, una furgoneta me cierra el paso.

Un hombre saca una rampa, se mete de un salto en la parte trasera del vehículo y baja una carretilla con un árbol. Atada al árbol hay una pala. Pero ¿qué demonios...?

—¿Dónde lo quieres?

—Aquí no... ¿Para quién es?

Comprueba el sujetapapeles.

—Mia Phillips. ¿Eres tú?

Asiento. El árbol es más alto que yo, y tiene unas ramas gruesas y elegantes con hojas de un verde plateado.

Me enseña mi nombre en su listado de entregas para demostrármelo.

—¿Y qué hago con él?

—A mí no me preguntes, sólo soy el mensajero.

Cuando firmo el recibo, me doy cuenta de que la furgoneta está llena de cajas de cartón con el lema «¡LA ACEITUNA FELIZ!».

—¿Son de aceite?

—Sólo soy el mensajero...

Entonces se ofrece a meter el árbol dentro de casa, y le doy permiso. Cuando termina, se sube de nuevo a la furgoneta, hace un giro de ciento ochenta grados y abandona ruidosamente nuestra calle sin salida.

—¿Mia? —Mamá se contorsiona para poder cruzar la puerta de la entrada—. ¿Qué es esto?

—Podría ser un leccino... o tal vez un manzanillo. Aún es demasiado pronto para decirlo.

—¿Un qué?

—Un olivo. Debemos plantarlo.

—¿Por qué?

—Porque eso es lo que se hace con los árboles, mamá.

Se saca los zapatos e inspecciona el reguero de suciedad sobre la alfombra.

—Pero ¿quién iba a regalarnos un árbol a nosotras?

Sonrío. Aún no ha oído hablar de Zac, ni del modo en que me salvó de las tinieblas.

Encuentra una tarjeta en la maceta y me la entrega. En una cara hay una foto de una flor de un color naranja brillante. La caligrafía del interior no me resulta familiar.

Feliz cumpleaños con retraso, Mia. Espero que lo pasaras bien. Tuvimos que despejar algunas zanjas y desplantar unos cuantos árboles. ¿Crees que podrás encontrarle un hogar a este bebé? Deseo que te encuentres bien.

Wendy y compañía. x

Hubiese preferido una tarjeta de Zac, pero algo es algo. Vuelvo a mirar el árbol de su madre. Interpreto sus hojas suaves como una oferta de tregua.

—¿Cómo se cuida un olivo? ¿Mia?

—No te estreses, mamá, son resistentes. —Recuerdo la lección que Zac me dio bajo el edredón—. Aunque los desatiendas durante miles de años, continuarán dando fruto.

—¿Las olivas son frutas?

Me echo a reír.

—Podemos buscarlo en Google si quieres. Sólo necesitan tierra, agua y sol. Quizá un poco de fertilizante.

—¿Cómo sabes tú eso?

Me encojo de hombros.

—Pequeña manzana, pequeño huevo.

Entre las dos acarreamos el árbol y lo sacamos de casa. Mamá tiene una cita con el hombre de las rosas, y le digo que se marche. Me deja en el jardín con el regalo más extraño que he recibido en mi vida. Motivo suficiente para coger el teléfono y teclear un mensaje.

> Eh, Zac, dale las grcs a tu madre de mi parte. ¿Le dijiste tú ke era mi cumpleaños? Ha sido muy bonito. ¿Algún consejo para plantarlo? :-) Mia

Hay tantas otras cosas que me gustaría decirle... Que las paredes y el techo de mi cuarto son azules. Que el cabello me llega a los hombros. Que pienso en él todo el tiempo.

Sin embargo, prefiero actuar con prudencia y me limito a darle a «Enviar».

Me quedo con el teléfono en la mano, a la espera de que se ilumine y vibre en cualquier momento. Pasan los minutos, no dejo de mirarlo, pero el estúpido móvil se mantiene en silencio. Durante una eternidad.

Zac era aquel que respondía «toc» a mi «tac», y ahora es el chico que me tiene agonizando a la espera de un mensaje. Conseguía que me olvidara del dolor, y ahora es quien me lo causa. Este silencio es un suplicio. Me vuelve loca, y hace que dude de mí misma y de todo lo que me dijo. Una hora sin respuesta. No saber nada me pone enferma.

Sé que no debería hacerlo, pero no puedo evitar escribir otro mensaje. Esta vez, no me reprimo:

Zac, siento haberte dejado así el último día. Toké fondo. Estaba triste. Pero stoy mejorando. Aunke cada vez ke me ignoras vuelvo a tocar fondo. ¿Me odias? ¿Te he perdido? No era mi intención perderte. No desaparezcas. Lo siento. No me odies.

Aprieto, y enviado queda. Una combinación de coraje y estupidez.

Incluso así, no recibo nada de vuelta. Una hora. Dos. Tres. Dentro del bolsillo, el teléfono me pesa como un ladrillo. Sin la amortiguación de los antidepresivos, no hay nada que me impida caer de nuevo por la pendiente del autodesprecio. Siento el tirón de las palabras que me empujan hacia abajo: «eres fea», «indigna de amor», «menuda estúpida, ¿cómo pudiste pensar que iba a quererte?». Siento cómo llegan juntas la pena y la rabia. Y no dejo de caer.

Mierda, necesito hacer algo. Empiezo a cavar un agujero. Sigo las instrucciones de la etiqueta y no paro de cavar, aunque el sol ya se ha puesto.

Llego a los cincuenta centímetros y continúo cavando. Me dan calambres en las rodillas y las caderas, pero voy más y más abajo, sacando piedras.

Debo mantenerme ocupada, tal como indica la guía para los pacientes de cáncer. Me acerco al árbol y le doy la vuelta para sacarlo de la maceta. Luego me arrodillo, lo meto con fuerza en posición vertical en el hoyo y relleno los espacios libres con tierra suelta y algunas piedras. Lo empujo hacia dentro, apoyando el tronco en mis hombros para que quede recto.

Cuando finalmente me pongo de pie, tengo todo el cuerpo dolorido. Mi piel está cubierta de tierra. He perdido la noción del tiempo. Es tan tarde que quizá hoy ya sea mañana. Me duele todo, pero estoy contenta. He sido yo quien lo ha plantado. He hecho algo auténtico.

Ahora el árbol y yo medimos lo mismo. Las raíces estarán sondeando las profundidades para agarrarse a la humedad. Sin embargo, a la altura de mis ojos, sus ramas se presentan serenas y quietas. «Respira, Mia —me digo—. No te muevas.»

Cuando me ducho, se forman remolinos de agua marrón a mis pies. Necesito de toda mi determinación para no odiarme a mí misma. Decido borrar el número de Zac de mi móvil. Debo hacerlo. No tengo fuerzas para un nuevo rechazo.

Mañana me pondré al día con Shay. Quizá incluso le envíe un correo a Tamara, mi amiga de primaria. Cuando se marchó a un instituto femenino, nos distanciamos, aunque posiblemente fue culpa mía. Me gustaría verla. Podríamos hablar de los chicos de nuestro último curso juntas y de todo aquello que sea importante para ella. Cualquier cosa con tal de salir de casa y olvidarme de Zac. De la decepción que supone Zac.

Exhausta y limpia, apago la luz y me meto en la cama. Arranco la estrella fluorescente de la pared y dejo que caiga al suelo.

En ese momento, el teléfono vibra a mi lado. Son las tres de la madrugada:

No te odio, Mia. No stés triste. Lo siento, he estado ocupado. Tengo noticias...

34

MiA

El tren pierde velocidad, y me dirijo al vagón central agarrándome a los asideros. Un niño se fija en mi leve cojera y levanta la vista con expresión interrogativa.

—Se me ha dormido la pierna —le digo, y vuelve a fijar la vista en la ventana.

En la estación de Showgrounds, la puerta se abre a una mezcla de canciones de rock, altavoces y generadores. Desde aquí veo jaulas de metal girando y cayendo en picado, y pequeños miembros que se agitan formando olas. A mi lado, los niños chillan y saltan de las plataformas del tren, y sus padres van detrás con los cochecitos.

Bajo por la rampa, siguiéndolos. La gente se aglomera en el túnel y la entrada al recinto. Filas en forma de oruga se retuercen hasta los tornos de acceso. Me pongo en la cola. Soy la única persona que ha venido sola, la única que está más nerviosa que excitada. ¿Qué pasa si me encuentro con alguien del instituto?

La cola avanza, y sólo hay un motivo por el que yo avanzo con ella.

Llevo ese motivo en el bolsillo trasero.

Hola, Mia:

Saludos desde Los Ángeles, hogar de «Los vigilantes de la playa», los bronceados falsos y los hombres con patines. Papá y Evan están flipando.

Para que lo sepas, este curso está siendo aún más loco que la primera vez que lo hice. Más cosas: tuvimos que podar de nuevo, Anton regresó y nació el pequeño Stu. Por algún motivo, me vi obligado a cumplir con lo de «Pide Un Deseo» y, el día después de hacer el ridículo, estaba en un avión con destino a Estados Unidos: Los Ángeles, Nueva York y Disneylandia. Toda la familia se ha apuntado al viaje.

Ayer hicimos una excursión en autobús para ver casas de gente famosa. El conductor reconoció a una tal Jane Fonda paseando a su perro. Evan jura que vio a Arnie Schwarzenegger.

Mi móvil no tiene servicio itinerante, pero pronto te enviaré otra postal.

Espero que estés bien.

Zac

P.D.: ¿Podrías hacernos un favor? Los Webster han inscrito a Sheba *en la feria de Perth, y Bec quiere una foto. El concurso es el primer domingo a las dos de la tarde. Te pagaré la entrada a la vuelta... o te la descontaré de tu factura de cafés helados :-)*

P.P.D.: Nuestra vecina Miriam se ha propuesto batir un récord: su tarta de frutas, hecha con nuestro aceite de cítricos, ha ganado diez años seguidos.

P.P.P.D.: ¿Te he mencionado que las chocolatinas Freddo Frog son mis favor...?

He leído esta postal cien veces. Es fantástico saber de él, aunque se encuentre en la otra punta del mundo. Más que nada, estoy eufórica porque no se ha olvidado de mí.

Pago los veinte dólares que cuesta la entrada, y empujo el torno para adentrarme en un ambiente que huele a canela, azúcar y perritos calientes bañados en mantequilla. Flotan nubes de polvo levantadas por miles de pies, y percibo un mal olor en el que se mezclan la paja, los animales y el estiércol. No recordaba que la feria apestara tanto, pero nunca había venido sola.

Hace dos años, estuve aquí con otras veinte personas un miércoles por la tarde. Pasamos la mayoría del tiempo haciendo cola para montar en las atracciones y disfrutar luego de unos minutos perfectos volando por los aires en todas direcciones, intentando de forma desesperada no vomitar o mearnos encima. Paseamos por callejones polvorientos, deteniéndonos de vez en cuando a probar suerte en alguna paradita. Antes de irnos, nos dio el punto de comprarnos bolsitas con tonterías: muñequitos de Bob Esponja y Angry Birds, chocolatinas Freddo Frog y artilugios que brillaban en la oscuridad. Mientras esperábamos el tren, inflamos algunos juguetes y nos pusimos accesorios de plástico, recordando los tiempos en que aquellas bolsitas contenían productos de más calidad y en mayor cantidad.

Cuando iba a primaria vine aquí con Tamara y su hermana mayor. Nos desafiamos a subir a la montaña rusa y luego nos pasamos horas reviviendo la experiencia. Nos reíamos tanto que éramos incapaces de comernos las patatas fritas sin atragantarnos. La hermana mayor de Tamara nos impresionó cuando consiguió un enorme perro verde en una prueba de habilidad. Estaba convencida de que no había nadie capaz de ganar uno de los premios del estante superior. Yo también quería tener lo que tenía Tamara: ese perro verde y una hermana mayor. A mí sólo pudo conseguirme un pequeño pingüino, con el que dormí hasta dejarlo destrozado.

De pequeña, la noria era mi atracción favorita. Me acurrucaba en el espacio que quedaba entre mi abuela y mi abuelo. Me encantaba sentir las cosquillas en mi estómago cuando la noria se elevaba hasta su punto más alto, desafiando la gravedad. El recinto ferial se encogía por momentos. «Mira hacia allí, Mia», me decían entusiasmados mis abuelos desde las alturas, con una brisa de aire fresco acariciándome el rostro y el pelo. A continuación, descendíamos y volvíamos a sentir los embriagadores aromas de los aceites y los azúcares, y a oír los gritos que destacaban entre la ruidosa multitud. Recuerdo la noria como una ola infinita de ascensos y descensos, de acercamientos y alejamientos. «¿Podemos repetir?», les preguntaba cuando la inmovilidad me frustraba. Y repetíamos. ¿Qué no habrían hecho mis abuelos por mí? Se pasaban días enteros atendiendo mis caprichos. Al final de la jornada, dejaban el coche al ralentí delante de casa para despedirse de mí con un beso.

«Pórtate bien», solía decirme mi abuela. Yo me quedaba a ver cómo el coche daba marcha atrás, hasta que nuestra calle sin salida se quedaba desierta. Sólo entonces mi madre se decidía a abrir la puerta.

Me parecía normal que las hijas odiaran a sus padres: que les guardaran rencor y no les abrieran la puerta de casa. De manera que no me sorprendió descubrir que yo odiaba a la mía y que el sentimiento era mutuo. Cada palabra que salía de su boca era una crítica. Resultaba más fácil ignorarla que arriesgarme a oír su horrible voz una vez más.

Unas muñecas Kewpie me miran fijamente desde una paradita. No han cambiado lo más mínimo, aunque mis abuelos estén muertos y yo ya no sea una niña.

Respiro hondo y me dejo llevar por la corriente, sin pensar, sólo siguiendo a los demás. Entro con determinación en carpas llenas de humo en las que me dan a probar comida gratis y salgo por el otro extremo, donde me esperan animadores de la feria que intentan conducirme a sus atracciones. «¡Todo el mundo gana!» Avanzo junto a la masa, entre autos de choque y túneles del terror.

El bullicio me envuelve y, en cierto modo, agradezco que el espectáculo se desarrolle como siempre lo ha hecho, con la gente gastándose el dinero en atracciones que duran un instante y comiendo alimentos de los que luego se arrepentirán. Es agradable verse rodeada de color y ruido, a pesar de la amenaza del cáncer y la tristeza por lo que me ha quitado. Quizá otros de los aquí presentes también hayan perdido algo. O, aún peor, a alguien. O estén a punto de hacerlo. De las miles de personas que me rodean, una de cada dos padecerá un cáncer. Una de cada cinco morirá de cáncer... Sin embargo, por alguna misteriosa razón, siguen siendo capaces de estampar sus autos de choque los unos contra los otros y de reírse de sí mismos en los espejos deformantes.

Ahí es donde lo veo.

Rhys pone caras frente a un espejo mágico. Hay una chica guapa a su lado, con un mono de peluche de color morado sobre los hombros.

Me quedo de piedra. Llevo semanas sin pensar en él. Me entran ganas de vomitar.

Ponen poses y se ríen. Él lleva un sombrero que nunca le había visto. La chica me resulta familiar... Creo que iba un curso por debajo del nuestro.

Luego se la lleva de allí, sin dejar de hacer el payaso para que se ría, y lo consigue. Los sigo a cierta distancia, observando la manera en que él coloca un dedo en el bolsillo trasero de los tejanos de ella, igual que hacía conmigo. Rhys compra entradas para la montaña rusa, aunque yo sé que tiene miedo a las alturas. Mientras esperan en la cola, veo cómo utiliza sus viejas tácticas, como ladear la cabeza cuando la está escuchando, para hacerle creer que lo es todo para él. Nada nuevo, excepto el sombrero. La chica sonríe y se da la vuelta para mirarlo, atractiva con sus pantaloncitos bien cortos y su top de ganchillo. Juguetea con el medio corazón de color dorado que cuelga de su collar. Cuando empiezan a besarse, doy media vuelta y me alejo.

Medio corazón no es suficiente, Rhys. También ella acabará dándose cuenta, cuando sea demasiado mayor para esos pantaloncitos, para ese mono y para ti.

Atravieso callejones flanqueada por payasos sonrientes que, al verme, menean la cabeza. «No llores —parecen decirme—. No te atrevas a llorar.»

Si no fuera por la postal de Zac que llevo en el bolsillo, probablemente lo haría.

Hay cientos de jaulas en el pabellón de las alpacas, pero acabo encontrando a *Sheba*. Me mira con sus ojos grandes, como si me dijera: «Ah, eres tú. Sácame de aquí cuanto antes, ¿de acuerdo?»

Es la que peor se porta durante la evaluación de los jueces, oponiendo resistencia cuando quieren inspeccionarle los dientes y valorar la calidad de su lana. Necesita el olor familiar de Bec para calmarse. Sigo los acontecimientos con nerviosismo, rodeada de espectadores jóvenes y viejos que han acudido a presenciar esta extraña ceremonia. El juez, de avanzada edad, se inclina y se agacha, flexiona las piernas y examina. Demuestra sus buenos reflejos al evitar una patada de *Sheba*. El público chasquea la lengua.

Tomo fotografías del momento en que conducen a una *Sheba* sin premio de regreso a la jaula.

No era consciente de que existiera tal cantidad de granjas de alpacas. Tampoco de la variedad de ovejas que van agrupando en el pabellón de «Esquilado y Lana»: Poll Dorsets, White Suffolks, Suffolks y White Dorpers... Granjeros con camisas de franela y tejanos discuten precios. Algunos de los jóvenes me recuerdan a Zac, la forma en que se apoyaba sobre la valla, como si la hubieran colocado ahí para que él pudiera pensar.

Dios, cuánto me gustaría que estuviera aquí. Aunque sé que está disfrutando de unas vacaciones que sólo llegan una vez en la vida. Pensando en él, compro una bolsita de chocolatinas Freddo Frog. En el tren de vuelta a casa, releo la postal, sólo para escuchar su voz.

Tiene gracia. Nunca hubiese dicho que pudiera gustarle Disneylandia.

35

MiA

Seis días después, recibo un sobre procedente de Estados Unidos. Contiene dos cosas: una postal de Zac y una receta escrita con la redondeada letra de Wendy.

Hola, Mia:

Estamos en San Francisco, hogar de las galletas chinas de la suerte y del café irlandés, y con más chalados que en ninguna otra parte. Vimos a nuestro famoso número tres: Robin Williams comiéndose un bagel. *¡De verdad! Menuda suerte.*

¿Qué tal lo hizo Sheba? *¿Miriam consiguió algún premio con su tarta? Mi madre te ha escrito la receta, pero tienes que prometer... «¡¡¡protegerla con tu vida!!!». Menuda suerte la tuya, ja, ja.*

Mañana vamos a Disneylandia. ¿Alguna petición antes de que te compre un recuerdo? ¿O debería adivinar cuál es tu personaje favorito...? ¿Blancanieves? A mi padre le gusta imitar a Mickey Mouse: pantalones altos, panza y voz chillona. Y a Evan le ha gustado Pocahontas de toda la vida, algo que hará bien en mantener bajo control.

Mi madre está loca por acudir a su cita de las 14.00 h con Starbucks.

Deséame suerte.

Zac

No me es fácil imaginarme a Zac en San Francisco. Sin gallos cantores para despertarlo. Ni botas de goma pesadas o guantes rosa largos.

Releo la carta en el autobús que me conduce a la clínica para amputados, donde me ajustarán la pierna. La releo una vez más contando las referencias a la «suerte». Es típico de él emplear esa palabra tan alegremente.

Y no es el único. Durante la quimio, los médicos la usaban cuando hablaban con mamá. Eran conscientes de que más les valía no hacerlo delante de mí. «Es una suerte haberlo detectado en esta fase.» «Es una suerte que esté aislado.» Tras la cirugía, podía oír a las enfermeras en los pasillos. «No se da cuenta de la suerte que tiene.»

En la sala de espera hay una chica un poco más joven que yo. Me fijo en su muñón vendado: en la mitad del muslo. La pillo mirando mi pierna con envidia. «Por debajo de la rodilla», me la imagino pensando. «Qué suerte.» Lleva una peluca que me recuerda lo mucho que me picaba la mía.

Tengo que apartar la mirada. ¿De verdad piensa que he tenido suerte?

Para empezar, fue la mala suerte lo que me provocó el cáncer, ¿no es cierto? La mala suerte me hizo pasar un infierno. Entonces, ¿puede considerarse de repente buena suerte el simple hecho de sobrevivir con tantas partes intactas? ¿Es una suerte poder caminar sin dar muchos bandazos?

Este asunto de la suerte no hay forma de resolverlo. Me gustaría que se limitara a sacarme de quicio y a dejarme cometer mis propios errores. Quiero recuperar el control sobre mi vida y no depender de la suerte.

Quiero hornear una tarta de frutas.

¿Y después?

Quiero hacer otras cosas, como encontrar un trabajo o viajar. Tal vez no pueda permitirme volar a Estados Unidos, pero sí visitar pueblos en los que nunca he estado. Lugares donde la gente no me conozca. Quiero observar un nuevo paisaje con una mirada fresca, igual que hace Zac.

Cuando llego a casa, me meto en la pequeña piscina del patio y me quedo admirando el olivo. Cuando Zac regrese, lo invitaré a Perth, y los dos podremos refugiarnos aquí. Podremos comer tarta de frutas y beber café helado, y él podrá hablarme de Disneylandia.

«Ariel», digo en voz alta, acordándome de mi personaje favorito. De pequeña estaba obsesionada con Ariel, la protagonista de *La Sirenita*, y su precioso pelo rojo y su cola reluciente.

Aún tengo el DVD, y decido entrar en casa para ponérmelo. Me sé todas las canciones de memoria.

Sin embargo, la película ya no es para mí lo que era. Diez años atrás, Ariel me parecía increíblemente romántica por sacrificar su cola a cambio de dos piernas que le permitían estar con el humano que amaba. Había olvidado que la bruja le había robado la voz y lo mucho que sufría en silencio al caminar.

«Vaya timo de intercambio», pienso. «Quédate con la cola», le diría ahora a Ariel.

«Quédate con la cola y canta.»

Hola, Mia:

Como diría Sinatra: Start spreading de news…

No entiendo por qué llaman a Nueva York «la Gran Manzana». ¡Los neoyorquinos sólo toman pretzels, *kebabs y* cofi *negro! Mi madre ha descubierto los brownies de chocolate sin grasa y está comprobando la veracidad de lo que presumen ser.*

Me parece que en cualquier momento voy a ver salir a Jerry y Elaine de un diner. *Mañana haremos un tour de «Seinfeld», por lo que todo es posible. Mi madre incluso me ha comprado un trivial sobre la serie, que de tan cutre resulta divertidísimo. Ya puedes estar empollando porque, cuando regrese, voy a patearte el culo (como diría George, mi personaje favorito).*

Tengo que irme.

Zac

P.D.: También me ha llegado el rumor de que Emma Watson está en la ciudad... No es por nada.

Las cartas de Zac están encajando en un patrón reconfortante. Me encantan sus comentarios y los desafíos que no deja de lanzarme al azar. Sé que sólo intenta mantenerme ocupada. Pero funciona.

Siempre que suena el teléfono, lo cojo con la esperanza de que sea él. Quizá allí sean las tres de la madrugada y se sienta solo en «la ciudad que nunca duerme».

Esta mañana, sin embargo, mamá me ha ganado en la carrera hacia el teléfono fijo. Responde a unas cuantas preguntas con cara de sorpresa y tapa el auricular.

—Es de la clínica para amputados. Quieren que vayas.

—¿Por qué?

Sólo han pasado dos semanas desde que fui a hacerme el último ajuste.

—Hablan de una prueba. Para tu nueva pierna.

—Pero... si ya tengo una —le recuerdo, tocándome el molde de fibra de vidrio. Según me dijeron, ésta debería durarme varios años—. Probablemente sea para la otra chica —le digo, recordando al mismo tiempo la forma en que me miró.

Mamá cuelga el teléfono.

—Qué raro. Dicen que la nueva es de fibra de carbono.

Estoy en una tienda mirando unos DVD, cuando lo noto. Una sensación rara en el pecho.

Primero me recuerda a las mariposas que solía sentir al subirme a la noria. Pero estoy pisando tierra firme, no hay ningún motivo para ello.

Repaso las series de televisión dispuestas alfabéticamente en los estantes. Muchas están ambientadas en Nueva York. Les doy la vuelta para mirar la cubierta por ambos lados. Las calles de Nueva York me resultan familiares gracias a series y pelis: los taxis amarillos, las aceras amplias, los edificios de viviendas estrechos. Incluso el *skyline* de Nueva York me resulta reconocible.

Las ideas surgen de este modo: a partir de la convergencia de dos cosas que no están relacionadas. La primera: un estuche con un DVD de «Friends». La segunda: el recuerdo de una postal. Dos imágenes topan igual que dos desconocidos que intentan cruzar una puerta al mismo tiempo. Se empujan, piden disculpas y se apartan a un lado, pero aun así... algo ocurre.

Algo aletea en mi pecho.

De vuelta en casa, veo episodios de «Seinfeld» como si buscara en ellos a Zac. ¿Por qué de golpe me resulta tan difícil imaginármelo allí?

Releo sus postales y su carta. No hay duda de que es su letra. También es el estilo de Zac. Su despreocupada manera de hablar de los famosos. Del tiempo que hace. De la obsesión de su madre por los Starbucks.

No obstante, ahora que lo pienso, hay algo que no me cuadra. En las pocas ocasiones en que he hablado con Wendy, siempre me ha ofrecido té.

Paso los dedos por la esquina derecha del sobre. Lleva una pegatina del servicio de correo aéreo, un sello azul de dos dólares con veinte centavos, y un dibujo del *skyline* de Nueva York. Es el antiguo *skyline*, cuando aún existían las Torres Gemelas.

Hace más de una década que cayó el World Trade Center. Me pregunto por qué motivo sus edificios continúan apareciendo en los sellos, cuando incluso las viejas carátulas de los DVD de «Friends» han sido actualizadas para mostrar un *skyline* sin las torres. ¿Con qué motivo se arriesgaría un país a reabrir viejas heridas?

No es temor lo que siento. El temor es un ancla en las tripas. Es perder el cabello, dejar el colegio, despertarte sin una pierna y desear estar muerto. Pesa y te aplasta.

Lo que siento se localiza más arriba, en la caja torácica. Se parece más a la agitación que produce el miedo, pero desconozco el motivo. Tras haber pasado por tantas cosas, ¿qué podría asustarme a estas alturas?

Estudio la otra postal y el otro sobre con los sellos que aseguran proceder de «Los Ángeles» y «San Francisco».

¿Debería extrañarme que no incluyan fecha? ¿Es una casualidad que los círculos de los matasellos coincidan exactamente con el tamaño de los sellos? ¿Y que las esquinas se desprendan con excesiva facilidad, como si hubieran sido despegadas anteriormente?

No hay motivo para pensar que Zac no se encuentra en Nueva York, haciendo todo lo que me cuenta.

Pero hay unas alas gigantes batiendo en mi corazón, y lo sé.

Lo sé.

Sé que me están engañando.

36

MiA

Llamo al número que pone en la web.

—La Aceituna Feliz, aceite de oliva y granja para niños.

—¿Bec?

—Sí.

—Estás aquí.

—Sí... ¿Quién eres?

—¿Has regresado?

—¿Regresado de dónde?

Cuelgo el teléfono.

Pruebo con el móvil de Zac, pero no responde. Me lo imagino mirándolo y dejando que suene. ¿Sabrá que lo sé?

Las alas dentro de mi pecho se han convertido en las de un pájaro asustado. Nada ayuda: el aire del patio, el árbol con cinco aceitunas verdes. Sus agradables y relajantes hojas. Muchos mensajes contradictorios.

—La Aceituna Fel...

—Bec.

—¿Quién eres?

—¿Está Zac?

Silencio.

—¿Mia?

—¿Está?

Una cabra bala a lo lejos. Cacareo de gallinas.

—Está en casa.

—Pero él me dijo que...

—Lo sé.

Mi voz se desmorona.

—¿Por qué haría algo así?

Debo de ser una persona horrible para llevarlo a estos extremos: cartas falsas, sellos antiguos, todos esos clichés sobre Estados Unidos... con el único fin de evitarme. Toda su familia debe de estar en el ajo, riéndose de mi credulidad... De mi fealdad.

—Mia —dice Bec—. Mia, él no quería...

—No tenía ninguna necesidad de mentir. Si tanto me odia...

—Él no te odia, Mia...

Qué estúpida fui por creer que podría gustarle, cuando toda su amabilidad estaba dirigida a conseguir que me fuera, a intentar que desapareciera de su vida de una vez por todas.

—Mia, le dije que no...

—¿Es por mi pierna?

—No es por tu pierna. No es por nada que...

—No lo molestaré más.

—Mia, está enfermo.

Todo se detiene, excepto esa palabra... Esa palabra que se hace añicos en el aire, que se desprende del resto de la frase, enviando pequeñas olas a través del patio, arrancando cada una de las hojas del árbol. Cinco aceitunas dejan colgando sus pequeñas cabezas.

En el mundo normal, «estar o ponerse enfermo» significa tener un resfriado... Dolor de cabeza, la garganta irritada. O una simple queja: «me pone enfermo tener que hacer eso», «ella me pone enferma...».

Pero en el nuestro significa otra cosa.

Había dado por sentado que seguía bien. Pensaba que, tras haberle tocado sufrir algo así, había logrado salir indemne. Pensaba que podría vivir de nuevo como las personas normales con médulas espinales normales. Se suponía que era él quien debía darme fuerzas. Quien debía distraerme y recordarme lo afortunada que soy.

No es justo. Siempre he sido yo la afortunada, parte de ese noventa y ocho por ciento, y nunca lo he merecido.

¿Zac?

El pájaro se libera bruscamente, gritando mientras alza el vuelo por encima de la valla, dirigiéndose sin demora hacia el sur.

Mi cáncer era un perro mordiéndome el tobillo, negándose a soltarlo. Pensé que todos los cánceres eran así, que se dedicaban a agarrarse con ferocidad al hueso, hasta que eran cortados y eliminados. Pero no lo son. Por lo menos no el de Zac.

Debería haber sospechado algo. Zac había dejado de actualizar su cuenta de Facebook, igual que hice yo. Se recluyó en ese lugar oscuro donde no tienes que ser fuerte ni divertido. Debería haberme dado cuenta de que estaba escondiéndose, porque yo me escondí antes que él.

Una web me lleva a la siguiente a medida que me abro camino a través de páginas de ayuda, foros, blogs y diarios *online*. No tenía ni idea de que fuéramos tantos. Cuando estaba enferma, creía ser la única.

Quién iba a decirme que se podía extraer la sangre y la médula espinal a alguien, y reemplazárselas ambas, para acabar viendo cómo el cáncer reaparece meses después.

Al contrario que en mi caso, Zac no tiene nada que puedan cortarle... La leucemia penetra en la sangre y en los pulmones, en el corazón y en el estómago. En todo aquello que lo hace ser quien es: el chico que se atrevió a golpear la pared, que prefiere inventar mentiras antes que arrastrarme a su tristeza. Incluso ahora intenta protegerme.

Mamá me encuentra en mi habitación, a oscuras y con el iPod en modo repetición. Mientras esté lo suficientemente alta, me da igual la canción que sea.

Se detiene en la puerta.

—¿Otra vez te duele? —me pregunta, pero yo niego con la cabeza y me doy la vuelta.

¿Por qué todo ha de girar en torno a mi pierna? Hay cosas peores.

Debería evitarme cuando estoy así. La música es la señal para que se marche.

Esta noche, sin embargo, la invito a entrar. Recuerdo una cosa que le oí decir a Bec una vez: «Cuanto más patalea y lucha un animal, más necesario es atraerlo hacia ti.»

Mamá me atrae hacia ella y me convierto de nuevo en una niña... En una niña aterrorizada. Acaricia mi pelo mientras le hablo del chico de la habitación número 1. El chico encantador que pegó de nuevo mis pedazos rotos.

—No debería haberme mentido.

—Pensó que era lo mejor.

—Debería habérmelo dicho.

—Todo el mundo lo hace lo mejor que puede, Mia.

—¿Y yo, qué puedo hacer yo?

—Duerme un poco. Mañana lo pensaremos.

Me ayuda a meterme en la cama y me coge las manos. Antes de abandonar la habitación, apaga la música y la luz.

No puedo dormir. En la oscuridad, leo en Internet homenajes a niños fallecidos. Niños que seguían creyendo en Papá Noel. Veo vídeos de adolescentes sin cabello, aburridos en su aislamiento... Tan aburridos como debió de estarlo Zac. Leo blogs de pacientes que lucharon la primera vez, que volvieron a luchar al recaer, y que se quedaron sin energías al tercer o cuarto intento. ¿Cuántas veces antes de rendirse? ¿Cuántas veces pudieron pasar por esto?

¿Cuántas veces podrá Zac?

Me obligo a no hacer caso de las webs con estadísticas y me concentro, en cambio, en las historias de los supervivientes. Espero que él también las lea.

Leo acerca de pacientes que han tenido que someterse a cuatro tratamientos. Incluso entonces se producen éxitos. Los hay hasta después de cinco. Una mujer recibió seis trasplantes de médula espinal en diez años y sigue viva, con la sangre de unos desconocidos coloreando sus mejillas. Doce años en remisión, prosperando gracias a una dieta vegetariana. Hay otros que también han luchado durante mucho tiempo y han acabado ganando, al parecer gracias a la acupuntura, o a la espirulina, o a la hierba de trigo, la vitamina B, el yoga y la oración.

Espero que no se haya cansado de luchar.

Son las tres de la madrugada, y la cabeza me va a toda velocidad. Entro en Facebook, deseando que esté ahí, con su puntito en verde como una estrella lejana.

Por supuesto, no lo está. Aun así, decido escribirle un mensaje.

> Zac, no puedes seguir mintiéndome. Sé ke estás en ksa. Me lo ha dicho Bec.

Pero no me gustan esas palabras. Parecen... acusadoras. Recuerdo la paciencia que él demostró conmigo en el hospital.

Vuelvo a empezar lentamente. Dejo que me caigan las lágrimas.

> Hola, Zac:
> Ké tal Nueva York? ¿Hace frío? ¿Es verdad ke sale vapor de las alcantarillas? ¿Tiene la pinta de un gran decorado de cine? No te aburriré con mis novedades. Tu vida es mucho más interesante ke la mía.
> ¿Cndo vuelves a ksa? Me he kedado sin peras y no me vendría mal comerme una tostada de keso decente. Soy incapaz de ke me salgan bien. ¿Cuál es el secreto?
> He pensado ke aún no te he dado las grcs. Así ke... grcs.
> Siempre supiste ké decir y ké no decir. Gracias por dejar ke me quedara en la granja, aunque te causara problemas.
> Gracias por preocuparte y no tirar la toalla cnmgo. No le diste importancia a mi pierna ni a mi cabello (quizá a mi cabello sí, un poco...). Me aceptaste como era, no por lo ke no era. Me hiciste creer ke la vida podía continuar. Ke yo quería ke así fuera.
> Si recibes este mnsje (eso si no me acobardo antes y lo borro), podrías responderme? Sé ke stás ocupado en Nueva York acosando a Emma Watson, pero si entras en un cibercafé y

ves este mnsje, responde, por favor. Me gustaría volver a leer tus erratas.

:-)

Te kiere,

Mia

P.D.: Siempre dijiste ke era afortunada, y empiezo a creer ke qzá tenías razón. Nunca pensé ke iba a tener la suerte de conseguir un amigo como tú. Eres la mejor persona ke ha golpeado mi pared.

Escribir esto me ha consumido por completo. Me siento exprimida.

Hasta ahora había escrito sólo sobre mí... Todo ha girado siempre a mi alrededor.

Necesito que este mensaje sea para él.

37

MiA

Por la mañana, mamá me encuentra dormida sobre el portátil, con los dedos aún en el teclado.

—Mia...

—¿Por qué no me lo dijo?

—Vamos, Mia. Ven a lavarte la cara.

Me quedo en el cuarto de baño, mientras mamá llama a la granja. Oigo retazos de la conversación, pero soy incapaz de seguirla.

—Bec me ha dicho que somos bienvenidas —me explica después—, pero no quiere que... perdamos el tiempo.

—¿Y qué quiere Zac?

Mamá niega con la cabeza, sin comprender.

—Bec dice que no habla.

—¿Que no habla? ¿En absoluto?

—Va al colegio, pero en casa... no. No habla sobre la recaída. ¿Tú quieres ir?

—No puedo presentarme por las buenas.

—¿Quieres ir?

—Mamá, él no quiere que vaya.

—No intentes adivinar lo que pasa por su cabeza, Mia. Piensa en lo que hay en la tuya. —Me pone las manos sobre los hombros—. ¿Qué quieres hacer?

¿Yo? No tengo la menor duda. Todo mi cuerpo se siente empujado hacia él.

• • •

Mamá llama al trabajo.

—Lo siento, Donna, ha surgido algo... No, Mia está bien. Se encuentra muy bien. —Mamá sonríe, y veo el alivio que le supone poder decir eso—. Muy bien, de verdad. El cabello ya le llega por los hombros. No, se trata de otra cosa. Necesitaré unos cuantos días, ¿de acuerdo?

Cancela su cita con el hombre de las rosas —descubro que se llama Ross— y tiene que responder a las mismas preguntas de rigor.

—No, se encuentra bien. Está muy bien, de verdad.

No entiendo por qué gente a la que no conozco se preocupa por mí ahora de ese modo. ¿Qué temores ha estado compartiendo mi madre con ellos que no ha compartido conmigo?

La acompaño al garaje, donde llena los depósitos del agua y el aceite al máximo. Luego comprueba que la rueda de recambio esté en condiciones. Nunca ha dado muestras de sentirse temerosa por mí. O por lo menos a mí no me lo ha parecido. Irritada, sí. Agobiante y controladora, por supuesto. Sin embargo, jamás imaginé que tuviera miedo de perderme.

Y yo ansiaba tanto que me perdiera...

Coge una maleta. La llenamos con algo de ropa y repasamos los armarios de la cocina en busca de botellas de agua y aperitivos.

También coge toallas y mantas, y las guarda en el maletero del coche a toda prisa. Es muy eficiente a la hora de escapar... Mucho más que yo.

Sube la puerta del garaje y pone en marcha el coche.

—¿Mia?

Soy incapaz de moverme.

—Mia, ¿vamos?

Zac no quiere que vaya. Lo único que desea es desaparecer, y no puedo culparle. Si fuera yo, querría salir pitando hacia la Gold Coast y montar una buena antes del final: fiestas, drogas, desconocidos en habitaciones de hotel. Que se joda el mundo y toda su mala suerte. Que se jodan los médicos, las agujas y el dolor. Que se jodan Google y sus estadísticas, porque no significan nada cuando es de tu vida de la que hablan.

—¿Vamos?

—No podemos curarlo, ya lo sabes.

—Lo sé.

—No podemos simplemente presentarnos y pretender que se cure.

—En ese caso, sólo nos presentamos. Toma.

Me pasa un viejo mapa de carreteras, y me concentro en encontrar la mejor manera de salir de nuestro barrio y del siguiente, zigzagueando hasta dar con la entrada a la autopista de Albany. Una vez en ella, al coche parece costarle horrores avanzar a medida que la carretera se eleva por delante de nosotras. La ciudad va encogiéndose por el retrovisor.

—No quiero ir.

—Lo sé.

Dejo el mapa a un lado. Vamos a tardar cuatro horas en cubrir la ruta.

—Así que ha vuelto... la leucemia.

Mamá asiente.

—¿Cuándo tendrá que ir de nuevo al hospital?

Es egoísta por mi parte, pero pienso que si Zac viniera a tratarse a Perth, podría ir a visitarlo siempre que quisiera.

Mamá mantiene los ojos en la carretera.

—No estoy segura de que vaya a hacerlo.

La autopista desciende y se curva al ir ganando velocidad. De forma natural, el extrarradio da paso a zonas boscosas, y éstas a prados tan verdes que uno diría que han extendido alfombras para los corderos. Por todas partes hay campos de colza formando luminosos rectángulos amarillos. Aquí fuera, el mundo tiene un aspecto tan dulce como la miel. Los árboles lucen pálidos y ligeros.

Sin embargo, de vez en cuando percibo las delgadas sombras que forman los pájaros y sé que aún queda mucho que temer.

· · ·

Al acercarnos a un pueblo, reducimos la velocidad de 110 a 90 y 60 km/h. Cruzamos por delante de unas cuantas casas con paraditas en las que venden fruta, y luego vemos una agencia inmobiliaria y un restaurante de pollos para llevar. El lugar me resulta familiar, pero hasta que paramos en la gasolinera no consigo recordarlo. Aquí es donde le dije a un tipo que me había atacado un tiburón. Donde Zac y yo compramos Chiko Rolls y nos los comimos tomando el sol.

Mamá llena el depósito.

—¿Sabes lo que es un Chiko Roll? —le pregunto.

—Claro. Yo trabajé aquí.

—¿Aquí?

Miro alrededor. No hay mucho más, aparte de la gasolinera y sus cuatro surtidores. Junto a ella se alza una fábrica de ladrillos y, al otro lado de la carretera, un huerto.

—Por aquel entonces, no era de autoservicio. Teníamos que llenar nosotros el depósito.

—¿Y cuándo trabajaste tú en una gasolinera?

—Cuando mis padres eran los dueños.

—¿De ésta...?

—Crecí aquí. Nuestra casa estaba en la esquina.

—¿Por qué no me lo contaste nunca?

—Lo hice.

Aunque lo hubiera hecho, yo no lo recordaría. La historia y la geografía siempre fueron las asignaturas que menos me gustaron.

La manguera bombea, y mamá se queda mirando la hilera de números, que va haciendo tic, tic, tic. Me pregunto cuántas veces se habrá apoyado en los coches, mirando el avance de los dígitos.

—Aquí conocí a tu padre.

Me aparto del coche para examinar el surtidor en toda su sucia y apestosa trascendencia. ¿Es éste el punto de origen de mi vida? El surtidor número 2, sin plomo.

—He dicho que lo conocí aquí —me aclara mamá, como si leyera mis pensamientos—. Tú fuiste concebida a unos veinte kilómetros en esa dirección. Semanas después. Junto a un río.

—Repugnante.

—Has preguntado tú.

—No, no lo he hecho. ¿Quién era él?

—Ya te lo he contado.

—Pues cuéntamelo otra vez.

—Se llamaba Chris. Un comercial de Perth. Le puse veinte dólares a su Magna. Tenía la ventanilla bajada y estaba cantando una de Silverchair. Me pilló cantándola con él mientras le limpiaba el parabrisas. Me dio un dólar de propina.

—¿De qué color era su coche?

—Rojo.

—¿Era alto?

—¿Qué importa eso?

—Porque yo soy más alta que tú. ¿Lo era?

—No mucho. La verdad es que no.

—¿Te pidió el teléfono?

—Entonces aún no había móviles, Mia. A la semana siguiente, regresó a llenar el depósito en aquel surtidor. —Mamá señala el número 3—. Ese día estaba cantando una de Powderfinger.

—¿Y luego?

—Siguió viniendo.

—¿Te gustaba?

Mamá suelta el gatillo, y el surtidor se detiene. Cuelga la manguera, enrosca el tapón del depósito y parpadea lentamente delante del surtidor, como si se tratase de él, dieciocho años atrás.

—Creí que sería mi billete para abandonar este lugar.

—¿Y lo fue?

—Lo fuiste tú, Mia.

Abandonamos la gasolinera y atravesamos la calle principal del pueblo. Pasamos por delante de un local donde hacen hamburguesas para llevar, una carnicería, un quiosco y un parque. Hay señales que indican la presencia de un colegio y de un hospital. Una hilera de casas se extiende por detrás de la autopista. Supongo que se trata de un barrio apartado, pero no del tipo en el que me gustaría vivir.

Intento imaginarme a mi madre como una colegiala que se ríe con sus amigas en el parque, contándoles que el hombre que conduce un Magna es mucho más sofisticado que los chicos del pueblo. La veo vistiendo un uniforme corto, bebiendo coca-cola con una pajita y disfrutando de la palabra «sofisticado».

En cada esquina veo fantasmas de mi madre. Conduce lentamente, como si ella también pudiera verlos.

Reduce aún más la velocidad y, al final, aparca frente a una panadería. La sigo por la acera, y cruzamos unas tiras de plástico que hacen las veces de puerta. El lugar apesta a levadura.

—Ha cambiado. —Mamá frunce el ceño, decepcionada—. En este obrador solía haber bandejas muy largas con donuts de mermelada.

Los donuts del expositor son pequeños y están espolvoreados de azúcar. No me importaría comerme uno, pero mamá pide otra cosa.

—Cada día, al salir de clase, solíamos sentarnos a una mesa del rincón a comer pastelitos de almendras.

—¿Y estabais gorditas?

—Bonnie era como un palillo, y Clare... algo más voluptuosa... en los lugares más convenientes.

Llevo los pastelitos de almendras y los cafés helados a una mesa, y barro con la mano las migas del hule de plástico.

—¿No quieres que nos pongamos en marcha?

Niego con la cabeza. No hay prisa. Independientemente de la hora a la que lleguemos a casa de Zac, el resultado va a ser el mismo. Si he de ser sincera, no me apetece nada ir.

Mamá abre las bolsas.

—No son como antes.

—¿Y qué hay de ti? ¿Cómo eras entonces?

—Era... normal.

—Normal, y una mierda. —Me río, recordando las palabras de Shay—. ¿Te gustaba el colegio?

—Era mejor que trabajar en la gasolinera.

—¿Tu asignatura preferida?

—Biología.

—Qué raro. ¿Y qué te pusiste para ir al baile de graduación?

Por algún motivo, me imagino a mamá vestida de terciopelo azul y con una gran flor en el pelo.

—No fui, Mia. Dejé el colegio para tenerte a ti.

De manera que no existió un vestido de terciopelo azul, sólo una adolescente embarazada subida a un coche con sus padres. Los tres en dirección a Perth, donde nadie se enteraría de la vergüenza que había recaído sobre mamá. Supondría un nuevo inicio para los tres... Los cuatro.

—¿Qué fue del hombre del Magna?

—Mia, ya te lo he contado...

—No, no lo has hecho. Cuéntamelo ahora.

Con el tenedor juguetea con el pastelito. No le quita ojo.

—Me dijo que me llevaría con él, pero no lo hizo. Nunca regresó.

Me viene a la mente una imagen de mamá, como un espectro del pasado. Está de pie, inmóvil, en la gasolinera. Mirando hacia la carretera. Esperando. Engordando con su secreto. Con el corazón roto y desamparada.

—¿Dónde estaban Bonnie y Clare?

—No lo sabían. No se lo conté, ni siquiera cuando me fui.

—¿Por qué no?

—Me sentía humillada.

—¿Por mi culpa?

—Porque les había estado hablando sobre una vida de ensueño con aquel hombre salido de una fantasía... Una fantasía que jamás se hizo realidad.

Ahora veo a mi madre de un modo distinto: una acumulación de pastelitos de almendra y coca-colas, letras de canciones aprendidas de memoria y sueños de una vida mejor en algún lugar lejano. La veo como una adolescente que sólo busca que la quieran. Una adolescente que, al igual que yo, prefiere esconderse a dejar que los otros descubran cómo es en realidad: imperfecta y avergonzada. Sin conocer la victoria, sólo la derrota. Con miedo. Huyendo.

¿Por qué huimos?

—¿No echas de menos a tus amigos?

—Esto es agua pasada. Debería haber comprado un par de erizos de almendras.

—¿Te arrepientes de haberme tenido?

—No, Mia. Ya te lo dije.

Aunque lo hubiera hecho, yo no lo recordaría. Desde el momento en que me obligó a llevar aparatos cuando iba a primaria, he bloqueado la mayor parte de lo que me ha dicho o contado. «¡Es para que no acabes con los dientes torcidos como yo!» Seis meses de discusiones que al final perdí. Desde entonces, siempre que podía la desafiaba, desobedeciendo sus órdenes. «Plánchate la ropa.» «Haz los deberes.» «Pon los hombros rectos.» «Quédate en el colegio.» «No salgas con ese chico.»

Lo bloqueé todo. Y luego: «Ampútenle la pierna. Salven a mi niña.»

Yo no era consciente de que, con eso, estaba diciendo que me quería.

—Vuelve a contármelo, mamá.

La bolsa de papel con los dos erizos de almendras vibra sobre el salpicadero. Hace un buen rato que hemos dejado atrás el pueblo, cuando mamá suelta una maldición.

—¡Mierda! ¿He pagado la gasolina?

Repaso la visita a la gasolinera: mamá apoyada en el coche; mamá hablándole al surtidor.

Me río.

—No.

—Mierda.

Se muerde el labio y me mira, pero no da marcha atrás.

—Siempre podemos parar cuando volvamos a Perth...

Ambas sabemos que no lo haremos. Ninguna de las dos quiere regresar a esa gasolinera.

Un recuerdo fugaz me obliga a tomar aire.

—El Chiko Roll —digo—. Yo desafié a Zac a comérselo. Quizá enfermó por culpa de eso.

—No, Mia.

—Tenía una lista larguísima de cosas que no podía comer. No sabíamos lo que llevaba. No debería haber...

Mamá me pone una mano en la pierna.

—Mia, el Chiko Roll no hizo que se pusiera enfermo...

Mis lágrimas salpican el dorso de su mano.

—Pero... ¿y si lo hizo?

—No lo hizo.

—¿Y si todo esto es culpa mía?

—No lo es.

—Es mi amigo —digo entre lágrimas—. Mi mejor amigo.

—Entonces, no lo abandones.

38

MiA

Las ovejas miran en nuestra dirección y luego bajan la cabeza para seguir mordisqueando la hierba. El atardecer diluye el cielo. Mamá apaga el motor.

«¡LA ACEITUNA FELIZ! ACEITE DE OLIVA Y GRANJA PARA NIÑOS.» Una flecha indica el camino a la entrada. Después vendrá otra que señalará el de la tienda, las ovejas y las alpacas. A continuación, el cartel que dice «PROHIBIDA LA ENTRADA-RESIDENCIA». Y más allá, una casa. Dentro, una habitación con cortinas naranja.

Sin embargo, yo no voy a ninguna parte. Estoy agotada. Aunque quisiera, mis extremidades serían incapaces de moverse.

—Mia...

—Entra sin mí.

Ojalá estuviera en un autobús, alejándome de este lugar. O en un avión, bien alto y bien lejos, sobrevolando todo esto, huyendo hacia donde la vida es sencilla.

Mamá enciende la radio. «Chis», me dice, mientras sintoniza una frecuencia. «Chis.» La canción por la que se decanta es tranquila y acústica, del tipo que tararearía Bec mientras pinta. Del tipo que me hace llorar, sea cual sea la letra.

No soy lo suficientemente valiente. ¿Qué ayuda puedo ofrecerle a Zac, si me deshago con una estúpida canción?

Mamá vuelve a frotarme la espalda. También llora. Tampoco es lo suficientemente valiente.

Se disipan los últimos restos de luz natural. Entre las sombras granuladas, diviso a un hombre entrando en uno de los corrales. Esparce comida a sus pies, donde se arremolinan las cabras.

Creo que es mayor que Zac y tiene el pelo más claro. ¿Evan? Sólo lo vi una vez.

Aparta a una cabra de su lado y se seca las lágrimas con el dorso de la manga. «Dios mío —pienso—, él tampoco es lo suficientemente valiente.»

Bec es quien viene a recibirnos. Le ha crecido el pelo, parte del cual lo agarra el puño de un bebé. Me da un beso en la mejilla y me dice que tengo buen aspecto.

—Éste es Stu —dice, moviendo uno de los rollizos brazos del pequeño.

Le agarro la mano. Tiene los ojos de Zac, aunque los suyos son más azules que grises.

—Es muy mono.

—Me ha salido mono, ¿verdad?

Acompaña a mamá a la habitación de invitados, donde dejan la maleta.

—¿Quieres cogerlo?

Oigo a mamá interesándose por el bebé, como se espera que haga. Pregunta cuánto tiempo tiene, cuánto mide, si duerme bien, qué hace con las manos. Lo mece de camino a su habitación.

Yo me quedo en el comedor: el fuego de la chimenea me tiene hipnotizada. Suelta latigazos y lametazos, devorando todo aquello a su alcance. Parece querer empujar el cristal, furioso al verse atrapado.

Desde la habitación del bebé, Bec baja la voz, pero no lo suficiente.

—La primera vez, demostró mucha fuerza... La segunda, todavía más... —Se supone que los susurros de Bec no

264

deberían llegar hasta mí—. Pero en esta ocasión... Creo que ha tirado la toalla.

—¿Qué quieres decir?

Mamá no es consciente del modo en que la enfermedad te envuelve, de cómo es capaz de aplastarte si la dejas.

—Está roto.

Si pudieran, estas llamas destrozarían el cristal y se extenderían por el parquet, comiéndose los muebles, las paredes, la casa entera... y a mí con ella.

—Tú debes de ser Mia.

La voz me hace dar un respingo. Me pongo de pie, pero no puedo ver al hombre que me habla. El resplandor de las llamas me ha cegado momentáneamente.

—De modo que fuiste tú quien causó todo el dolor...

—¿Qué?

Sacudo la cabeza, intentando recuperar la visión.

—Bec aún se queja de aquella vez que la depilaste con cera. Asegura que fue peor que dar a luz. Aunque hiciste un buen trabajo con sus pestañas y sus cejas.

Distingo los contornos de Anton, pero su cara se me escapa.

—¿Me he pasado echando leña al fuego?

—Puede...

—Están acostando al pequeñajo. ¿Te apetece un refresco?

—No, gracias.

—¿Un té?

—No, estoy bien.

—¿Cuánto tiempo vas a quedarte?

Pestañeo con la esperanza de que el resplandor se retire detrás de mis párpados.

—No lo sé... No creo que lo haga.

—Qué bien que hayáis venido —me dice, pero yo niego con la cabeza, incapaz de creerle—. Bec está muy contenta. Y Wendy. —Se apoya en la pared. Por fin distingo que su pelo es rubio. Su piel está bronceada. Tiene un rostro amable—. Tú eres Mia, ¿no?

—Sí.

—¿La auténtica Mia? ¿Por la que Zac le puso *Mia* a una cría de alpaca?

Lo estudio para ver si está siendo sincero, y asiente con la cabeza. No tiene motivo alguno para mentir.

Vuelvo a cerrar los ojos, la madera crepita en mi cráneo, las estrellas explotan en mis ojos.

En la casa principal, la madre de Zac se apresura a abrazarme y nos invita a entrar. Cruzamos un pasillo en el que cuelgan fotos de familia que nos sonríen desde todos los ángulos. Alaba mi pelo y se presenta a mamá.

—Soy Wendy.

Algo incómodas, nos quedamos de pie junto a una mesa puesta para cinco personas. Hago números en mi cabeza, y Wendy se da cuenta.

—No va a cenar con nosotros.

Nos conduce a la cocina y nos dice que los hombres no tardarán en volver. La encimera es un caos de tablas y cuchillos.

—No habéis comido, ¿verdad? —Mira el reloj.

—No.

—Sé que es algo tarde, pero... me he entretenido empaquetando cajas. Evan está dando de comer a los animales, y creo que Greg ha estado trabajando con la prensadora. Volverán pronto. —Mira otra vez el reloj—. ¿Os gusta el cordero?

La tetera silba, y Wendy se lanza en su búsqueda.

Mamá ayuda a Wendy con el té. «¿English Breakfast o Earl Grey?» «¿Leche?» Me da igual. Wendy rebusca en los armarios, para dar con platillos a juego.

Detrás de la ventana de la cocina, Bec está de pie en la oscuridad, colgando pañales en el tendedero. Distingo a Evan junto al henil, lleva una linterna y un cubo. Más a lo lejos, veo faros de coches centelleando al lado de una verja y acercándose en nuestra dirección. No forman una familia al completo, son sólo fragmentos. Wendy agita una taza de té junto a mí.

—¿Té? Debes de estar cansada del viaje.

Pronto el comedor se llenará de comida, conversaciones intrascendentes y ruido, y todo el mundo intentará evitar el agujero del tamaño de Zac que se ha abierto entre nosotros.

—Aquí tienes, Mia. ¿Azúcar?

Estoy harta de fingir. Un agujero del tamaño de Zac sólo puede llenarse con Zac.

El pasillo es largo y no se oye ni un ruido. En él desembocan cuatro dormitorios. Las puertas están cerradas. Paso por delante de una, de dos. Piso la suave moqueta. Siento cómo me atrae hacia él. El mundo se desvanece detrás de mí.

Coloco la palma de la mano en la madera de la última puerta. Una puerta es todo cuanto nos separa. ¿Zac? Soy incapaz de pronunciar una sola palabra.

«Toc.»

No puedo hacer más. Me recuesto contra su puerta. Al otro lado la tristeza es un conjuro que lo mantiene encerrado.

«Toc.»

Creo que sabe que soy yo. Acerco un oído por si se produce un «tac».

No sé qué se siente cuando tu cuerpo se rebela contra ti una y otra vez. Pasarse meses luchando contra la muerte, vencer para luego perder, vencer y perder y, acto seguido, tener que colocarse de nuevo la armadura. Calcular las probabilidades. Recalcular. «Olvídate de las matemáticas», me gustaría decirle.

—¿Zac? —digo.

—Chis.

Su voz suena más cerca de lo que esperaba.

—Estoy escribiéndote una postal.

—¿Desde dónde?

—Boston.

—¿Cómo es?

—Está nevando.

—¿En serio? —Me apoyo en una muleta para acercarme aún más a la voz—. ¿Qué más?

—¿Sabías que la torre Old Hancock se ilumina de rojo cuando cancelan un partido de béisbol de los Red Sox por la lluvia?

—No.

No me importa si lo está sacando todo de Wikipedia. ¿Acaso sus fantasías tienen algo de malo?

—¿Has visto a algún famoso?

—Aún no.

—¿Puedo leerla?

—Cuando esté terminada.

—Esperaré —le digo.

Y así lo hago, reclinándome en la puerta que separa su mundo de éste, el real.

Me lo imagino en Boston, perdiéndose por sus calles, junto a su familia. Buscando restaurantes acogedores. Dibujando ángeles en la nieve con Bec. Y luego corre riendo, para que no lo alcancen las bolas de nieve que Evan le lanza como si fueran misiles, esquivándose el uno al otro como jugadores de rugby en pleno partido.

A continuación, unos brazos de hombre me levantan en el aire y me llevan pasillo abajo, me hacen cruzar la puerta que da al exterior y me llevan a casa de Bec. ¿Cuándo ha empezado a hacer tanto frío?

Estoy de nuevo en la habitación de invitados. Me depositan con delicadeza en la cama. Mamá me mira desde arriba. También Wendy, Bec y Anton.

—¿Tienes hambre? —me pregunta mamá.

—No.

Mi madre me quita los tejanos y me saca la prótesis. Sus dedos manejan el cierre con cuidado. Evan está mirando desde la puerta.

Mamá me dice que todo está bien, que debo volver a dormirme.

—Lo siento —le digo a Wendy—. Zac está en Boston.

No soy la respuesta que todos estaban esperando.

39

MiA

Tras la ventana, hay demasiadas estrellas en el cielo.

Necesito un rato para recordar dónde me encuentro: en la granja de Zac, en la cama de la habitación de invitados de Bec, con mi pierna de fibra de vidrio apoyada en la pared. Por primera vez, me alegro de verla. Puedo estirarme para cogerla, colocármela, salir por la ventana y pisar la hierba con cuidado.

Las tres de la madrugada.

La hierba húmeda cruje bajo mis pies. Me dirijo lentamente a la casa principal y me encaramo a la ventana de Zac. Está medio abierta, y las cortinas naranja me animan a entrar. Deseo trepar por ella y deslizarme dentro de su cama. Él se apartará para hacerme un hueco. La luz de la luna hará que brille su pálida piel, tratando con delicadeza la cicatriz púrpura que tiene bajo la clavícula. Compartirá su almohada conmigo y nos cubrirá con su edredón. Me dirá que he subido hasta el diez, que soy demasiado guapa para un seis como él. Quizá le diga lo que realmente es para mí. Quizá no.

—¿Zac?

Sin embargo, su habitación está vacía y una brisa me hace cosquillas en el pelo de la nuca.

Lo encuentro en el mismo lugar donde lo vi la primera vez que visité la granja, cuando yo seguía a Bec con el grupo de turistas. Entonces nos daba la espalda, sentado sobre la valla del fondo. Recuerdo cuánto me dolía la pierna y lo enfadada que estaba con él por haberme mentido: me había prometido que me recuperaría pronto, y no había sido así.

Ya por entonces lo vi ausente. Me di cuenta de que era vulnerable. En aquel momento, supe que podía confiar en él.

Ahora es una sombra bajo la luz de la luna, arropada en un pijama de franela. Está sentado sobre la valla, con los pies desnudos entrelazados en el alambre.

—Detente. —Zac alarga un brazo y me quedo quieta.

—¿Qué pasa?

—Vas a asustarla.

¿«Asustarla»? Aquí no hay nadie más aparte de nosotros, una valla y un campo oscuro. Zac siempre fue el más racional de los dos, pero ¿quién sabe lo que el cáncer puede llegar a hacerle a una persona? ¿Lo que puede estar haciéndole en este preciso instante?

Procuro que no me tiemble la voz.

—Zac. Aquí no hay...

—Chis.

Se me forma un nudo en la garganta, pero no es momento de ponerme a llorar.

De repente, dos ojos ambarinos brillan en la oscuridad.

Zac me advierte:

—No te muevas.

—¿Es un zorro?

—Chis... Es una zorra.

Es bonita y lo sabe. Puedo sentir su confianza y su elegancia. Creo que está estudiándome.

Sus pupilas se mueven de un lado a otro, lanzando miradas desde detrás de las ramas. Voy adivinando partes de su cuerpo —una oreja puntiaguda, el pelaje, una pata—, mientras se desplaza sinuosamente entre los árboles. Envidio su agilidad y la atracción que despierta en Zac. La suficiente como para sacarlo de una cama caliente y empujarlo a sentarse sobre una valla en mitad de la noche.

La criatura se detiene, se lame una pata y le devuelve la mirada a Zac. Me doy cuenta de que se conocen. Me siento una intrusa.

Pero he venido hasta aquí por un motivo.

Avanzo dos pasos, pese a que Zac sacude la mano en mi dirección. Doy tres pasos más para llegar hasta él, aunque sigue indicándome que no lo haga. Sus ojos ovalados me miran cuando coloco una mano sobre la pierna de Zac. Con la otra rodeo su brazo, aferrándolo.

—Hace frío, Zac. Vuelve dentro.

Agita los brazos para que lo suelte, pero yo lo sujeto con más fuerza. En algún lugar por debajo de su pijama de franela, de su piel, de sus músculos y sus huesos, hay una cantidad excesiva de glóbulos blancos anómalos reproduciéndose. Se multiplican con la intención de ser más numerosos que los sanos.

No puedo culparlo por lo que está haciendo.

—Cuéntame otra vez aquello de caerte en un contenedor lleno de Emmas Watsons cuando tengas cien años.

Intenta apartarme utilizando los codos, pero yo me acerco aún más.

—O por lo menos en un contenedor lleno de cerveza al llegar a los noventa.

Zac se retuerce hasta liberarse de mi mano, por lo que decido subir a la valla para sentarme a su lado. Me sujeto con las manos al pasador de madera: no me fío de mi equilibrio. Él no se aparta para hacerme sitio.

Cuando levanto la vista al cielo, el aliento que sale de mi boca forma nubes lechosas. Navegan un rato y acaban disolviéndose.

—¿Has visto eso? —Señalo con el dedo—. Un meteorito incandescente. —Es mentira, pero es lo mejor que se me ocurre—. Deberíamos pedir un deseo.

—Yo ya lo hice.

—No me refiero a Disneylandia. Vamos, pide un deseo de verdad.

—Desearía que te bajaras de mi valla.

Me echo a reír. Incluso cuando es cruel, resulta divertido.

—Me gusta tu valla. Me gusta tu granja.

—¿Te han pedido que vinieras?

—He sido yo quien ha querido venir.

—Yo no quería que lo hicieras.

—Eres mi amigo, Zac.

Me da la espalda, y no lo culpo. No quiere una amiga. Quiere que desaparezca, que me caiga por un extremo del mundo para que él pueda caerse por el otro.

—Vuelve a casa, Mia.

—Acabo de llegar.

—Vete.

—Lo siento, no puedo.

—Sí que puedes, ya me lo has contado. Sólo levántate y...

—Aún no la has visto, ¿verdad? —Me subo los tejanos hasta la rodilla—. Te presento mi articulación porosolaminada. No es la más completa, pero sí mucho mejor que la temporal. Y, en efecto, como has dicho, ya puedo caminar. Probablemente sería capaz incluso de correr... Al menos, si fuera imprescindible. Si algo me persiguiera.

Me sujeto con más fuerza y le acerco la rodilla.

—Debo admitir que lo que me persiguiera tendría que ser lento. Los atletas paralímpicos cuentan con prótesis especiales para ganar velocidad. Pero la mía es ligera. Venga, échale un vistazo.

Me ignora, de modo que desenrollo el revestimiento, quito los enganches y me saco la prótesis.

—Tócala, venga. ¿Con qué frecuencia te pide una chica que le toques la pierna?

Coge aire, pronunciando mi nombre al expulsarlo.

—Mia...

—Perdona, es que soy corta... Bueno, no sé si, dadas las circunstancias, conviene decir algo así.

Su cuerpo se tensa, listo para saltar de la valla y marcharse. Desesperada, utilizo la única arma que tengo a mi alcance: estiro el brazo hacia atrás, y lanzo la prótesis lo más alto y fuerte que puedo. Vuela dando vueltas sobre sí misma, aprovechando el viaje para fijarse en hojas que antes no podía ver, hasta que impacta contra un árbol entre la maleza.

Zac me mira con expresión de asombro.

—Eso ha sido la mayor estupidez que puedas imaginar.

¿«La mayor estupidez»? Me hace reír a carcajadas. Lo que hago a continuación —deslizarme valla abajo y ponerme a dar saltitos a la pata coja en la oscuridad— es mucho más estúpido incluso. Mis tejanos cuelgan tanto que se quedan enganchados en arbustos llenos de espinas. Seguramente habrá serpientes entre estas hierbas. Raíces de árboles con las que podría tropezar y todo tipo de agujeros en los que podría caerme. Para una chica con una sola pierna es como un campo de minas.

—¿Qué haces?

—Buscar mi pierna.

—No vas a encontrarla.

—¿Ha caído por aquí? No lo he visto muy...

—¡Para! Maldita sea, para ya...

Doy saltitos sin moverme del sitio, intentando no perder el equilibrio. Cuando lo tengo frente a mí, la sonrisa se borra de mi cara. No es el mismo Zac. La luz de la luna se vierte sobre su pálido rostro, y veo que es más vulnerable que nunca. Lo echo de menos.

—Déjame solo.

—No puedo.

—Vete a casa, anda.

—En este momento, no puedo, literalmente.

—Joder... No necesito esto.

—No he venido a molestarte.

—Entonces, ¿qué haces aquí?

Al marcharse la zorra, ha depositado toda su atención en mí. Me aterroriza.

—No podía dormir.

—¿Por qué has venido? ¿Quién te ha llamado?

—Nadie. Quería darme un baño. Y comerme una pera.

—La zorra puede olerla...

—¿La pera?

—La muerte —dice—. ¿Tú no?

—Zac...

—Yo también la huelo.

—No, no puedes.

—Tendría que estar muerto.

—No tendrías que estar muerto.

—Si fuera un conejo o una gallina, ya estaría muerto. Si fuera una oveja, ya me habrían disparado.

—No eres una oveja, Zac.

—Si fuera un niño africano, llevaría mucho tiempo muerto.

—No lo estarías —le digo, aunque en eso quizá tenga razón.

—Debería haber muerto varias veces.

—No estás en África —le recuerdo en voz baja—. Eres Zac Meier y vives en Australia. Tu médula espinal es un asco, pero puede curarse.

—¿Ahora resulta que eres una experta?

Pierdo un poco el equilibrio, por lo que doy unos saltitos hasta una rama para agarrarme.

—No, pero sé que puedes recibir más quimio u otro trasplante de médula espinal. Tantos como necesites. Incluso probar con un tratamiento a base de células madre extraídas del cordón umbilical. Los resultados son prometedores.

—Sí, claro...

—Y no dejan de experimentar con nuevos fármacos. En Europa y Estados Unidos hacen descubrimientos sin parar. Existen muchas opciones que...

—No son opciones, Mia, sólo formas de ganar tiempo.

—En ese caso, ¡gana tiempo! —Mi voz rasga la oscuridad. Estoy tan enfadada con él... Estoy tan enfadada por él... De repente, me sobreviene una rabia tan grande que sería capaz de arrojársela encima y hacer que se cayera de esa maldita valla—. Llena el tiempo hasta que te curen, Zac.

—Todo el mundo se muere, Mia.

—Pero no todo el mundo tiene una oportunidad. Aquella mujer que se cayó en una trituradora industrial de tomate no la tuvo. Se cayó dentro, y apuesto a que dedicó sus últimos segundos de vida a luchar.

—Igualmente acabó muriendo.

—De haber tenido una oportunidad, Cam hubiese luchado. —Oír ese nombre le provoca un respingo que me anima a continuar—. Si alguien le hubiese ofrecido a Cam dos opciones, sufrir un ataque al corazón mientras conducía o recibir otra ronda de tratamiento, habría escogido el tratamiento. Por si acaso. ¿Quién sabe si habría funcionado y habría ganado cuarenta años más de vida para surfear, jugar al billar y...

—Cam sólo tenía un diez por ciento.

—Joder, si yo contara con un diez por ciento de probabilidades de ganar la lotería, apostaría todo lo que tuviera. ¿Tú no?

—No me gusta jugar.

Eso ya lo sé. Si le gustara, no estaríamos manteniendo esta conversación. Zac ha mirado sus cartas y ha decidido pasar. No puedo reprochárselo. Él toma decisiones basándose en la lógica y las probabilidades matemáticas, mientras que yo me dejo arrastrar por las emociones, los impulsos y los «yo quiero, yo quiero».

Sé que los sentimientos me pueden. Sé que me dejo llevar por ellos. Pero «yo quiero, yo quiero» que Zac viva. Quiero que desee vivir. Necesito que viva porque no quiero estar en este mundo sin él.

Las emociones me superan y, maldita sea, me pongo a llorar. Cierro los ojos y me agarro fuerte a la rama mientras la pena me sale a borbotones.

—Oh, joder, venga ya...

Oigo mis sollozos apagados. Oigo sus quejas.

—¿Acaso no puede un chico estar sentado en una valla sin recibir un maldito sermón? Esto no tiene nada que ver contigo, Mia.

—Lo sé.

—Antes o después, todos vamos a morir.

—Entonces, que sea después, ¡escoge después! Si Cam hubiese tenido la opción...

—A estas alturas, Cam debe de estar en Indonesia.

—¡No lo está! Estará...

—¿Dónde? ¿En el cielo? ¿Jugando al billar con Elvis?

Cierro los ojos y aprieto la rama como si fuera lo único que tengo. Siento calambres en las manos, y los brazos me tiemblan. De golpe entiendo lo que es el coraje. El coraje es permanecer quieto, aunque desees salir corriendo. El coraje es plantarte y darte la vuelta para encarar aquello que temes, ya sea tu pierna, tus amigos o el chico que podría volver a romperte el corazón. Es abrir bien los ojos y aguantarle la mirada a ese miedo.

Abro los ojos. La noche ya no está tan oscura.

—Está aquí —le digo—. Cam está aquí.

Veo la corteza cristalina de las banksias y el brillo de los gomeros fantasma. Veo esos puntitos relucientes y afilados sobre la cabeza de Zac, que me recuerdan a la estrella fluorescente que me protegía.

—Está en todos lados —le digo. Y sé que tengo razón.

—Cam murió un domingo. ¿Sabes cuántas personas más murieron ese mismo día?

Niego con la cabeza.

—Treinta y nueve en Australia Occidental. Cuatrocientas tres en todo el país.

—¿Cómo lo sabes?

—Y en todo el mundo murieron en torno a ciento sesenta mil personas aquel día. Ciento once cada minuto.

—No tienes...

—¿Cuántas personas crees que han muerto a lo largo de la historia?

—No lo sé.

—Piensa una cifra.

—¡No!

—Yo tampoco lo sé, pero sin duda será un número jodidamente elevado de entierros, incineraciones y cuerpos flotando por el Ganges. Por tanto, si todas y cada una de las personas que han muerto a lo largo de la historia se encuentran flotando a nuestro alrededor, ¿cómo demonios somos capaces siquiera de respirar?

«No va a ser fácil», pienso, obligándome a tomar aire. Pero cada bocanada me recuerda que no estoy sola. Cam está aquí. Mi abuelo y mi abuela están aquí. Los fantasmas de todos aquellos que me han importado están conmigo y dentro de mí. En mi mano, la rama tiembla debido a esa infinidad de pasados.

—¿Qué pasaría si, de algún modo, Cam y tú pudierais intercambiar los papeles durante un solo día? Si mañana tú pudieras ser sus cenizas y Cam ser tú, un chico de dieciocho años con una médula espinal chunga. Sé que es poco científico —le digo, adelantándome a sus palabras— y que no estamos en Disneylandia, pero limítate a mantener la boca cerrada y a escucharme. ¿Qué pasaría si Cam pudiera despertarse mañana y tener un día entero para él?

—¿Siendo yo?

—Siendo tú, Zac Meier. ¿Qué crees que haría Cam?

Zac engancha los pies en el alambre. No responde de inmediato.

—Veinticuatro horas dentro de tu cuerpo. ¿Qué piensas?

Los ojos de Zac trepan por la corteza del árbol. Suben y suben hasta alcanzar la rama más alta y, una vez allí, siguen aún más arriba. No sé si está escuchándome o no, pero yo continúo.

—No iría haciendo el tonto con una jodida calculadora, eso te lo aseguro. Cogería ese día tuyo y le sacaría el máximo partido. Iría a pescar, a surfear y a comer *kebabs shish* con queso cheddar. Se echaría a reír y haría el pino, y lo más probable es que llegara a besarme. Haría cuanto le apeteciera, porque sólo se vive una vez, Zac. Sólo tienes una oportunidad. Y cualquiera que la desaproveche fácilmente...

—No tiene nada de fácil...

—Hablo de rendirse. Rendirse es una forma estúpida de morir. Más estúpida que caer en una trituradora industrial o regar el árbol de Navidad con las lucecitas encendidas.

—Cállate, Mia. —Zac baja de la valla y se acerca a mí.

—Y estoy segura de que Cam jamás escogería una manera estúpida de morir. Preferiría morir intentando...

Zac me besa. Lo odio. Lo quiero.

Luego coloca una mano sobre mi boca.

—Cállate y pide un deseo.

—¿Hum?

—Una estrella fugaz. Si no estuvieras diciendo chorradas todo el rato, la habrías visto. Pide un deseo.

Con la boca firmemente apretada, las lágrimas me salen a borbotones. «¿Un deseo? ¿Estás tomándome el pelo? No he de pensarlo ni un segundo. Y no es nada que tenga que ver con mi pierna.» Lo digo para mis adentros, pero creo que lo oye, porque retira la mano. Tan cerca de él, puedo notar el miedo que siente. Si pudiera cambiarme por él, lo haría sin dudarlo.

Me dice:

—No quiero estar atrapado otra vez en aquella habitación.

—Lo sé.

—No quiero dar falsas esperanzas a mi madre.

—Es fuerte, lo soportará.

—¿Y si no funciona? Entonces, ¿qué?

—Lo intentas una vez más.

—¿Cuántas veces? ¿Cuántos viajes?

—No lo sé.

—Sólo quiero ser normal...

—Lo eres. Sigues siendo Zac. Enfermo o no. Eres un nueve sobre diez.

—¿Un nueve...?

—Sí. Te daría un diez si no olieras tan mal. ¿Cuánto hace que no te cambias de pijama?

—No tengo miedo a morir —susurra.

Le aprieto las dos manos.

—Lo sé, pero, si lo tuvieras, tampoco pasaría nada.

—No siento miedo, más bien... estoy rabioso. Se supone que uno viene a este mundo a hacer algo, como tener hijos o reforestar un bosque. No he hecho nada de eso. ¿Para qué habré servido, aparte de para dejar atrás una familia rota?

—Ellos quieren que vuelvas a intentarlo.

—No son lo suficientemente fuertes.

—Lo son.

—¿Lo eres tú?

Mierda, ahí me ha pillado. Me seco rápidamente las lágrimas de la cara y luego flexiono uno de mis bíceps, fortalecido después de meses llevando muletas.

—¿Qué te parece?

—No está nada mal.

Me apoyo en los hombros de Zac. Veo lo cansado que está. Veo lo fácil que le resultaría abandonarse. Pero no voy a dejar que lo haga, no después de todo lo que él ha hecho por mí. Quizá sólo esté siendo egoísta por querer tenerlo a mi lado. ¿Acaso eso está mal?

—Soy como el increíble Hulk —le digo.

—¿Te vuelves de color verde?

—Soy fuerte —le prometo—. ¿Eres tú lo suficientemente fuerte para llevarme a caballito a casa de Bec?

—¿Por qué?

—No esperarás que vaya hasta ahí dando saltitos.

Zac maldice y mueve la cabeza en señal de desaprobación. Sus ojos son grises. Está cansado de mí —cansado de todo—, pero lo sujeto con fuerza.

—¿Tengo alguna alternativa?

Yo niego con la cabeza.

Zac se da la vuelta y se agacha. Le rodeo el cuello con los brazos y pido otro deseo.

EPÍLOGO

ZAC

Desde este lado de la pared, puedo oír la llegada del novato. Oigo a Nina repasar las normas con su tono alegre de azafata, como si este «vuelo» fuera a ir como la seda.

No va a ser así.

Habrá turbulencias. Escalas imprevistas. Mala comida. Pérdidas de oxígeno y momentos de puro pánico.

Sin embargo, si el novato tiene suerte, no lo afrontará solo.

Por la voz, diría que es un hombre de unos cincuenta años. Oigo sus preguntas. Luego me llega el tintineo de productos para el aseo en el cajón que queda junto a la cama. Se ducha. Hace *zapping*.

Me gustaría decirle que los martes no pida el escalope de pollo. Que «Seinfeld» es la única serie que uno puede ver cuando tiene náuseas.

Mamá está sentada junto a mí en la butaca rosa, hojeando una revista.

—¿Cuál es la palabra de ocho letras para «piedra preciosa»?

—¡Turquesa! —grita Mia, como si participara en una competición.

Lo que, en cierto modo, así es.

Se supone que deben hacer turnos, como esos mineros australianos a los que llevan en avión a su lugar de trabajo para reemplazar a sus colegas cada poco tiempo. Mamá pasa aquí una semana, y Mia la siguiente. No tienen por qué hacerlo. He cumplido dieciocho años, por el amor de Dios...

En ocasiones, sus visitas se cruzan. Mia llega pronto, y mi madre es muy mala a la hora de irse.

—Ve a saludar al novato —le digo a mamá, y ella deja el boli.

—¿Ahora?

—Sí.

—No me vendría mal una taza de té...

Cuando Nina entra para comprobar mi catéter, acaba mirando por encima del hombro de Mia para ver hasta qué capítulo ha llegado. Durante las horas que paso dormido, Mia toma apuntes de su libro *Introducción a la Enfermería*. Ha conseguido entrar en la universidad con un permiso especial, pero es consciente de que le espera un arduo camino por delante. A veces Nina la ayuda y se olvida por completo de mí.

Mañana me transformaré en una persona nueva. No sé quién seré esta vez —¿un bebé nacido en Bundaberg?, ¿en Bélgica?, ¿en Brasil?—, ni si la nueva médula se injertará bien y prosperará. Tendrán que ponerme todas las vacunas otra vez. Mañana nacerán más de cuatrocientos mil bebés en todo el mundo. Más o menos uno cada cinco segundos. Habrá todo tipo de bebés empezando una vida desde cero, y luego estaré yo.

Por la noche, miramos el aterrizaje del *Curiosity*. Tras abandonar el módulo espacial de la NASA, un vehículo robotizado del tamaño de un todoterreno diminuto rueda finalmente sobre la superficie de Marte. En la Tierra, los científicos lo celebran entusiasmados. Ya están analizando datos y registrando cantidades de moléculas, gases, humedad y minerales. Están sondeando, escarbando, buscando vida.

De algún modo, eso me da esperanzas. Si un robot puede encontrar su camino cruzando quinientos sesenta millones de kilómetros a través del sistema solar, los científicos han de ser capaces de encontrar una cura para algo tan aburrido como mis glóbulos blancos. Cada vez están más cerca.

De noche, no enciendo el iPad porque Mia duerme junto a mí en la butaca rosa. Cada vez que siento que voy a caer por un extremo de la Tierra, ella me agarra. Tiene buenas manos. Su pierna también está bien, incluso mejor que la de fibra de vidrio que me enseñó aquella noche. La nueva cuenta con un pie flexible y un revestimiento de silicona que parece piel auténtica. Ahora puede correr si quiere. Saltar y bailar si lo desea. También conducir.

¿Por qué iba a desperdiciar un «Pide Un Deseo» en un viaje a Disneylandia? Existen deseos que el dinero puede comprar, y luego está éste: Mia sin dolor, andando de forma simétrica gracias a una pierna de máxima calidad que le han fabricado a medida.

¿Qué no sería capaz de hacer yo con tal de que conservara esa sonrisa? Escuchar su risa, tenerla luchando conmigo, no contra mí. Cuando estamos juntos, no hay recriminaciones, no hay peleas, no hay fallos. Sé que no hay garantías, pero en este momento cuento con Mia, un diez sobre diez, más bella y sorprendente que nunca.

Y el que tiene más suerte soy yo.

AGRADECIMIENTOS

Doy las gracias a los estudiantes con los que he tenido el privilegio de trabajar en el Pabellón 3B a lo largo de los últimos ocho años. Esta novela es una ficción, pero vosotros la inspirasteis: vuestro sentido del humor, vuestro coraje, vuestra capacidad de amar, vuestra belleza. Una mención especial para Tayla Hancock, cuya fe en esta historia me acompañó al principio y me ayudó a seguir adelante hasta el final. Gracias a su madre, Ros, por animarme a perseverar.

También estoy agradecida a aquellos amigos que tan generosamente leyeron los primeros borradores; Ryan O'Neill (un prodigio del relato corto y un maestro de la metáfora), Ruth Morgan (una autoridad en cuestiones de juventud, romance y lógica), Meg McKinlay (autora infantil y defensora del ritmo y la melodía) y mamá (*cheerleader* infatigable). Suzanne Momber me ofreció grandes dosis de entusiasmo y conocimientos médicos, y amablemente me permitió tomarme «licencias creativas» cuando las necesité.

Quisiera agradecer a Wendy Binks y a su familia que me abrieran las puertas de sus hogares y que me dejaran moverme libremente por su granja de animales, la Pentland Animal Farm, en Dinamarca. La experiencia fue fantástica, y encajó directamente en la novela. Gracias también a mis vecinos adolescentes, Jean y Will Morgan, por participar en vívidos debates sobre cantantes, videojuegos y vocabulario: chicos, sois divertidísimos y no tenéis precio. Gracias a Ross y Wendy Morgan, que asistieron a los altibajos que supuso escribir este libro. Como siempre, habéis sido una roca.

Parte de esta novela la escribí en Adelaida en 2011, en una residencia para escritores, gracias a la beca May Gibbs Creative Residential Fellwoship. Agradezco la oportunidad y el apoyo sincero que me brindaron la May Gibbs Literature Trust y los miembros de la comunidad de escritores de Adelaida.

Por supuesto, esta novela no existiría sin la incomparable editorial Text. Estoy enormemente agradecida a todo el equipo por su pasión y compromiso; en especial a Emily Booth, Chong, Imogen Stubbs y a mis talentosas editoras, Ali Arnold y Davina Bell. Gracias por creer en este libro y en mí.